兄弟姐妹

XIONG DI JIE MEI

厚重 著

中国出版集团

现代出版社

图书在版编目（CIP）数据

兄弟姐妹 / 厚重著. -- 北京 ：现代出版社，2016.3
ISBN 978-7-5143-4673-2

Ⅰ．①兄… Ⅱ．①厚… Ⅲ．①长篇小说－中国－当代 Ⅳ．①I247.5

中国版本图书馆CIP数据核字 (2016) 第038314号

兄弟姐妹

作　　者　厚　重
责任编辑　李　鹏　陈世忠
出版发行　现代出版社
地　　址　北京市安定门外安华里504号
邮政编码　100011
电　　话　010-64267325　010-64245264（兼传真）
网　　址　www.1980xd.com
电子邮箱　xiandai@vip.sina.com
印　　刷　北京旺鹏印刷有限公司
开　　本　787×1092　1/16
印　　张　16
版　　次　2016年3月第1版　2016年3月第1次印刷
书　　号　ISBN 978-7-5143-4673-2
定　　价　49.80元

自序

　　写作是自娱，更是一种分享，是敢言而言之激情，是一吐为快之舒坦；写作是写戏，但绝不是儿戏；写作是一份肃然，是字里行间之真情，是一生一世之豪气；写作是写人心中之心，是写世界中的世界；写作——寻觅万事万物之真谛。

目 录 / CONTENTS

第一章

银元钢枪变石头　逃亡省城暂栖身

1946 年，两省边界马家镇外的松林坡，松林与灌木包裹着的一小块平地上。南面有八个身着国民党保安团制服的士兵，站在四个像是装满枪支弹药的木箱后，北面有四个着便装的人，持枪站在两个像是装满银元的皮箱后，双方面面相觑，目透寒光。

一方说："打开吧，让咱验验货。"

另一方说："你先请。"

"你先请。"

"你先请。"

争执中，双方已举枪对视，一触即发。突然，林中传来幽远的吼声，像是叫的马队长又像是叫的马团长："马……长，是假的，有埋伏……"吼声未完，早已是枪声大作。南面埋伏的制服士兵向北面射击，北面埋伏的便衣士兵向南面射击，平地中央的十二个士兵，有的扑向弹药箱，有的扑向银元箱，但他们的反应再快也快不过子弹，顷刻间便人仰马翻，魂归黄泉。

密集的枪声犀利刺耳，南面保安团的马团长沉不住气了，气急败坏地吼道："撤，给老子快撤，共匪有埋伏！"

北面游击队的马队长高声命令："冲过去，抢救伤员！"战士们瞬间冲到平地中央。然而敌我双方已没一个活口，只见掀开的或掀倒的弹药箱全是石头，银元箱里也全是石头。

松林中，四座新砌的墓冢，四尊新立的墓碑。碑前，马队长带着一队战士脱帽、鞠躬、鸣枪，而后马队长握拳立誓："弟兄们，走好，在林中向敌人喊话报信的那浑蛋跑不掉的，我一定要用他的狗命来祭奠你们的在天之灵！"

在县保安团的团部里，马团长狠狠地将大盖帽掼在桌上，冲他的下属们吼道："都去给我抓，抓到那向共匪喊话报信的浑蛋，老子要剥了他的皮！"

第二天，游击队驻地。一位侦察员向马队长报告："喊话报信的，就是给这笔生意牵线搭桥的那个枪贩子。"

"是他？"队长略一思忖道，"他咋会知道我们是假买枪，真设伏呢？去，把人抓回来再说。"

"可能要费些时间，听他村里的人说，松林坡枪响后，就没见他家的人影了。"

"躲得过初一，躲不过十五，你们给我盯紧点。"

"是。"侦察员敬礼退出。

同样是第二天，保安团团部。一个副官向马团长报告："喊话报信的，就是给这笔生意牵线搭桥的那个枪贩子。"

"是他？"马团长抠着头皮道，"他咋会知道我们是假卖枪，真设伏呢？去，把人抓回来审。"

"可能要费些时间，听他村里的人说，松林坡枪响后，就没见他家的人影了。"

　　"跑得了和尚，跑不了庙，先把他家房子烧了，再贴布告，悬赏捉拿。"

　　"是。"副官敬礼，转身出门，高声吼道，"马排长，带上你的人，马上去抓那枪贩子，没人就先把房子烧掉。"

　　"是。"马排长带着人匆匆而去。

　　枪贩子，何许人也？

　　枪贩子姓阳名梁，黄河边人，随他师傅游走江湖，舞刀弄棒，熬制狗皮膏药，专治跌打损伤，流离辗转到了马家镇，投宿在镇外三里坝的一马姓家中。

　　谁知，自打到了马家镇后，他师傅便一病不起，尽管他百般照料，师傅仍一命归西。马家见他对师傅极尽孝道，便将其女马宗芳许配与他，成了马家的上门女婿。抗日战争中，他随国民党地方军到北方和日本军队打仗，抗战结束，随军还乡，看见一些人发了国难财，便也想挣两个大钱，于是脱了军装，串通原部队一些当官的，做起了贩卖军火的营生。在当时，敢做那行的，也算是有胆气的了。但还没赚到啥钱，就发生了松林坡的枪战。

　　松林坡枪声一响，阳梁便知大事不好，撒开脚丫子跑回家，喘着粗气道："宗芳，快收拾收拾，带上娃娃跑吧！"

　　马宗芳生性柔弱，是一个见庙烧香，遇佛叩头的俗家弟子，一听阳梁的话，顿时胆战心惊，张口结舌："出……出啥事了？"

　　"给你说不清，给谁也说不清，我这次是跳下黄河也说不清，快走吧，晚了就没命了！"

　　"阿弥陀佛，这拖儿带女的，朝哪儿跑啊，你究竟得罪谁了？"

"马团长，马队长都得罪了。"

"这都是我的本家，找他们说说情吧。"

"说不了情，这人命关天的……"

"出人命了？"

阳梁连连点头。

"那，快跑吧，朝哪儿跑呢？"宗芳晕了。

"越远越好，我师傅说我是黄河边的，朝黄河走吧。"

"黄河那么长，你知道你是哪个湾的，到省城吧，我有个堂哥在那里开铺子十几年了，我婶子死得早，他小时候，我妈带过他几年，应该可以的。"

"好吧，这里到省城千把里路，也够远了。"

宗芳手忙脚乱地一边收拾东西，一边说："你快去镇上，把学堂里的娃娃找回来。"

"这事你别告诉任何人。"阳梁说着话已飞身出门。

阳梁两口子带着长女（阳德华）、长子（阳德明）、二女（阳德秀）、次子（阳德厚），一家六口沿着村后的河边小路，慌慌张张，跌跌窜窜，一口气跑出几十里地。

半夜时分，他们才借宿于一家农户，娃娃们倒头便睡。马宗芳习惯性地想烧香拜佛时，突然大叫一声："糟了，糟了！"

阳梁随之一惊："老婆子，你发什么疯，这半夜三更的。"

"菩萨，菩萨忘了！我得回去。"宗芳一脸的诚惶诚恐。

"忘了就忘了吧，你这一回去，万一被抓，可就没命了。"

"万一菩萨没了，我现在就没命了。"

阳梁知道菩萨就是宗芳的命，他一跺脚道："我回去，我腿脚快，你带着娃娃在这里等，千万别出门。"

宗芳口中的菩萨，是一尊瓷观音，观音立于三层莲花上，一手持甘露，一手持杨柳，令仪令色，仙露明珠，佛像美轮美奂，且又小巧无华，整尊佛仅尺许来高，釉色灰白。此佛原是阳梁师傅参加义和团在京师杀长毛（八国联军），从洋鬼子手上夺回，阳梁师傅病逝后，佛像就留奉于宗芳家的神龛上。从此宗芳是：早晚一炷香，晨昏三叩首，"南无法，南无僧，救苦救难观世音……"一天不间断地诵经念佛。

阳梁跑回家中，刚刚把佛像揣入怀中，便听见院子外面传来，急促杂沓的脚步声，大叫"抓人"的嚷嚷声，"给老子守住院门，一个也别放跑。"听声音像是保安团的马排长，阳梁的拜把兄弟。

阳梁暗自松了口气，立即腾身从后窗跳出，穿过竹林，一阵风似地窜进河边芦苇丛中，回头望去，老房子升起了一缕青烟，他无心多想，更不敢停留，他必须跑得越快越好，越远越好。

一家人总算逃到了千里外的省城，投在马宗芳的堂哥马宗伯家。马宗伯微胖的一张圆脸，架着的眼镜又是两个圆，鼻子塌，鼻头圆，嘴唇厚又是一个圆，好在鼻下尚有左一撇、右一捺的八字胡，把圆作了分割，还分得清眉目，不然你真分不清他是圆是方。

他在城中的闹市区开着一家相馆，又在城西的僻静处置了一套宅子，前院画梁雕窗，宽敞明亮，是主人居所，后院有些简陋，住着用人，真真算是有钱人了。但初见这一大家子，他心里也犯难，太太也嘀嘀咕咕的，不愿留下这家人，但不敢高声，因她只生女不生儿，在马宗伯面前说不起硬话。

马宗伯慢慢悠悠地对阳家人说："来者是客，先住下，先住下，你们这一路也累了，好好歇上两天，我们再做打算。"

马宗伯也算是勤勉之人，每天一大早就要前院后院的巡视一番，既做了晨操，又监督了他人。

阳家到的第二天拂晓，他转到后院，见阳梁带着四岁多的德厚已在院中演练拳脚，阳梁正欲应酬，他摆摆手，示意继续，这时他闻到室内有一股香烛之气，见房门开着，便迈了进去，宗芳正在佛像前潜心低诵佛经，并未察觉有人进来。马宗伯驻足她身后，那尊烛火映红的瓷观音突然令他眼前一亮，他跨步凑近，把眼镜摘下又戴上地反复审视，而后又出手看了看瓷像底座。宗芳觉得对菩萨不敬，大感愕然，怔怔看着他一时无语。

"我以前在你家时，从没见过这尊佛呢。"马宗伯终于说话了。

"以前哪有啊，这是阳梁师傅杀长毛时得来的，他老人家走了，才留在我们家的。"

"哦，我知道了。"

"你知道，知道什么了？"宗芳疑惑不解。

"我……我是说，知道以前为什么没见过了。"马宗伯结巴了一下才答上来，"你继续，继续念，我不叨扰你了。"说着这话，他已走出门外。

马宗伯一路打着小九九回到前院，他对太太说："留下了他们吧。"

马太太说："一个两个的，我也不说了，毕竟是你堂妹，可一大家子人，我们就白养？"

"怎么会白养呢，那阳梁是习武当兵的人，看家护院，跑腿打杂不在话下，宗芳在这院子里做厨房、洗衣、针线的活，也不在话下。"

"那四个娃娃呢，一个比一个小。"马太太瘪嘴。

"德华都十八岁了，可以到相馆做饭、扫除，我看那德明乖巧伶俐的，就跟我到相馆学手艺，总比教外人好，德秀是小了一点，但正好侍候我们家两个女儿的生活起居，陪着昭妹上上学堂，德厚是小了点，但也就一个吃闲饭的。"

"你是想辞了家中和相馆里的用人吧，她们可是做熟了的，万一阳家人做不上手，你好意思又请回来。"马太太还是不情愿。

"再给你说个事吧，你可别对外人讲，阳梁的师傅留给他们一个瓷观音，我仔仔细细地看了，还真是皇家的宝贝，好东西啊，早早迟迟，他们总得走，到时想法留下这宝贝，你我几辈人都用不完了。"

"你不会看走眼吧？"马太太不太相信，摇了摇头。

"你手上的玉镯哪来的？"

"博古斋买的。"

"记得博古斋李老板供奉的镇店之宝吗？"

"记得，一个瓷观音，只有一尺来高……"马太太紧张起来，"难道是那个？"

"当然不是，你没在意李老板当时是怎么给我们炫耀的，他说那是宋神宗时，官窑烧了一尊观音进贡，皇帝老儿一家子都爱不释手，最后太皇太后得手，东宫娘娘也要，下令再烧，就是没有一样的，东宫怒不可遏，杀了几个窑官，才又烧出一个一模一样的，两尊观音宫中传承，到了清代，顺治向佛，带了一尊到皇觉寺出家，才流出宫外，也不知怎么的就流到了博古斋，还有一尊就留在了宫内。"

"那怎么可能在阳家手上呢？"

"宗芳说了，阳梁的师傅是杀长毛得到的，长毛是什么，八国联军，八国联军烧了圆明园，烧了几天几夜啊，好一点的东西都被长毛抢了去，兴许这东西就是那里出来的。"

"万一不是呢？"马太太怦然心动，却又还是不敢相信。

"我也怕万一呢，这样吧，早饭后，你去后院跟宗芳拉拉家常，留意看看那尊佛，然后再去一趟博古斋，自己拿主意。"马宗伯自然不会走眼，此举不外乎是让太太日后能多一些配合。

马太太按马宗伯吩咐，先去了宗芳那里，再去了博古斋，从博古斋回来，又去了宗芳那里，宗芳连忙起身："太太，你请坐。"

"我来看看，你们这屋里还缺不缺什么铺的用的。"

"不缺，不缺，什么都有。"

马太太停步香炉前，仔细端详着佛像："我也常去庙里烧香拜佛的，不曾想这里啥都有，你比我还心诚呢。"

"太太，我这里常年都有香烛，你随时都可以来的。"

"你以后别叫我太太，叫嫂子，一家人嘛。"

"是，太太。"

"还叫。"

"是，嫂子。"

马太太笑盈盈地离去了。此后，她隔三岔五地就要去后院一趟，学着宗芳的样，在观音菩萨前焚香叩首，对阳家人的态度确实是友善了好几年。

此后，不知是相隔甚远，还是国共战事吃紧，阳家人虽提心吊胆，却也安然无事地过着日子。

马宗伯对阳家最上心的除了那尊观音，便是德明了。德明长相乖巧，口齿伶俐，但马宗伯没儿子（那时的商铺店堂都是男人出头），而他徒弟里手艺最好的却是一个非亲非故的外人。

那个人叫孙成学，命苦，七岁双亲去世，他姐姐带着他嫁到省城，谁知祸不单行，只两年，姐姐又一病离世。他姐夫续弦后，便将九岁的他送到马宗伯的相馆做了学徒，说是学徒，其实是做家务，扫店堂。扫到十五岁，方才让他跟着其他师兄学技术。好在他嘴拙心细，外愚内智，看了六年，有些活早已成竹在胸，不管是照场、还是暗室，拍摄、冲片、修底、着色，一上手就像那么回事，倒是让马宗伯刮目相看，时不时也就亲自点拨点拨，没几年工夫，他的技术就超过了原先的师兄，又带了徒弟，成了相馆的大师傅，不少达官贵人都冲着他的名气来店里照相。

孙成学技术好了，马宗伯便揣了一件心事，总想起"教会徒弟打师傅"的老话，唯恐哪家相馆挖走他。

阳家虽穷，总归是亲戚，何况一大家子靠着他，他不用担心阳家会反水。

马宗伯的相馆，临街三个门面，中间是一道双开门，左面和右面是挂着名人名角，美女俊男相片的玻璃橱窗，走进双开门，左边是迎客厅，右边是摄影场（又叫照场），再后面是一个小天井，天井左边三间分别是暗室，就是胶片（口语常叫底片）冲洗室；印相、放大室；修补胶片、相片、彩色（那时只有黑白照片，彩色的都是人工用颜料上色）、裁剪室。天井右边三间是师兄弟门的住房，天井横着的几间是厨房、餐室以及厨师的房间。

德明一到相馆，就直接进了照场，不像其他人必须先打杂再学艺。

马宗伯亲自操刀指导，加上孙成学的辅助，德明不敢丝毫懈怠，他已猜到了他大伯的一些心思。大半年下来，照场里的那些背景选择、服饰搭配、灯光角度、曝光长短等，他说不上精通，但也八九不离十了。

大家见他上进，便多给了些赞许与宠爱，德明飘飘然了，自以为是地在照场充大，常常对孙成学言语相侵，孙成学虽想反唇相讥，但口拙，更不愿与老板的亲戚别扭，干脆退避暗室，埋头干活。

端午节，德华按马宗伯吩咐，除了粽子、盐蛋外，还多炒了几个菜，一阵忙碌后，待相馆打烊，她提着酒出来，高声叫道："开饭啰，过节啰，喝酒啰，酒肉管够啰。"

众人入座，围成一大桌，酒过三巡，徒弟们各自起身，毕恭毕敬给老板敬了酒，马宗伯也端起酒杯："回敬，回敬，先敬成学，本店初开，成学即至，至今已十年有五，而今是技艺精进，勤恳劳作，既是本店台柱，又是各位楷模，你们几个想学本事，就要向他学习，我先干了。"说完，一饮而尽。

孙成学不善饮，也不善言，口中讷讷："不敢，不敢……"一时间话未出口，酒也忘饮。

德明对孙成学心存不服，已不是一天两天了，听了大伯对他的赞誉更觉不爽，于是趁机起哄："老板敬的酒你都敢不喝，你还有什么不敢？"

"我是说，不敢当，不敢当……"

"你台柱也当了，楷模也当了，你还有什么不敢当？"德明的唇枪舌剑果然好使。

"我喝，我喝，"孙成学急了，端起酒杯，仰脖而尽，"但台柱什么的，我真不敢当。"

"大姐，再给他斟上，斟三杯。"德明冲着给大家提壶斟酒的德华喊道。

"你就莫闹了，孙师傅平时不喝酒的，今天喝了好几杯了。"德华拎着酒壶不动。

"那几杯是敬酒，这是罚酒，他必须喝。"德明步步紧逼。

"凭……凭什么……罚我。"孙成学酒扰舌根。

"老板让你当店里的台柱，你说你不当，存心拆老板的台，大家说，该不该罚？"

"该罚，该罚。"几个不明就里，不知深浅的师兄弟觉得好玩，跟着起哄。

"我……我不是那意思，我是说我没那么大本事，是……是老板抬举我……"

"你不识老板抬举，更该罚，但你是大师兄，小师弟我甘愿陪罚，给我也倒三杯。"德明仗着酒量不依不饶。

"我说不过你，我……喝，喝，德华，倒酒。"孙成学不知是酒涌上头，还是心中憋屈，脸上已是一片火红。

"德明，你闹够没有，要是你没喝够，我陪你喝，别欺负老实人。"德华一边厉声说道，一边斟满三只酒杯，手一抬，便干了一杯。

这时，马宗伯发话了："德华，你别喝了，成学也别喝了，他真要醉了，躺个三天两天的，有些细致活，这店里还没人顶得上。"

"大伯，店里这么多人……"

"住嘴，店里这么多人怎样，店里这么多人就你话多，"马宗伯一翻笑脸，冷冰冰地说道，"你别以为在照场学得快，就不得了，那只是皮毛，照相这门手艺，不进暗室，不学冲洗，一辈子都是半罐水，半罐水响叮当啊，"他略作停顿，一翻冷脸，笑嘻嘻地说，"哦，今天过节，真不该说这些，不说了，不说了，你们继续吃，我先回，先回了，家头还一大堆人。"说着话，已向门外踱去，众人起身欲送，他摆手不让，只由德华搀着，出了店门，那包月的黄包车早已等在门外。

德华说："大伯，你别跟德明一般见识，他仗着有点小聪明，从小就爱捉弄人，我爸打也打过，骂也骂过，就是不改。"

"唉，德华啊，你知道我没儿子，看见德明聪明，我是真心想栽培他，但他只喜欢做那些明面上看起风光的事，我今天是存心敲打他，看他以后怎么做，要是他真的不上心，"马宗伯扭头看了看德华，德华腮宽脸方，白白净净，说不上俏丽，却平添了几分端庄，"我倒是还有一个想法，唉，以后再说吧。"

"大伯，难为你费心了，快上车吧，你酒也喝得不少。"德华看着黄包车远去，琢磨着马宗伯的话语，慢慢回到店里。

德明受了他大伯的抢白，脸上失光，心中上火，正趁着酒兴，冲着孙成学叫板："你学了十几年，不就是个大师兄吗，我才学了大半年，照场上，我比你差吗，暗室有什么了不起，我明天就学，不出半年，保证比你强，到时你得叫我大师兄……"

"德明，你还有完没完，喝醉了，去睡觉，耍什么酒疯。"德华推了推德明的背。

"我没醉，你才醉了，胳膊肘向外拐，你还是不是我姐？"

"你再打胡乱说，信不信我抽你几巴掌。"德华有些急了。

"他没醉，我醉了，我……我去睡。"孙成学站起身来，摇摇晃晃地向外走。

德华快步而上："孙师傅，我扶你吧，德明说的酒话，你别往心上去。"

"没……没事，我就是不会说话，容易得……得罪人，你让德明别往心上去就对了。"

节日的晚宴是不欢而散了。

第二天，德明还真的一头扎进了暗室。马宗伯既欣慰又担心，他叫来德明："你可以和成学较劲比试，但不能赌气使性，特别是冲洗胶片，万一搞砸，得给客人补拍，补一次名声就毁一次，如果是把客人自拍的胶卷冲坏了，那麻烦更大，多几次这些事，这店就莫法开了，因此你先从印相入手，出点错，也就多耗费几张相纸。"

德明有了昨天的教训，心中虽不以为然，却故作唯唯诺诺，连连点头。

马宗伯又说："在照场我和成学都在教你，看着我的辈分，你叫他大师兄也没啥，但我现在眼睛不行了，难得进次暗室，你拜成学为师吧。"

"大师兄带师弟是分内之事，何必非要拜师呢？"德明心存委屈。

"拜师表示心诚，你不心诚，他未必诚心，真本事就是真金白银，为何要计较虚名高低呢？"

德明心中泛酸，但也明白大伯指望他将来撑起门店，到那时再扬眉吐气也不迟，于是点头应允了。

一晃，德明已学暗室数月，但他万没想到连印相这道坎都迈不过。

相纸0—4号分为五种，得根据胶片厚薄、黑白分布，景深层次等来确定选用哪一种相纸，对上号了，相片效果就好，反之则差。胶片适中的，德明已能判断，一遇特殊的，就要浪费相纸和时间了，问师傅吧，成学就直接告诉他用几号纸，为什么呢？成学也说不出所以然。

德明心下犯疑，找到马宗伯："大伯，我是心诚了，师傅不诚心，他只说怎么做，从不说为什么，我怀疑他故意留一手。"

"他现在还年轻，估计没这心计。"

"你直接教我不行吗？"

"胶片室一团漆黑，印相室一片暗红，看不清楚了，不然我为什么戴这么大一副眼镜，这活亏眼睛啊，这样吧，我给你出个主意，叫你姐弄两个下酒菜，请他喝酒，你们边喝边说，也许他能说出点什么，你能看出点什么。"

"那就今晚吧，我这就给姐说去。"

"记住，别跟你姐多说什么，就说你请师傅吃饭，更别顶牛抬杠的，不管是什么结果，你明天给我说。"

"记住了。"德明转身去了厨房。

吃晚饭时，德华在成学耳边悄声道："少吃点，晚上请你吃夜宵。"成学点了点头。

德明请成学，德华颇为高兴，一是觉得德明懂事了，二是到店不久她对成学就有种莫名的好感，因此格外上心，做了好几个精致的菜，外带一瓶好酒。待二人进到室内，德明拱手一揖："师傅，你请上座。"

成学有些惊讶："这好酒好菜的，不会是哪个过生吧？"

"谁也不过生，"德华笑吟吟地说道，"你要忙你手上的活，还要挤时间教德明手艺，挺累的，他早就想请你喝杯谢师酒了。"

"对啊，就这意思，谢师酒，坐坐坐，今天我得好好敬你师傅几杯。"德明说着话把成学搀到上位坐下，弯腰捧杯，递到成学手上。

"你们太客气，我反而不自在了。"成学有点惴惴不安。

德华也觉得德明有点过了，于是夹了一筷子菜在成学碗里，笑着道："徒弟敬师傅天经地义，你我就不必拘礼了，你大些，是哥，兄妹同辈，对饮如何？"

"好，我干了。"成学顿感坦然多了，举杯相碰，一饮而尽。

拉拉闲话，碰碰杯，其乐融融一阵后，德明忍不住了："师傅，你再给我说说，底片与相纸匹配的道理吧。"

"好的，一是厚薄，二是黑白，三是……"

"师傅，师傅，你要说的我已记住了，这样吧，"德明拿出一叠早已准备好的底片，左右手各抽出一张来，"这是你给我说过的，这张用一号相纸，这张用二号相纸，为什么呢？"

"嘿，厚薄啊。"

德明又仔细看了看："我觉得差不多呢。"

"对，差不多就是差一点点，把那一点点看出来，就可以确定选那种纸了。"成学平时口拙，但一说技术就利落很多。

德明再次看了看："我还是看不出厚薄，姐你也来试试看。"

德华接过两张底片，听说是厚薄，便用手去摸，摸了一阵，她说："是一样啊。"

"差别大的摸得出，很好分辨，但这样的底片很少，多数是差别不大的，只能看，你看这张就比这张薄，"成学用手指点着底片说，"你再对着灯光看看。"

德华举高底片，就着灯光说："还是一样的，德明你来看看。"

德明也举高底片，就着灯光，看了一阵，最终摇了摇头。

成学说："有一张透明度高些，透明度越高就越薄，你再仔细看。"

德明又看了一阵："你这一说呢，好像这张是要透明些，这张要暗黑些，但你不说就差不多，这也太难了吧，还有没有其他方法呢？"

成学摇了摇头："暗室的活要靠时间，用你大伯话说，是熟能生巧，我看了六年，摸了九年……"突然他发现德明脸色不对，顿时打住了话头。

德明垂头丧气，自顾自地干了一杯闷酒："看来没有个十年八年出不了师了。"

"不会的，你读过书，人聪明，有你姐，你大伯帮着，哦，还有我，冲着你叫我这么久师傅，我要是留点什么不肯教，我就是乌龟王八蛋……"

"孙哥，你别这样说，谁不知道你是厚道人。"德华情不自禁地泛起一种夹杂着难受与感动的情愫。

"师傅，徒弟我敬你一杯。"德明这次没有弯腰捧杯，却多了几分真心。

"干吧，孙师傅，我也陪敬一杯。"德华也双手捧杯，站起身来。

成学不善言辞，只能以酒代话，连干几杯……

第二天，马宗伯到了餐室，叫德华找来德明，问清昨晚的经过后，叹了口气："唉，不出所料啊，是个实在人，只不过笨口拙舌，茶壶里装汤圆——有货倒不出。"

三人正说着话，成学端着一个纸盒兴冲冲地走了进来，看见马宗伯也在，又显得局促了："我来找德明，你们在说事吧，我……"

"没事，我们在闲聊，你有事，你说。"马宗伯和颜悦色的。

成学放下心来："德明，你来看，这方法可能会快些，"他把手中的纸盒放在桌上，"这里有五种底片，分别匹配五种相纸，每种有十多二十张，先不要搞混了，有空就比较着看，看熟了，有把握了，再混合，再分开，多来几次，直到每次的结果相同。"

"对啊，这办法好。"德华先按捺不住。

马宗伯赞许地点着头，对德明说："你就按你师傅这方法认真练练吧。"

德明也很兴奋："谢谢师傅，我这就去。"话未落音，已抱着盒子快步而去。

此后十余天里，德明捧着那百来张底片，翻来覆去，看个不停，其他啥事不做，店里的人自然不招惹他，马宗伯也暂且随他去吧。

殊不知德明急于求成，反而心浮气躁，看得眼花缭乱，弄得头昏脑涨，睁开眼是底片，闭上眼是底片，底片里仿佛有一面鼓——退堂鼓。

一天，马宗伯窗前路过，见德明双手托着后脑勺，仰望着天花板，终于忍不住了。他慢慢踱进室内："德明，累了吧？累了就歇歇。"

"不累，不累。"德明起身而言。

"能不能分开了？"

德明想说不能，但又心中不快，壮起胆子说："能。"

马宗伯心中一喜："这么快，分给我看看。"

德明左手卡着一大叠底片，右手指头捻动，像发扑克牌一样把底片分成了五份，然后呆站不动。

马宗伯心往下沉，仰天长叹："小子，你糊弄人，还是糊弄鬼，你咋分的？"

"每张底片上的人物、景物我看熟了，知道是哪一堆的。"

"你犯浑，我和你师傅反复叮嘱你，只看明暗、黑白、层次，你忘了吗？"

"没忘，但你们说的那些东西还没有记住，人物、景物就记熟了，我自己都搞不清怎么回事。"

"好，我来告诉你怎么回事，"马宗伯把眼镜摘下，闭目敛神，压下火气后，直视着德明，一字一板地说道，"成学学艺心在艺，用心专一，心无旁骛，日积月累，终成大器，而你学艺心在名，好高骛远，急功近利，欲速不达，终虚所望。"

"大伯，你说得太复杂，我还是不大懂。"

"真不懂吗？"马宗伯心下狐疑。

"真不懂。"

"秉性所致，不懂也罢。"马宗伯起身欲去。

"大伯，我最近心不静，把暗室的事放一放吧，我保证做好照场的事。"退堂鼓终于敲响了。

马宗伯心生寒意，却也无可奈何，隐忍不言地点了点头。

德明回照场后，马宗伯由来已久的一个想法越来越强烈了，阳家人不会轻易离开马家，德明不行就用德华来拴住成学，但他没有十足的把握。

德华小家碧玉，做事利落，处事洒脱，且上过几年学堂，足以嫁个殷实人家，而成学虽然忠厚大度，勤勉上进，却相貌平平，识字不多，人贫家薄。他寻思成学不大敢想，而德华呢？他早就暗暗留意到，她对成学绝无反感，有时还很关照，但究竟是一种礼仪上的尊重呢？还是有那么一点春意萌发？至今也难以判断。

　　于是他去了厨房，试探道："德华，到省城一年多了，快二十了吧，若是还在老家，怕是早就坐了花轿，过了门了。"

　　"大伯，你是长辈，真要是替我担心，就帮着爸妈把我打发了吧。"德华含笑而答，全无半点扭捏之态。

　　"想找个什么样的婆家呢？"

　　"我娘家穷，何必找个有钱的婆家受气，嫁人呢，人好就行。"

　　"有见识，有见识，那我给你提说一个人，行吗？"马宗伯盯着德华。

　　德华多少有一些紧张，同时也有一些期待，她想了想才说："如果我认识的你就说，如果我不认识的就别说。"

　　马宗伯心中有底了："你当然认识，他远在天边，近在眼前，你觉得成学如何？"

　　尽管这就是德华所期待的，但毕竟是姑娘家，顿时霞飞双腮，人面桃花，半晌低头不语。

　　"这样吧，如果你觉得行，就点个头，觉得不行就摇个头，就当我今天什么也没说。"

　　德华毕竟是率真之人，点了头后，开口说道："大伯，万一他不愿，这低头不见抬头见的，以后不好处呢。"

　　"我知道该怎么说，反正你放心，不会扫了你的颜面，但我还得先问问你爸妈，看他们怎么想的。"

　　"我的事我做主，如果他同意，爸妈那里我自己说吧。"

　　"好，有主见，那这事就如此如此也。"马宗伯心开目明，摇头晃脑地蹓了出去找成学。

成学听完马宗伯的话，虽有高攀之忐忑，却更是喜出望外，自是没得说，只是点头而已。

平日里他孤身一人，吃住在店，难得出门，学徒时虽无薪酬，但近几年也多少有了些积蓄，于是在御河边的水巷子写了两间房子，与德华高高兴兴地布置好新房，选了良辰吉日，终归洞房花烛夜，来年抱子时。

徒弟成了穷亲戚，马宗伯总算夙愿得偿，放心多了。

然而好景不长，1949年，解放大军开始南下。马太太的舅舅是国民党市党部的官员，她舅舅说共产党搞株连，马宗伯心下一惊，忙忙慌慌地决定流亡台湾。他一边贱卖家产，收拾细软，同时也惦着阳家的那尊观音菩萨。一天晚上，他与太太仔仔细细，认认真真地商议了大半夜。

第二天早上，宗芳焚香诵经时，马太太也到了室内。她点上一炷香，陪着宗芳诵完早课，她这才开口："宗芳妹，我们就要走了，可我心里真舍不得你们。"

"我也舍不得你们走呢，虽说你是我堂嫂，可你待我就像亲姐妹一样，阳家这几年全是靠你们关照啊，我都不知怎么感谢你才好。"

"都是一家人，就别说两家话了，不过这一走，也不知什么时候才能见面了，你能不能送我一样念物，我想你的时候看一看，也就像见到你一样，不知你肯不肯给呢。"马太太笑盈盈的。

"说吧，我们家又没有什么珍珠宝贝，有啥不肯。"

"那就把这尊观音送我吧。"

宗芳顿时愣住了，好一会才说："为这菩萨，阳梁差一点被保安团堵在屋里把命丢了，说得上是拿命换回来的，何况还是他师傅留下的，我真不敢做这个主，换样行不，我还有个……"

"不急，不急，"马太太仍然笑盈盈的，"如果好说，你就给阳梁说说，不好说就别说了，我这有个念物先送你吧。"她放下一个精致的锦缎小盒，笑着告辞而去，但她转过身后，一张笑脸已是阴云密布。

　　她气冲冲地回到前院客厅，盯着马宗伯说："我这招不灵，该你出招了。"

　　"一招就灵，还用得着昨晚商量大半夜吗，阳梁已出去帮我催款，等他回来我就上阵，你先回卧室待着，别出来，等我消息好了。"马宗伯似乎胸有成竹。

　　等到吃午饭时，阳梁才提着一个小箱子，匆匆赶回。他径直进了客厅："马大哥，这是买前院的王老板付的银元，"阳梁打开箱子，"但只有一半，说过几天交房时付齐。"

　　马宗伯皱了皱眉头："那三义堂的张二爷怎么说呢？"

　　"他说你们写的契约是必须付银元，但他手中只有纸币，如果你要就马上送过来，如果一定要银元，就得等他慢慢兑齐了再说。"

　　"看来这后院是卖不成了，这年头还有谁用银元换纸币呢，我本就信不过那些袍哥人家，只是病急乱投医罢了。"

　　"你别急，我这几天腿跑勤一点，多去催一催。"

　　"算了，我本来就想把这后院送给你们家，只是你嫂子不大情愿，不管她了，这个家我说了算，这后院就送你们了。"

　　"这可不行，常言道，无功不受禄，如果我有钱，哪怕是差一点，我都会想办法给你买下，但……"

　　"什么叫无功不受禄，"马宗伯打断了阳梁的话，"你们到我这里四年多了，一家人都尽心竭力，勤勤恳恳地帮着我马宗伯做事，我可是看在眼里，情记心里，你们这不是功劳是什么，就算不是功劳也是苦劳吧。"马宗伯一反慢慢悠悠的语言习惯，把这番话说得急切、真切、恳切。

　　"不管你怎么说，这房子我是不会白要的。"阳梁虽心存感激，但拒绝的语气依然是斩钉截铁。

　　马宗伯当然知道阳梁的秉性："那这样吧，你们就在后院住着，万一过几年我回来了，我们再商量，我回不来就算送你们了，这总行了吧。"

阳梁想了想说："如果张二爷不买，这房子空着也是空着，我们就领你的情暂时住着，顺便照管这房子，你什么时候回来，什么时候归还。"

"我知道犟不过你，就依你了，午饭就在前院吃吧，我好好敬你几杯，聊表谢意。"

"要敬也是我敬你，没有你们的关照，我们一家子这几年还不知在哪里安身呢。"

二人正喝在兴头上，马太太舅舅家的司机来了："马老板，长官让我来接你们一家人过去。"

"哟，不是说要过几天才有机票吗？"

"机票上午就拿到了，但长官说，现在的机场乱套了，机票只定座位不定时，都是提前一两个小时通知，担心到时来不及接你们，让你们先住到长官家里去。"

马宗伯顿时皱起了眉头，担心自己出的招还不到火候，但孰轻孰重他清楚，只得无奈地点点头。

阳梁不知就里："马大哥，你就放心走吧，还有什么要收拾的，我马上帮你弄。"

"早收拾好了，就几口皮箱，提上就走，只是你嫂子还有桩心事……算了，不说她了，走就走吧。"

阳梁一家子扛着皮箱，把马家四人送到车上，阳梁说："马大哥，吉人自有天相，走到哪，福禄寿喜都随你，后院你就放心，我们一定照管好。"

"你又来了，嫂子不是说了吗，"马宗伯指着他太太大声说道，"后院就送给你们阳家了。"

除阳梁外，阳家的人都被这话打懵了，没等他们回过神来，车子已吐着轻烟远去。阳德明嗅嗅空气中的汽油味说："大伯刚才是不是说，他把后院送我们了？"

没人答话，都看着阳梁，阳梁说："回吧，无功不受禄。"话未落音，他便打头向后院走去。

宗芳随之跟进房间："他真说把后院送我们？"

"说过，但你能要吗？"

"不能，佛有三戒贪嗔痴，我们不能贪，只不过他们能这样想，这样说，也算是一番好心，上午嫂子还来送我一件念物，你看看，"宗芳打开锦缎小盒，盒中是一副绿色的葵瓜子大小的玉石耳坠，"她让我把你师傅的那尊观音送她作念物，我怎么敢呢，那可是你们师徒二人拼命保下来的，再说我供着这尊佛也有二十年了，我哪舍得。"

阳梁沉默了一会："他说嫂子有桩心事，我也不知道是不是这事，不想了，送给她吧。"

"送给她！"宗芳吃了一惊，"是不是大哥也是这意思？"

"没有，他一个字没说，要说了或许就不送了，常言道滴水之恩，涌泉相报，再说你嫂子在这佛前也敬了几年香，诵了几年经，或许是佛心附体，割舍不下，你就送给她吧。"

"送吧，我听你的，"宗芳一边说着话，一边捧起佛像用软布包好，"你上午跑了半天，让德明去吧，他送过几次东西，熟门熟路的。"

阳梁叫了德明来，宗芳把包给他："到你婶子舅舅家去，把这佛交到她手上，千万要小心，别摔碎了。"

"妈，是不是她们把后院送我们，我们就送这个给她们？"

"就你话多，这完全是两回事，你快去快回，回来再说。"阳梁有些不耐烦了。

天色已晚，阳家正在担心，德明捧着布包趔趔趄趄地回来了。宗芳急忙问道："怎么啦？"

"到了婶子舅舅家，门房说他们刚走，坐车去了机场，我叫了一辆黄包车拼命赶去，离机场老远，就被当兵的拦下，没票不让进，好说歹说也不行，只好打道回府，车夫一口气跑了二十多里，没劲了，拉不动，我自己慢慢走回来，脚都起泡了。"

"快坐下，我看看你的脚。"宗芳心痛地说。

阳梁摇摇头："明天我再去看看吧。"

第二天，阳梁带回的消息是：马宗伯一家昨晚已经飞走了。观音菩萨鬼使神差地留了下来，但日后并未给阳家带来什么好运，倒是马宗伯的台湾之行给阳家带来了日后的厄运。

马宗伯走后，买前院的王老板收了房，但后院还宽敞。德明对阳梁说："爸，干脆让大姐她们把水巷子的房退了，搬过来一起住吧，又省钱，又热闹。"

阳梁板着脸说："我们是替人家看房子的，放牛娃能把牛卖了。"

德明见他老子脸色不对，也就不再言语，他那小弟阳德厚当时·七岁，便成天这间屋跑那间屋的，乐得宽敞。

然而，好景不长，就十多天吧，三义堂的张二爷带着几个全身黑衣的跟班，气势汹汹地闯进院子里来。张二爷抬眼一扫，见院子东头有一习武人的兵器架，插着刀、枪、棍、戟，心想：这姓阳的伙计看着老实巴交的，原来还是个练家子。

德明见来者不善，顿感紧张，阳梁站在檐阶上微微一笑，拱手一揖："哟，张二爷，你老今天有空，到马老板这里来喝茶。"

"茶就改天喝了，我来看看，这马老板把后院给我腾空了吗？"

"腾不腾空都不要紧了，"阳梁加了小心，"马老板把这房子留下不卖了，你老请回吧。"

"你怎么就知道马老板不卖了？"张二爷阴森森地笑着。

"那天我去了你那里，你说没银元，我空跑了一趟，当天马老板就走了，他怎么卖，你怎么买？"阳梁反问。

"对啊，我大伯前脚走，我后脚就追，追到机场都没见到人。"德明也觉得不可能。

"你们是只知其一，不知其二，马老板从他舅舅家出来是先到三义堂收了我的钱，这才去的机场。"张二爷原本就是一张黑脸，又配着黑衣，整个人都黑了。

"我大伯已经把后院送给我们了，他怎么可能去收你的钱？"德明沉不住气，跳起脚来。

"没你的事，滚一边去。"阳梁吼住德明。

然后又对张二爷拱拱手，不疾不徐地说："既然你付了银子，马老板就一定给了你房契，只要你拿出房契，我马上给你腾房。"

张二爷一时没答上话来，他身旁的一个跟班吼道："你他妈就一条看家狗，主人家裤腰带断了，把你显出来啦！"

"二爷，他这是敬酒不吃吃罚酒……"

"不打这龟孙，他不晓得三义堂的厉害……"

跟班们七嘴八舌，怒气冲冲，摩拳擦掌地往前凑。

德明下意识地退到了阳梁身后，倒是德厚从兵器架上抽了一把长刀，飞身护在阳梁身前，拉开架势叫道："哪个敢动我爸，我就和他拼命！"

几个跟班一愣，顿时止步，德厚小毛孩一个，身体却敦敦实实，摆的架势更是像模像样，就算是虚张声势，可那寒光闪闪的刀却是真的。

阳梁是又好气又好笑，他伸手把德厚拉到身后："张二爷，我还是那句话，你拿房契来，我走人，不然我就请我家的大爷出面喝讲茶（袍哥喝讲茶意谓双方请龙头大爷出面评理）。"无奈之卜，阳梁也挑明了自己的袍哥身份。

张二爷呵呵一笑："你不说我也看得出来，你老阳是拜过码头，进过香堂的人，既然都是袍哥人家，现在我就给你喝讲茶，你如果拿出房契，我马上走人。"

阳梁心里暗暗叫苦，德明也傻了眼，马宗伯就送了他们一句话，谁都没见过房契，一时无语了。

"拿不出吧，拿不出就给我走人。"张二爷已是横眉怒目。

阳梁一声冷笑："我也是这话，你拿不出来，你也给我走人。"

张二爷不再说话，伸手慢慢解开黑色对门襟团花褂上的布纽扣，一把贼亮的盒子枪露出腰上。阳梁也不再说话，从德厚手上取刀相向。双方怒目对视，战事一触即发。

正在此时，宗芳、德华、德秀推开院门，一头扎了进来，看见院里剑拔弩张的气氛。宗芳倒提一口气："我的妈呀，阿弥陀佛，阿弥陀佛，阿弥陀佛……"情急中，德秀躲到宗芳背后。

德华却壮着胆，腾腾腾走到院中："都别动啊，警备司令的几个太太都找我男人拍照，熟着呢，我和我爸先说几句话。"德华把阳梁拉到一边，问明情况后，她说："你们都没有房契，谁也不占理，大伯虽说给你，可你又不想要，还不如把院子给了他们，我们都住到水巷子去。"

阳梁说："可我受人之托，终人之事。"

德华说："大伯说送你，没说托你，爸，你不是常说，好汉不吃眼前亏吗，你怎么就不明白呢？"

阳梁虽不怕张二爷的盒子枪，但早已被"房契"堵心窝子了，他不知马宗伯是行色匆匆忘了，还是机关算尽之为。总之，他觉得犯不着拼命了，于是转回头冲张二爷吼了一嗓子："有理走遍天下，无理寸步难行，今天我们都不占理，但我今天让你了，强龙不压地头蛇嘛，阳家的人给我听好了，马上收拾东西走人。"话音一落，他凝神聚气，腕肘一振，手中长刀飞出，"嗖"的一声插在了兵器架上的一根青杠棍上。

张二爷听这话不怎么入耳，但他懂得见好就收，何况阳家人的这番动静也并非是什么软柿子，于是也打着哈哈道："既然你老阳仗义，我也不急着催你，都是袍哥人家嘛，慢慢弄，我们明天再来，都给我走。"一帮黑衣人也没人敢多话，顿时悄然离去。

当晚阳梁一家便到了水巷子。那时，马宗伯的相馆已关张歇业，好在

兄
弟
姐
妹

成学的手艺在省城已小有名气，被另一家也有名气的相馆请了去。但他们毕竟是在靠薪水度日，因此，当阳梁一家子挤过来时，那日子就有些数米量柴，捉襟见肘了。

幸好才几个月，南下的解放军就进了城，城里面的工人当家做主了，城外面的农村开始分田分地了。于是马宗芳开口了："阳梁，我们回老家吧，老家搞土改，穷人都分了田，我们也是穷人啊。"

"就因为我们是穷人，就因为想买两亩地，过去我才倒腾那些买卖，现在共产党给，难道我还不想要吗？但松林坡那事，共产党是死了人的，万一说不清……"

话未说完，屋里已炸了锅，儿女们全嚷嚷起来。解放初的年轻人个个都追求进步，对共产党、解放军充满了热爱与向往，哪能听得了这样的话。

阳梁苦笑了一下道："看来说不清这事，莫说共产党，就连你们也不会放过我，那我就先给你们说说。"

松林坡交火前，阳梁坐在茶馆里悠闲地喝茶，盘算着双方成交后的赚头。突然，保安团的马排长（他和阳梁同去北方打过仗，也是同一袍哥会的兄弟）慌慌忙忙地走了进来，他对阳梁耳语道："我也是才知道，团长今天要的不是那边的银元，而是那边的人头。"

阳梁顿时心惊肉跳，面如土色，连连道："完了，完了……"

"你快躲吧，躲得越远越好，这事一出，那边的人还饶得了你。"话完，马排长匆匆而去。

阳梁出了茶馆撒腿飞跑，但不是跑回家，而是向松林坡跑去，他还存了一线希望，只要游击队一撤，他就有办法对付后边的事，然而，跑得再快，还是晚了一步。枪响后，他才知道双方都是有备而来，这一来，哪方都会怀疑他，哪方他也说不清。只得连更宵夜，携妻偕子，溜之乎也。

阳梁话一完，德明便遗憾起来，他说："要是你再早一点得到消息，通知游击队就好了，那你现在就是共产党的功臣了，不过现在说也说得清，你本来就是去给游击队报信的。"

"如果别人问我为何那时不说，反而要跑呢？"

"对啊，你为何不说，反而要跑呢？"德明还真的问了。

"就算共产党信了我，那保安团就得杀了我，一大家人还想不想活了？"

"如果换着我，我就带着一家人参加游击队。"德明撇了撇嘴。

"知道共产党要坐江山，谁不敢呢，但老子几十岁都不知道，你屁大一个娃娃就知道？"阳梁快要耐不住了。

德明正想还嘴，却被德华高声打断："德明，你别说了，难道就你一个人聪明。"

闹哄哄的一家人总算静了下来。

当时的阳家人里，阳梁虽走南闯北，见多识广，但被松林坡的心病折腾久了，遇事也有些优柔寡断；宗芳是一个烧香拜佛，嫁夫从夫，夫去从子的传统女人；成学虽是经济来源的主渠道，却把薪水一个子不留的交给德华，一门心思在技术上，家中的事很少掺言；德华历来大大落落，特立独行，极有主见，反而成了一家子的主心骨。因此她的厉喝才起了作用。

大家沉默片刻后，德华道："爸，这件事早晚会有人问上门来，与其等到那时，不如你主动回去，你不是说保安团烧了我们家的房子吗，如果房子都烧了，还有什么说不清呢。"

"对啊，如果你不是向着游击队，保安团为啥烧房子？"德明也随声附和，"何况你说清楚了，你不但不背黑锅，反而还有点光彩。"

阳梁用食指点点德明，又摆摆手道："光不光彩我不去想，但过去背黑锅是护着你们，现在背黑锅是害了你们，这点事理我还明白，回吧，我和你妈明天就动身，你们几姊妹就在这好好过吧。"

第二章

成学义救地下党　德厚捉鬼明悬案

第二天阳梁与宗芳踏上了回乡之路，那跟着阳梁拳脚刀棒耍惯了的德厚也哭着闹着跟了去。

千余里路在今天不算远，但在那时的交通条件与通信条件下，想得到消息，就得过上好一些日子了，因此还是先说城里。

阳梁他们走后没几天，水巷子来了两位解放军，不问不打听，径直进了德华家，年龄大的显然是军官，年龄小的是警卫，阳家立刻紧张起来，都以为是为松林坡之事而来。

还是德华沉稳地迎上："同志，你找谁？"

军官呵呵一笑道："看来你不认识我了，"他揭下军帽，把目光转向成学，"老孙（那个年代的干部用个'老'字作称谓，是传递对你的信任和友谊，往往与年龄无关），你还认识我吧。"

全体人的目光也转向了成学，成学愣愣怔怔了一会儿："咄，袁先生，你是袁先生。"

军官跨前一步，紧紧握住成学的手。

"袁先生，真是袁先生，"德华也惊讶道，"以前我们都住水巷子，只知道你是教书的，突然就不见你了，特务还来搜查过，水巷子的人还一直担心你呢。"

"老孙，你连她也没告诉？"

成学憨憨地笑笑："没，你不是交代我任何人都不能说吗？"

德华佯怒道："真没想到，你竟然深藏不露，还有事敢瞒我。"

"好了，好了，"袁先生笑盈盈地说，"他那时守口如瓶，是革命斗争的需要，值得表扬啊，今天就用不着了，老孙，是你给她们讲呢，还是我给她们讲……"

1948年国民党政权大厦将倾，摇摇欲坠，不甘心失败的蒋家王朝欲做最后挣扎，祭起"宁可错杀一千，不可放过一个"的屠刀，疯狂杀害共产党人和进步人士，国统区一时风中闻腥，雨中见血。

一个夏日的晚上，相馆正关门打烊，突然闯进两个身着制服的国民党军官，一进门就吆喝道："叫老板来，有公干。"

德明不敢怠慢，立即迎上："请坐，请坐，我马上叫，"他朝着后院高声道，"大伯，有贵客。"

马宗伯匆匆迎出，拱手道："哟，原来是您二位长官，上个月不来过吗，是不是你们局里又忙不过来啦。"

"还真让你说准了，你看，一大堆呢，"其中一个军官一边说，一边拉开公文包，倒出一堆胶卷来，"劳驾，给加加班。"

"好说，好说，"马宗伯满脸堆笑地说，"德明，叫你姐夫来做，你给他打下手吧。"

德明看着那一大堆胶卷，心中嘀咕开了：怕是要熬个通宵呢，于是说："他们的东西重要，还是让姐夫做稳当，你知道我看见暗室就有些犯怵。"

马宗伯心中不悦，却也不敢勉强，真要有点差错，连他也担待不起，只好答应。

成学一到，德明便迫不及待地匆匆而去。

一个军官拿着胶卷与成学进了暗室，一个军官拉张椅子坐在了暗室门口的天井边。马宗伯不敢怠慢，连忙叫厨子（德华已有身孕在家待产）搬了桌凳，摆上酒菜，亲自陪着军官打发时间。

暗室里的军官当着成学点完胶卷数量后，便坐到了他身后监视，其实也是装装样子，灯一关，暗室里伸手不见五指，谁也看不见谁。从打开胶卷外壳，取出胶片，放进显影液，再到定影液的过程中，操作者可以说是闭着眼睛摸的，直到定影时间快结束时，才能在一个绿豆大的绿光下，勉强看看效果。

胶卷太多，成学分批冲洗完，再把胶卷捞进漂洗池，已是半夜。开了灯，成学与军官走出暗室透透气。马宗伯还陪着门口的军官在喝酒，见他们出来，便讨好地说道："胶卷那么多，你们拿回去还得忙，不如在这里多等等，胶卷一干，我叫几个徒儿徒孙一起干，印成照片再拿走，不就省事多了。"

喝酒的军官冷笑道："你的酒我敢领情，印照片我就不敢领情了，底片看不出名堂，照片就难说了。"

马宗伯顿时抽了一口凉气，诚惶诚恐地忙忙说道："我糊涂，糊涂，保密局的东西得保密，对不住了，对不住了……"

"好了，好了，看你也不像吃了豹子胆的人，让他把胶卷挂来晾起，晾干了我们自己收走，就没你们的事了，今天的费用，老板你给开个价。"军官不冷不热地说道。

"哟，长官咋这样说呢，能为你们效力，是小店的荣耀，如不嫌小店的活做得粗糙，以后只管来。"马宗伯一边说一边点头哈腰。

成学已是气不打一处来，心想：不给钱，白干活，好酒好菜待候着，还不给人好脸色，我就偏要看看底片的名堂，一般人看不出，难道我还看不出吗，于是故做小心地道："长官，漂洗时间差不多了，我这就去把胶卷晾起来，行吧？"

喝酒的军官对另一位军官道："还是你陪他去吧。"

进了暗室，胶卷一个一个地挂了起来，成学一边挂一边看，他的心突然抽紧，其中一个胶卷，全是在一个相同的书店拍摄的，在那些人像中，很多张都有他认识的一个人。成学努力地压抑着心跳，不动声色地晾完胶卷，与军官一起走出暗室。

天快亮了，胶卷干了，军官疲惫不堪地收好胶卷，撑起精神走了。

从来都是步行的成学，叫了一辆黄包车匆匆赶回水巷子。他坚信凭他多年的暗室功底，底片上认识的人，就是他们的邻居——袁先生。

袁先生是一个中学老师，平时待人接物，平易谦和，谁家有个难事，更是古道热肠，解囊相助，十足的大好人一个。因此他毫不犹豫地敲开了袁先生的门，把相馆发生的事一五一十地告诉了他。

袁先生听完后，一把握住成学的手，用力地摇了摇，动情地说道："大恩不言谢，孙师傅，我和我们大家都会记得你，来日方长，我们会来找你，记住，这件事你现在不要再对任何人说了，快回去吧，别让人看见了。"成学使劲点了点头，松开袁先生的手，转身离去。

成学的话完了，大家把目光投向袁先生。袁先生像一年多前一样，双手握住成学的手，用力地摇了摇，动情地说："谢谢你啊，老孙，你及时通知了我，不但我安全了，更重要的是那个书店的同志们全部安全转移了，底片上的书店就是我们地下党的中心联络站，书店老板就是地下党的特委书记，老孙，你知不知道你救了多少人，立下多大的功劳啊！"

屋里的人都呆了，他们真不敢相信，这个木讷少言，行事拘谨的人，还能有如此惊人之举，一时间屋里反而沉静了。

"怎么，不相信，"袁先生环视一圈，"那我再说一件事，我现在在军管会工作，由于我们的城市刚解放，急需大量的积极分子加入我们的革命工作，我向领导推荐了老孙，今天来，一是看望大家，二是征求孙成学同志的意见，如果同意，就到西南革命大学工农培训班报到。"

屋里响起一片掌声，气氛热烈，反而是成学激动得："我……我……"的不知说什么好。

袁先生故作严肃道："怎么，不愿去？"

"愿意，愿意，当然愿意。"成学用劲点头。

"这是你的通知书，明天就去报到，"袁先生从警卫背着的皮包里拿出通知书，郑重地交给成学，"我这里还有几份，还得去送，改日再来看望大家。"

一家人拥着袁先生送出了家门，送出了院子，送出了水巷子。

只有德明没有出门，他呆如木鸡似的坐在板凳上，懊悔不及：如果那天我不想偷懒，如果那天我也在场，如果那天我和成学一块去通知袁先生，那我不也立功了吗，今天我就会和他一块拿到通知书，悔啊，悔啊……

城里的一家人都沉浸在欣喜与兴奋中，而乡下的却有些不尽人意了。阳梁回到乡下，希望看到的没有看到，那老房子没有烧毁，只有一面山墙熏黑了一些。

乡邻们说，是保安团的马排长带人来抓他，没抓到人，扔了一支火把在山墙下，便匆匆而去，是乡邻们灭了火，老房子才幸免于难。

阳梁哑巴吃黄连——说不出的苦，他心知肚明，是马排长这个老哥不想真烧，故意放他一马，然而，这"一马"虽给他留下了老屋，却会让他在澄清"松林坡一事"的真相上添堵。

果然，当阳梁找到当年游击队的马队长，现在的县公安局局长时，他碰了个不软不硬的钉子。

马局长告诉阳梁："马排长是摆明了不想烧你家房子，他很可能是怕我们不会放过你，便故意虚晃一枪来保护你，虽然你说的那种情况也有可能，但证据不足，松林坡我们牺牲了四位战友，谁也不敢轻易下结论，不然，对不起他们啊。"

阳梁惊出一头冷汗，一声不吭呆坐着。

马局长也沉默了一会儿，才说："但硬要说你串通他们，现在证据也不足，目前只能在局里备案待查，你先回家吧，查查再说。"

"那我可以分田吗？"

"家里的人可以，你暂时不行。"

"唉，能找到马排长就好了，你们有他消息吗？"

"没有，不知他跟保安团往南去了，还是躲哪儿了？"

阳梁向马局长欠了欠身，拖着沉重的步子慢慢出了公安局。

三个人虽只分到两份田，但在那时也不会缺衣少食了。阳梁唯一的心病还是松林坡那说不清的事，让他耿耿于怀，牵肠挂肚。此后他时不时地外出几天，总想打听到马排长的下落。

阳梁的心病慢慢传染到了省城里的亲属，也传到了亲属们工作的单位，单位都知阳梁涉及游击队的一桩命案，悬而未决。

因此，孙成学培训完，分到军区文化工作队做了摄影师，却未能穿上军装，只能算随军职工。

德华进了军区后勤部的一个鞋厂，也只是临时工。

德明在解放初的清匪反霸中成了积极分子，检举揭发，带头斗争了三义堂那个鱼肉乡里、霸占民宅的袍哥头目张二爷，随后死活缠着袁局长（军管会的袁先生调任商业局做了局长），调到商业局机关做了科员，但他写了一万份入党申请，还是未能举手宣誓。

因为那时候从军、入党、找工作都得过政审关，还不是审查你本人，而是你所有的亲属。阳梁分田过不了关，他们也过不了关，于是一家人都揣了一块心病。

德秀就未找到工作，只好先帮着德华带娃娃，那娃娃生下来八斤重，就叫了孙重。

有一天，德秀抱着小侄儿从水巷子街道办事处门口过，正好从里面出来一个眉清目秀的小青年，那人就叫："阳德秀。"

德秀止步一看，原来是自己陪马宗伯女儿马昭娣读书时的同学，但一时想不起对方的名字，便觉得有些尴尬。

"想不起了，我叫施正文，"他看了看德秀抱的娃娃，"你……这小孩儿长得真乖呢。"

德秀脸就红了："这是我姐的娃娃。"

"你今天没上班吗？"

德秀脸更红了："我还没找到合适的工作。"

"我就在这办事处上班，我可以帮你看一看，最近有没有你喜欢的单位招工。"施正文说得很认真，很热情。

德秀脸红到脖子了："不用了，我……我得走了。"她一扭头慌慌张张地逃了。

德秀桃红、杏红、枣红的递进色彩，深深地烙在了施正文心里，他以为全是女孩儿的娇柔羞涩，一想起便春波荡漾，泛起道道涟漪。

施正文回到办事处，立即翻检招工单位，他觉得有好几个工作德秀都应该喜欢，正看得起劲，办事处主任进来了。

主任说："正文，你是不是这山看着那山高，还想换地方？"

"报告主任，我没想换地方，我是帮我一个同学看一看。"施正文起身，毕恭毕敬地回答。

"你同学，我们辖区的？"

"是，她叫阳德秀。"

"哦，是她。"

"主任认识？"

"你还没来办事处时，她就来登记过了，但她父亲涉及我们游击队的一桩老案，一直悬而未决。"

施正文想了想说："悬而未决的意思是现在还没有下结论，但万一以后又查明她父亲没问题呢，这是不是有点对不起别人。"

主任也想了想说："这样好了，先让她到我们街道的木制包装品生产组去，就算她父亲有问题，我们也得给人家一个吃饭的工作，如果她父亲没问题，我们再给她调换一个好单位。"

"还是主任想得周到，谢谢主任！"

"你谢我干啥，安排辖区青年就业，本来就是我们的工作，不过有一个招呼我得打在前头，"主任的神情变严肃了，"阳德秀确实漂亮，但同学就是同学，想多了恐怕影响你进步，耽误你前程。"

"主任放心，我不敢多想。"看着主任出门，施正文眼里又飘进桃红、杏红、枣红的色彩，随即又渐渐地模糊，渐渐地飘去。

德秀没有挑选的份，她精精神神地和生产组的人们，成天重复着一种简单的劳动。男工从露天坝把原木扛到电锯上，再把一抱抱木条拉回板棚里，女工就用锤子和钉子，把带着毛刺的木条钉成包装箱，虽有长的、短的、高的、矮的之分，但都是方的。

德秀珍惜就干得起劲，生产组的组长常表扬她。

生产组原木进来要记账，包装箱出去要记账，记账的保管员只负责点货、记账，不干粗活，在生产组也就算半个负责人了，半个负责人也是负责人啊，所以必须由历史清白又有文化的人担任，但生产组有点文化的不是自身有问题，就是家庭有问题，现任保管是一个姓刘的小伙子，自身和家庭都没问题，就是识字不多，老是错账，生产组的组长才是完整的负责人，他就是不识字，常被错账整得火冒三丈，于是便到办事处请示领导。

那天，主任不在，正巧遇上施正文，组长说："施干事，我那里的保管经常错账，那阳德秀呢，干活积极，又踏实又有文化，你们看能不能做个保管员？"

"不就是个保管员吗，"施正文说，"多大个事，你觉得行就行，她家里的问题本来还在调查，查清后可能继续留在你那里，也可能调到更好的单位去。"

组长觉得有些费解，但也明白了个大概，就说："那你们还不如不查，就让她留在我那里好了。"

组长高高兴兴回到生产组，叫来刘保管和德秀，宣布了换人的决定。

刘保管高高兴兴地说："谢天谢地，你总算同意换了，我记那个烂账，比扛一天原木还要累。"

德秀高高兴兴地说："谢谢组长信任，我一定好好工作，在平凡的岗位上，做出……"

"别来这些文的，我不大懂，"组长打断德秀，"真要谢，也轮不到我，我刚才去办事处请示，是施干事同意的，他不点头，我敢随便换吗，不多说了，你们去把账交接了吧。"

刘保管一边交账，一边喜笑颜开地说："这才是你该干的活，细皮嫩肉的钉什么箱箱，我们早就该换了，以后有事，你叫一声，我随叫随到。"

德秀说："谢谢！"

刘保管说："该谢你，我天生就是扛原木的料，耍这笔杆子，反而晚上睡不着。"

此后，德秀便时不时地感到欣慰，她欣慰能有一个同学在政府工作，即使是最基层，但也是政府人员，欣慰后是感激，但她没有，也不能有半点非分之想。

德华和成学免不了要关心关心德秀的人事，女大当嫁嘛，但德秀先是推说年轻不着急，问的次数多了，她就泪眼汪汪地明说了："姐，爸的事没查清，我能找到好人家吗，我宁愿等，哪怕等一辈子，我也愿意，要是你们看着我烦心，我就搬到生产组的保管室去。"

德华也就泪眼汪汪地说："姐怎么会烦你呢，只是怕你耽误了日子，你一天不嫁，就在姐这里住一天，一辈子不嫁，就在姐这里住一辈子。"

两姊妹就互相抱着，互相安慰对方。

XIONG DI JIE MEI

皇天不负有心人，这心病揣到 1957 年，阳梁居然从马家镇做山货生意的马老板那里得知了马排长的消息。

他匆匆准备好干粮，对宗芳说："我要去找老马，马三哥，听说在秦巴山黑熊沟一带。"

宗芳吃了一惊："阿弥陀佛，那可是深山老林，野兽出没的地方。"

"我知道，以前去过，但死活都得走一趟。"

"你这几年老得什么样了，你不知道吗，你以为你还年轻，功夫还好？"

"我为什么老得快，还不是为这事，这事说不清，就不是老得快，是死得快了。"

宗芳见他没有丝毫退让的意思，叹了口气："我也知道你这心病，不去一趟怕也是好不了，你带上四莽子（阳德厚的小名）吧，十四五岁了，身体也结实，腿脚也利索，你们走了，我就去趟九曲大庙，求菩萨保佑你们。"

"这娃娃读书不上心，让他到老林子长长见识也好。"阳梁答应了。

德厚欢天喜地，阳梁心事重重地上了路。

马家镇属浅丘地区，无数的小山坡连绵逶迤，坡顶林木葱郁，其下梯田环绕，也称得上是良田沃土的富饶之乡。但由此向东北走去二十余里，山势陡然挺拔，层峦叠嶂，可谓是一山更比一山高，一山更比一山险。

山遥路远，阳梁与德厚走了半天，才到了山脚的临山镇。进了一个小店，要了两碗阳春面打尖，顺便问清了到黑熊沟的路径。

出了小店，阳梁拐到铁匠铺，选了两把山里人常用的长刀。走到镇外，阳梁扔了一把给德厚："四莽子，拿好了，这山里狼虫虎豹啥都有，多个家伙好防身。"

"爸，有我护着，你就别怕。"一边说，一边把长刀舞得密不透风。

"我再老，也轮不上你来护我。"阳梁也抢起长刀，走了一路峨眉刀法，但没走几圈，已感力不从心，于是缓缓停下："常言道'拳不离手，曲不离口'，这几年我没心思练，你练时，我也是动口不动手，丢生了，四莽子，你就莫丢了，习武之事，一则强身健体，二则防身护家，千万不要与人逞强斗狠。"

"爸，你放心，我会记住的，天不早了，我们走吧。"德厚当时绝没有想到：几年后，这两把刀会给他带来牢狱之灾。

一路翻山越岭，涉水跃涧，到黑熊沟时已是暮霭氤氲。虽说黑熊沟也叫黑熊村，但大山深处没有连片的平地，自然也没有连片的村落，村只是一个概念，山民们的房屋星罗棋布地分散在沟的两侧。

他们在一户山民门前停下："主人家，打搅了，请问你知不知道马三哥（马排长在袍哥会时的称呼）住在哪里？"

主人家有些狐疑："你找他做啥？他可不好找，我们平时都难得见他一面。"

"是马家镇的马老板让我来替他收山货，他们约好了的。"

"马老板倒是这山里的常客，不过马三哥住在后山，也就是这沟的源头，往里去还得有半天路程，今天你们是赶不到了，要不，你们住下吧，明天赶早。"

山里人实在，只要你没有歹意，他们都会热情款待你。主人家端上热饭热汤，一边吃，一边好意地提醒他们："明天早点走，早去早回，千万别在源头过夜，那边常有老熊伤人，时不时还闹什么山鬼作祟，僵尸还魂的。"

"嗨，有熊我就宰，有鬼我就捉，熊掌豆腐鬼吹灯，我就想见识见识。"德厚满脸的愣头愣脑。

阳梁笑笑道："老熊是有的，鬼啊，魂的就不说了，这娃娃小，听多了不敢睡觉。"

"算我多嘴，不说了，不说了，早点休息。"主人家打住了话头。

第二天，他们一路走，一路问，找到马三哥家时，已是午后。还在院坝里，阳梁便高声叫道："三哥，你的救命之恩，老弟没齿难忘，今天登门只为当面说声谢谢！"

屋里有些响动，但没人出来，阳梁又重复了一遍，门开了，出来的却不是马三哥，而是一个二十出头的瘦高小伙子："找谁呢？"

"找马三哥，我看你眼熟，是三哥的大小子吧？"

小伙子答非所问冷冷道："你们走吧，这里没有马三哥。"

阳梁微微一笑："麻烦你给三哥说一声，我是阳梁，老朋友，特来谢恩。"

"我说了，这里没有马三哥。"小伙子转身欲关房门。

德厚一个箭步窜到门前，伸手撑住门扇，小伙子一丝冷笑，从门后发力，门在半开半合的状态停住了，关的关不上，推的推不开。小伙子寻思：这小子年龄不大，功夫还行。德厚暗想：这小子瘦骨伶仃，功夫还行。

阳梁收了笑容，沉下脸来："不管你是三哥的什么人，也是晚辈，晚辈对长辈也该客气一点，我这次来，三哥是见也得见，不见也得见，不见着人，我不会走。"

小伙子收了撑门的手："要进就进吧，但你们真找不到他了，我爸他死了。"

阳梁大吃一惊，拎在手中的布袋"砰"的一声摔在地上，里面装着给马三哥的烟酒等礼品。他愣了好一会，方才说道："大小子，就算你爸不想见我，也别拿这事说笑。"

"信不信随你。"说完转身，自顾自地进了里屋，把阳梁与德厚晾在了堂屋。

"说不定真死了呢。"德厚迷惑地说。

"既然来了，真的假的，总得弄清楚，等等吧，等那小子无名火消了，再好好问问。"

"我进去找，看他能躲到哪里？"德厚推门时算是打了个平手，心有不甘。

"你莫乱来，礼数还是要讲，等等吧。"阳梁表面神安气定，抽出腰上的叶子烟杆，慢慢点上一锅，内心却心急火燎：他怕，怕马三哥真的死了，那松林坡的事也就真的说不清了。

几锅烟下去不见动静，德厚坐不住了，到门外闲逛了好一阵转来，还是没动静，他趁阳梁闭目养神，窜进里屋，一间，一间，又一间，六间房子找完，也没见个人影，急忙回到堂屋："爸，屋里没人呢。"

"有后门吗？"

"好像没有。"

"好像没有？走，看看吧。"

姜还是老的辣，阳梁领着德厚在柴房内找到一扇暗门，推开门，德厚傻眼了，一条幽邃漆黑的地道呈现在眼前。找来油灯，试着走了二三十步，出现岔道，阳梁说："回去吧，转迷路就麻烦了，里面肯定是岔道连岔道，地洞连地洞的。"

"谁修的？"德厚好奇地问。

"天然为主，人力为辅，什么人就复杂了，历朝历代的绿林好汉，土匪强盗，白莲教，游击队都在这山里活动过，应该都修过吧。"

回到堂屋，德厚问："我们现在咋办？"

"等，等到回来为止。"

"万一等不到呢？"

"你放心，这么好个窝，他不会白给你，弄点吃的吧，看来得比比耐心了。"

山里的夜晚来得早，太阳一落到山背，夜雾便弥漫开来，笼罩了山峰，密林，溪流，清泉，视觉模糊了，听觉便敏感。

"爸，你听，什么叫声，狼还是熊？"

"哟，四莽子也有怕的时候。"

"不是怕，只是没听惯。"德厚故做轻松地笑笑。

"不怕就好，不然你别想睡觉，这些声音从早到晚都有，白天乱七八糟的声音大，不注意就听不真，早点睡吧，这两天走了不少路，都累了。"

"我睡哪张床呢？万一……万一马三伯真死在这哪张床上呢。"

"我说你怕了，你还不承认。"

"我不怕活人，怕死人。"德厚毕竟还是娃娃。

"这样吧，我们同睡一张床，留一张给那大小子，说不准他啥时又回来了。"

德厚老想着死人床，活人床的，翻来覆去折腾了好一阵，方才睡着。

阳梁虽对马三哥的死活提心吊胆，却也实在困乏，渐渐地也进入了似睡非睡的状态。

正在半梦半醒之时，阳梁忽感寒气袭面，风声击耳，猛一激灵，坐起身来，更觉阴风阵阵，啸叫凄厉。他敛气定神，暗自揣度：莫不是三哥阴魂不散。心下一想，免不了一身鸡皮疙瘩，但走南闯北的见识，以及朦朦胧胧的月光，让他仿佛看到门窗洞开，山风入室。

于是披衣靸鞋，长刀在手，欲关门闭窗，他刚一挪步，突然看见一个似人非人，似兽非兽的怪物，对着自己龇牙咧嘴，却听不见声音，阳梁心下一颤，骨竖毛寒，说时迟那时快，那怪物已飞一般地向他扑来，习武的本能驱使他挥刀相向，刀尖击中了那东西的头，头顿时不见了，那怪物却又变成圆滚滚的一团向他冲来，阳梁力不从心，脚下踩虚，仰摔于地。

"嘿！别伤我爸。"德厚人未到，声先到，随即刀也到。"嗖"的一声，那东西向堂屋飘去，德厚是初生牛犊不怕虎，随即飞身跟进，对着那黑影连连出刀，招招相逼，黑影腾挪躲闪渐渐迟缓，眼看德厚就要得手，又一个黑影飘了过来，一把长刀压在了德厚刀上，力大势沉，德厚顿感紧张。

"四莽子，松手吧，这是你马三伯。"阳梁站在门边发话了，德厚连忙收刀退后。

"阳梁，你这老小子，骗也骗不走，吓也吓不走，找我做啥，说吧。"

"给你老哥送礼来了，我们点上灯再说，不过这山风太大。"

"长子（意谓高个子，长，读 chang），去关门窗。"

被他叫做长子的大小子到柴房关了与山洞相连的暗门，以及各个房间的门窗，屋子里的寒风顿消，啸声尽失。

点亮了油灯，德厚"扑哧"一声，笑出声来，只见长子一身扎满簑草，站着像大狗熊，蹲着像溜溜球，被阳梁削掉，滚落在地的头，只是一个带角的山羊头骨。

"长子哥，快把你那些行头收了吧，你刚才吓得我刀都拿不稳了，现在还后怕呢。"德厚有些嘲讽地调侃道。

"刚才我没带家伙，要不我也拿把刀，再比试比试。"长子明显不服。

"你不是对手，"德厚毫不客气，"刚才我不知你是人是鬼，不敢太下狠招，万一伤了人咋办，我可是手下留情了。"

"四莽子，'满招损，谦受益'，没给你说过吗？"阳梁大声呵斥。

"行就行，不行就是不行，马三伯就行，刚才我只接了一招，就知道打不过他。"

马三哥哈哈一笑："这娃娃有脾气，快人快语，阳老弟你好好调教调教，以后有出息。"

"臭脾气，不说他了，"阳梁说，"马三哥，马家镇一别，十年了，我带得有好酒，痛痛快快喝几杯再说。"

酒喝到天亮，话说到明处。

马三哥长身而起："老弟，松林坡之事，我去找马队长说，不，是马局长了，但我有一事相托，万一我有个山高水低，长子这娃娃，就拜托你了。"

"我掂量过这事，共产党对国民党排级以下的不予追究，排级以上的，要看有无血债命案，是否欺男霸女，你老哥在这县里，在马家镇有过吗？"

"共产党说你是恶霸，你就是恶霸，好几个当初没事的兄弟，挨到清匪反霸时，还不是拉出去崩了，我为啥待在这荒山野岭不挪窝，就怕有这一天呢。"

"错杀一个、两个的，估计也有，但清匪反霸已结束了，如果这次下山，他们不放过你，我去给你老兄垫背。"

"垫背就不说了，还是一句老话，真有事，长子就拜托你了，别看他二十来岁，这几年跟我待在山里，一年见不着几个人，这山下的世事人脉，他可是啥都不懂。"

"从今天起，不管你今后有事无事，长子都是四莽子的亲哥。"

马三哥端起一碗酒，阳梁端起一碗酒，相对一碰，仰头而干。

四人收拾行装，怀着不同的心绪下了山。

阳梁与马三哥去了公安局，马局长为了对牺牲的四位战友负责，亲自参与了对他们的询问、调查、旁证、分析、复核、结论的全过程。

经过十几天的审查，最终的结果是：阳梁没有通敌，撤销案底，而马三哥解放前虽无大奸大恶，但解放后藏匿数年，向政府交代太晚，着令遣返马家镇原籍，监督改造。

阳梁清白了，想补分一份地，但政府工作人员告诉他，土改已经画了句号，哪还有地呢。虽没分到地，但总算治好了松林坡的心病。

当这好消息传到城里，德明喜形于色，兴冲冲地进了局长办公室："袁局长，我爸的事公安局已经撤案了，他确实是去给游击队报信。"

"是个好事，我住水巷子时，见过你父亲几次，言谈举止确也不像奸邪之人。"

“局长，那我入党的事能通过政审了吧？”

袁局长顿时皱起了眉头，叹了口气：“唉，你父亲的事说清楚了，可我的事还模糊呢，你知道的，去年大鸣大放，我多了几句嘴，差一点就成了右派言论，右派分子，至今在局里也是克己慎行，不便多言。”

“可你没成右派，这局长还不是干得好好的。”

“你不在党，不大懂，你最好找找王书记，听听他的意见。”

德明一听到王书记三字，就有些心烦意乱。王书记高大威猛，大脸膛饱满赤红，他来自野战军，急性直肠，行则军纪，言必政令，在德明心里就是简单粗暴，军阀作风。但他别无选择，还是忐忑不安地走进了书记办公室。

德明俯首低眉地说完阳梁的事，然后小心翼翼地提到了他入党的事。

王书记一向就看不惯他那可怜巴巴的样子，认定他是军帽上缠树枝——搞伪装，于是毫不犹豫地抢白道：“就算你父亲的事清楚了，你那个大伯父呢，他可是逃到台湾的资本家。”

这话犹如晴天霹雳，震得德明脑子嗡嗡作响，他更想不到，头阵雷声未过，二道雷声又响。

“再说了，入党不是凭申请书写得多，要看工作干得好不好，成天喊口号一套一套的，口号打不死敌人，上战场就得真刀真枪地拼……”

德明惨白着一张脸，汗津津地退出办公室，他暗自庆幸，当年马宗伯的后院幸好被张二爷霸占了，张二爷被抓后，就归了政府，不然阳家就更惨了。从此他对王书记怀恨在心，在后来的“文化大革命”中，他也让王书记为此吃尽苦头。

同一个消息，让德明对一个人产生了刻骨铭心的怀恨。

同一个消息，也让德华对一个人产生了铭诸肺腑的感激。德华在军区后勤部的鞋厂工作了几年，做事勤勉，任劳任怨，但始终是临时工。鞋厂的李厂长是从老根据地来的一位首长老婆，十足的直肠子，热心人，一直就为德华的事心抱不平，一听到这消息，就闻风而动，理所当然地替她办了临时工转正的手续，并且调到成品库房做了负责人。

同一个消息对孙成学却波澜不惊，似有似无，他在军区的工作，已足以让他受到同行、亲友、街坊的尊重，他安分知足，无心功名。西藏和平解放后，军区组织文化工作队援藏，他主动请缨，随队去了青藏高原，从此一年半载的才回省城一趟。

同一个消息让德秀与施正文变胆大了，施正文敢爱了，德秀敢被爱了。

生产组没有一个戴手表的人，唯一的小闹钟放在保管室，保管室的屋檐下挂着一个铁板，德秀负责上下班敲钟，下班敲钟后，她要把当天的成品点数记账，所以总是走在最后。

施正文是下班去的，所以只有德秀还在保管室了，他激动地说："你爸的事查清了，没问题，公安局撤案了。"

消息来得太突然，德秀瞪着大眼呆呆地一动不动，施正文拉拉她手："你怎么了？"

德秀眼里便滚出大颗大颗的泪珠，而后就不知是谁先出手拥抱，反正是抱得紧紧的，抱了很久很久，施正文说："我今天才知道，我是一直爱着你的。"

德秀说："我也是今天才知道，我是一直等着你的。"

施正文说："嫁给我吧，我明天就打报告，我们党员干部结婚都要打个报告。"

德秀说："我今天就给我姐说，我要嫁人了。"

第二天，施正文就交了报告上去。此后，一下班就去生产组，然后牵着德秀的手，沿着水巷子背后的御河边遛弯，说一弯相思之苦，又说一弯婚事安排，卿卿我我，好不恩爱。

没几天，德秀就养成了施正文接她下班的习惯。这天，她又习惯地等着，可一等不来，二等不来，直至深夜，她估计是办事处有急事，只好闷闷不乐地独自归家。

第二天，德秀依然等至深夜。

第三天，德秀收到一封信，信不长，却令她悲从中来，痛断肝肠。

德秀：

你好！

你见到信时，我已调离了水巷子办事处。

原谅我的懦弱，我没有勇气面对你，也没有勇气放弃自己追求进步的目标。

上级找我谈话，我才知道除了你爸的事，你还有个大伯去了台湾，你不要怨我，更不要怨你自己，要怨就怨你大伯。

我实在想不出更多的语言安慰你，你多保重吧。

再见！

施正文

看完信，德秀病了，昏昏沉沉了一个星期。可生产组的木头和箱子每天得记账啊，组长就安排刘保管代理，刘保管记了两天，又搞得睡不着觉了，于是一下班就去关心德秀，说点好听的，送点好吃的，眼巴巴地盼着德秀快点好，好了好记账。病好不久，德秀和刘保管结了婚，小伙子虽没有施正文的才学和清秀，却有一身力气，而且自己和家庭都没有问题。

转眼，已是1958年秋，德华正在库房忙碌，突然门外传来一阵小娃娃们的惊呼："快来人啊，有人触电了，有人触电了……"

德华向窗外望去，不远的木电杆下倒着一个小孩，另外两个正跳着脚，大声尖叫，德华高声大吼："你们不要乱动！"同时脚蹬手拽，从木制包装箱上扳下一根木条，蹭蹭蹭地冲到小孩身旁，用木条挑开了电线，随后赶来的工友送小孩去了医务室。

德华这才感到一阵疼痛钻心，低头一看，发现左手掌满是血，原来是拽木板时，被钉子扎了，于是也到了医务室。

李厂长也赶来了，看望了被抢救过来的小孩后，她拉着德华的手，又是心痛，又是感动地说："老阳，要不是你，今天就出大事了，手伤得不轻吧，好好休息，不准上班了。"

德华说："伤不重，但我有个想法，倒想说说。"

"说吧。"李厂长满面笑容。

"我们厂女工多，娃娃也多，可郊区的幼儿园少，送到城里吧，又太远，丢在厂子里满地野跑，早晚还得出事，厂里空地还多，能不能自己建个幼儿园呢？"

"这事，我也想过，"李厂长的笑容变成焦虑，"而且也给上面的领导反映过，但上面说经费困难，还得等等，我也不知要等多久。"

"我们可不可以一边干，一边等？"

"啥意思？"

"发动全厂职工，义务劳动，修自己的幼儿园，大家肯定支持。"

"材料呢？"

"厂子的地盘里，不是有两座旧碉堡吗，拆了就有砖，上半年炼钢时（那一年曾掀起过举国动员全民炼钢的热潮，后又叫停），剩余的木料，有一大堆没劈的，正好用上。"

"好啊，好啊，"李厂长兴奋地说，"就这样干，我再到上面去吵吵，给多给少，总得给点。"

李厂长本就泼辣，第二天就开了动员大会，幼儿园的修建，风风火火地干开了。

两个月，一所崭新的幼儿园落成了，虽是平房，却也高大、宽敞、明亮，油漆工用儿童们喜爱的色彩，将门窗房梁，栅栏墙裙，涂抹得艳丽明快，流光溢彩。

在落成庆典上，德华被任命为幼儿园园长。而且在这一年冬季，李厂长不管不顾地做了她的入党介绍人，德华成为预备党员。

德明得知德华入党的消息，竟然痰迷心窍，鬼使神差地又找到王书记："王书记，党的政策应该是一样的吧，我姐能入党，为啥我不能？"

王书记愣了一下："党的政策肯定一样，但个人表现肯定不一样，我不了解你姐，你应该了解，你想想你和你姐有啥不一样，你想好了再说。"王书记话虽干脆，却因不明此事就里，心中也是疑云重重，因而没有大动肝火，作雷霆之怒。

王书记是个遇事较真的人，既然心存狐疑，就非要弄个明白，叫了局上的小吉普车，一溜烟地到了鞋厂。

商业局虽管不了后勤部的工厂，但一个局的书记，自然比一个厂长级别高，李厂长爽朗地打着哈哈，友好地开着玩笑："今天吹的什么风啊，能把书记的大驾吹来，欢迎欢迎。"

"什么风都行，只要不是右倾风。"王书记面善嘴厉。

李厂长一听便知话里有话，但仍然有说有笑："大家都是部队出来的，有事说事，无事喝酒，不用绕弯子了。"

"你爽快，我也干脆，明说吧，我是无事不登三宝殿，今天是来了解阳德华入党的事，看看政审时是不是疏忽了什么。"

"你是说她父亲的事，不是撤案了吗？"李厂长小心起来。

"除了这事，她家还有海外关系，在台湾呢，难道你这里档案不齐？"

李厂长心里"咯噔"了一下，政审时被她有意无意疏忽的问题让王书记给挑明了。

她略一沉思后，没有回答王书记的提问，却热情地说："王书记，既然来了，就看看我这厂子，我们边走边谈，好不好。"

李厂长带着他，一路到了幼儿园，里里外外转了一圈，详细讲了建园的前后经过。

王书记当然明白她的用意，也就不提"档案"的事，他换了一个方式：“李厂长，既然都是部队下来的，你就知道，我们打仗时的党员是干啥的，一个阵地攻不下，党员站出来，带头冲锋，一个阵地要撤退，党员留下来，掩护战友，而现在呢？你看看现在，很多人削尖脑袋要入党，图啥，就图能当干部，能往上爬！”他越说越激动了。

“王书记，你后边的话也太绝对了吧，好多党员不也是‘平头’一个吗？”

“但哪个干部不是党员呢，不是党员能提干吗？”

李厂长想想也是，一时语塞缄默。

见李厂长不再分辩，王书记也放缓了语调：“这个阳德华的表现确也特殊，预备了也就预备了，我们都是老同志，我绝不会随便‘喳喳’的，但转正时，还得审，万一谁扯出那个‘海外关系’，就麻烦了，我是好意提醒，你自己掂量吧。”

“谢谢书记提醒，我老李领情了，走吧，请你喝酒。”毕竟都是部队出来的，转眼之间两人嫌隙全无。

阳德明真没想到，他急于求成的草率举动，却让阳德华这个预备党员，预备到十几年后才转为正式党员。因为，李厂长也怕弄巧成拙，不敢轻易提交德华的转正报告。

第三章

德华瞒天治母疾　德厚入狱为友情

1960 年在新中国的史册上，是沉重的一页，是"三年自然灾害"的第一年。

那一年，水巷子长大的孙重刚满十一岁，正是长身体、长见识的年龄。

在他的见识中，尤为深刻的是知道了：每一年的日历上有个"二月平"。

那时，农村和城市都写满"公共食堂万岁"的标语，大多数人都在食堂吃饭，有位著名作家戏说吃食堂的人，开始是吃得把皮带向外打孔，腰壮了，后来是吃得把皮带向内打孔，腰细了。

孙重也在吃食堂，到腰细时，国家给他的定量是一月十八斤粮，每天六两，一顿二两，时间一长，他觉得像是从来没吃过饱饭。

那年的二月二十八日，他递上二两饭票，炊事员阿姨关照地说，这个月是二月平，明天就可以用三月份的饭票了，你剩余的都可以吃。他一数，一斤八两，一顿六两，他说不出的高兴，痛痛快快地吃了三顿饱饭，那久违了的饱嗝一个一个往上冒，心里就想：还有没有五月平、八月平呢？

城里人的口粮，政府尚可调控，农村人的口粮，就进入了无政府状态。

以"公共食堂"为载体，人民公社的社员们提前进入了"共产主义"，马家镇的公社干部为防止有人开小灶，不但收走了每家每户的粮食，而且连锅碗瓢盆都搬进食堂，集中管理。

社员们也乐得过上了饭来张口的日子，可惜好景不长，不到一年，伙食标准就从干饭、半干半稀、稀饭、菜稀饭、米汤煮菜一路下滑，直至食堂解体。

饥饿折磨着马家镇，人人挖空心思，绞尽脑汁地寻找一切可以下肚的东西，米糠、麦麸、草根、树皮、观音土……这些食物让一些人活了，也让一些人死了。

马三哥死了，临死，他叫长子请阳梁到他家，德厚也跟着来了。

阳梁见马三哥骨瘦如柴，不免黯然神伤："我去请个医生来看看吧。"

"不必了，阎王催命，在劫难逃，我本就活得不耐烦了，多走几步挖野菜，还得给队干部请假，死了也好，一死百了，但我……我……"马三哥用颤抖的手，指着长子、长子老婆，以及她怀里一岁多的娃娃，上气不接下气地说，"我……我担心长子养不活她们，他在山上待久了，不谙世事，遇事少主见，我走后，你老弟可要帮他一把！"

"三哥，你放心，三年前我就说过，长子是四莽子的亲哥，这话我永远不会忘。"

"马三伯，你真要死了，我照顾长子哥。"德厚确实不知天高地厚。

阳梁扬掌欲抽，马三哥说："慢，我早说过，这娃娃有出息，我……我信得过你们……"马三哥颤巍巍地抱拳一揖，撒手而去。

此后，长子一家三口住进了阳梁家，五个大人一个娃娃，常常是吃了上顿没下顿。阳梁只好带着德厚、长子去县城找一些下气力的零活干，零零碎碎地弄点吃的回来，但马宗芳身体还是浮肿了，他不得不留在家照顾宗芳。

有一天，长子和德厚在火车站卸散煤，他们搭伙的那个班有十个人，一锹一锹地铲到下午 6 点，卸了六个车皮，另外一个班十二个人却只卸了四个车皮。

干完活，一个个全成了黑无常，除了眼窝子是白的，吐口唾沫都是黑的。

货站的主任给他们签发了计件工单后说："你们刚才卸的十个车皮，现在已停在东头第三根转换轨道上，明天不装煤了，老规矩，打扫煤车不给钱，给煤灰。"

这种好事，十天半月难逢一次，众人是喜从天降，一窝蜂地向东头奔去。车皮还拉煤，煤灰不能扫，车皮换载，煤灰归己，煤灰是好东西，用水团成团，可自己用，自己卖，也有人找着你收。

然而，当德厚他们扫完五个车皮，到第六个车皮时，气氛变紧张了。他们看见另一个班的人，除了那个二十来岁的小胖子头儿操着手，其余的十一个人正扫得起劲。

他们搭班的那个头儿大喝一声："都给我停下，还要不要规矩了，谁卸的车皮谁扫灰，不懂吗？"

"你不要拉尿擤鼻涕，两头逮着，今天卸车我就让你们多卸了一车，按理说我们扫六个车皮才算扯平，一人一半已经是便宜你们了。"胖小子毫不示弱地回击道。

"车站规定六点钟必须卸完腾道，我们六车都完了，你最后一车都还剩得有，你完得了吗？"长子给头儿帮腔。

"关你屄事，你给老子滚，这没你说话的份。"胖小子碍着头儿脸熟，言语稍留余地，一见长子出头，就像是有了下饭菜，立即破口大骂。

长子一身煤灰，看不出脸色："你再骂一句试试。"

头儿急忙拉着他胳膊，小声说："算了，那小子下手狠。"

"骂你是轻的，你别以为高人一头，就有人怕你，再不滚，老子马上打你个屁滚尿流。"小胖子厉声叫嚣，他手下的那帮人也嗷嗷助威。

"来来来，不来……"长子的话没说完，小胖子的铁锨已一铲劈来，长子一偏头闪开，但铁锨还是擦着额头划了一抹血痕浸出。

照常理，长子的功夫随便能躲过这一铲，无奈他被好心的头儿死死拉着胳膊，反而乱了招式。德厚虽一直想着该出手时就出手，但他毕竟只有十几岁，真没想到小胖子突然间就出手伤人。

小胖子一铲把胆小的打懵了，把胆大的打醒了。刹那间一场混战打响，德厚、长子腾身飞扑，三下五除二，小胖子已是满地找牙，而后是他们追着小胖子的人打，正打得痛快，打得解气之时，铁路公安赶来了，大家一哄而散，跑得无影无踪。

晚上，长子头上缠着绷带回来了，德厚的额头也有瘀紫。

阳梁问："怎么回事？"

德厚说："今天在火车站扫煤灰时，和一帮人打了一架，爸，我们没打输，就是煤灰……煤灰都没要成，也就没有吃的带回来了。"

"家里有，给你们留着的，快去锅里舀吧。"阳梁心痛地说。

看着二人狼吞虎咽的样子，阳梁被迫作出一个决定，让德厚带着宗芳到省城，寻思城里的三兄妹总会想出办法，治治宗芳的病，而乡下少两个人吃饭，日子总要好熬一点。

一天，当孙重还在遐想二月平的时候，德厚搀扶着宗芳进了家门，这是他第一次看见他小舅和外婆。被德厚搀扶着的宗芳面色蜡黄，浑身浮肿。

"咋把妈弄成这样了？"德华又气又疼地问。

"饿的。"德厚瓮声瓮气地答道。

"那你咋还长得像猪似的？"说"猪"有点过分，但德厚穿在身上的那套土蓝布衣衫，被他那些七翘八拱的肌肉撑得随时要爆线似的，真不知是衣服太小，还是人长得太壮。

"我……我……"德厚嗫嚅着，终没答上话来。

稍后，德明来了，再稍后，德秀也来了。哥哥姐姐陆续来了，又陆续重复着类似德华的责备。德厚虽壮，但毕竟只有十七岁，终于忍不住哭了，哭声粗重低沉，像是某种动物在呼号。

宗芳见德厚难受，也忍不住老泪纵横，难得多话地说了一长串："你们别说他了，自从食堂垮了后，马家镇一带连野菜也挖光了，你爸带着他和长子到镇上，到县城找一些下力的零活干，有时也能挣到点吃的，有时又揭不开锅，我早就念叨要来找你们，你爸不让，说你们都带儿带女的，保不准也难，这次我病了，他们实在没办法，才答应我来的，不怪他，怪我……"

"妈，你别说了，我就是猪，我笨，我看不懂他们，走，我们回去，我去偷去抢，也不让你挨饿，走啊，不求他们。"德厚歇斯底里地吼道。

这下轮到哥哥姐姐面面相觑了，当时，哪家都有几张嘴，已经是米珠薪桂，若是陡然增加两张嘴，搁谁家都是个难事。

德华欲哭无泪，不容置疑地先开了口："我知道家家都有难念的经，但我们谁也不准说半句软话，从我家开始，妈和小弟先住一个月，按月轮换，吃得欠一点，总比没吃的强。"

此情此景，谁能说"不"，三兄妹挨次点头应允。

在孙家的第一个月，德华尽其所能的让宗芳吃饱，宗芳的脸色逐渐好看了一些，但浮肿仍未消失。孙重好奇地用手指按外婆的腿，一按就是一个凹坑，好半天才能缓缓弹回。

德华想请厂里医务室的医生去给母亲看看，医生问了症状说："不用看了，这是严重的营养不良所致，现在得这病的人不少，要医也容易，根本就不用吃药，就是弄几斤油荤，每天吃二三两，有个十天半月，保证见效。"

这么个简单的处方，在今天看来甚而有些滑稽，不就几斤肉吗？

然而，在那个数月不闻荤腥的日子里，一般的家庭，上哪去弄几斤肉呢？

德华犯愁了，想啊想啊，一个可怕的念头慢慢入侵了她的大脑。

虽是艰难岁月，国家对城里的婴幼儿还是提供了保护措施，每个幼儿园按娃娃人数，每月供应不等的肉类食品（有时多一点，有时少一点，但每月都有），这些供应票，都由园长亲自保管和采购。

德华额上的冷汗沁了出来，她用颤抖的手拿出肉票，挑出一张三斤面额的，小心翼翼揣在兜里。然后，她铺上纸，拿出笔，情不自禁，悲从心来，酸楚的泪水，夺眶而出。她写了一份检讨：由于本人粗心大意，遗失肉票三斤，犯了大错，请上级领导严肃处理，不管处理多重，我都接受，但请求补发三斤肉票，园里的娃娃不能缺少营养。

庆幸的是，不但肉票补了下来，而且由于她一贯的优秀表现，李厂长仅仅在厂内的干部会上批评了几句而已。补到肉票后，德华疾步如飞地买回三斤肉来……

宗芳的浮肿消退了，算是捡回一条命，但德华的内心却长期隐隐作痛，她欺骗了组织，欺骗了领导。在自己母亲的生死关头与正直无私的观念冲突中，她的道义天平倾向了前者。至今她还时不时地扪心自问：这个选择是对还是错？

第二个月，宗芳与德厚如期到了德明家。德明住在商业局的宿舍楼，虽说是底楼，但毕竟是楼，那时候百分之九十的人，住在低矮的、窄窄的、破旧的平房里，住楼房的就总觉得要比住平房的高人一等，而且每一个单位安排住房，还得论资排辈，按级别优先，"工人阶级顶天立地"的幽默，就是那些不是住底楼，就是住顶楼的人自嘲而出。

德明住楼房，已经高人一等，加之从小就不看好德厚，认定他四肢发

兄弟姐妹

达，头脑简单，是一个不会有出息的人，虽说住到家里来了，天天见面，但很难得和德厚说上几句话。

德明老婆在商业局下属的百货公司上班，其家中已有一女，三张嘴突然变成五张嘴，难免心里窝火，做脸做色。每每煮饭之时，便用打米碗将米坛子刮的哗哗作响，意谓快没米了，稀饭碗捧在手上，就像捧着一面明镜，眼睛鼻子清晰可见。

有一天半夜时分，德厚两泡尿后，明镜似的稀饭流没了，只有瘪瘪的肚皮咕咕叫，习武之人耳尖，隐隐约约觉得厨房有声响，他腾身而起，直扑厨房，随着"哐当"一声，有个黑影已跳窗而出，仓促间似乎打翻了什么东西，德厚向窗外望去，贼已没了踪影，于是开灯，他傻眼了，打翻的铝锅中，居然是白花花的干饭，瘪瘪的肚子让他来不及多想，抓起饭团便塞进嘴里，可惜的是，这饭他没能咽下去。

听到动静的德明两口正好赶到厨房门口，大嫂厉声高吼："你是耗子变的，半夜偷吃东西！"

德厚心中一急，一团饭"扑哧"一声，喷出老远："不是，是有个贼，"他用手指着窗外"跑了，跑了……"

"真假难辨啊，你说跑了，就跑了吧，"德明从老婆身后闪出，冷嘲热讽地说，"不过……这饭，贼没偷吃，却让你吃了……"

"我没吃。"

"你这一地，吐的不是饭，是屎？"大嫂怒不可遏。

"我……我……"

"你别我我了，这干饭是给妈和你小侄女煮的，我们人年轻，身体还扛得住，何必争这一口呢？"说完，德明拉着老婆转身回了他们的房间。

德厚愣住了，憋得脸红筋胀的半天说不出话来。

"四莽子，四莽子，你们在说啥呢？"宗芳的房间传出微弱的叫声，她大病初愈，身体还不硬朗。

德厚走了进去，压低声音："妈，你在这儿见没见过干饭？"

"你啥意思呢？"

"就问问，但你不要骗我。"

宗芳好一会没吱声，但又不忍看德厚那期待的眼神，最终摇了摇头道："阿弥陀佛……"

后半夜，德厚辗转反侧，越想越不对劲，他万万没想到：这家人的伙食竟然还有如此猫腻。

第二天一早，德厚对德明说："哥，妈就留在这里吧，我回乡下去，爸他们在乡下，也不知……"

德厚未说完，德明未开口，大嫂就抢白开了："你别一甩手就走，自古皇帝爱长子，百姓爱幺儿，你妈把你养这么大、这么壮不容易，你现在就不能想想办法，养养你妈，你还是不是个大小伙子？"

德厚憋红了脸，一仰脖梗："走就走，这窝囊饭不吃了，这窝囊气也不受了，我妈我养。"

德明冷冷地说："你想好，这可是你自己要走，这年头，有口吃的就不错了，还在乎啥气不气的？"

德明两口提起包上班去了，德厚娘俩提起包回乡下去了。

在道义的天平上，德明倾向了自己的小家，而且他此后从未问过自己：这样的选择是对还是错？

星期天，德华拿上一把面两个鸡蛋，带上孙重去德明家看望他外婆。

一进门，德明老婆吱了一声："姐，你坐。"便闪进了里屋，孙重觉得大舅妈有点怕他母亲似的。

稍顷，德明走了出来："小弟带着妈回乡下了。"

德华大吃一惊："大家不是说得好好的吗，为啥走呢？"

"小弟的牛脾气你又不是不知道，老是和她嫂子闹别扭，前几天拌了两句嘴，他拉上妈就走，我们是怎样劝也劝不住。"

"就算他犟着走，你也该把妈留下。"德华顿时疾言厉色。

"妈放心让小弟一个人走吗，她总觉得小弟还是小娃娃一样。"德明倒是不愠不火的。

德华稍作沉默，摇摇头，叹口气道："小弟脾气不好，妈也有点惯他，不过，"说到这里，德华压低了嗓音，"你也不能啥事都由着她的性子，"德华用手指了指里屋，"该拿主意时，还是得自己拿，若是用她作挡箭牌，就是你不对了。"

德明讪讪地说："别说得太难听了，自己的妈，我还会故意为难吗？"

"我想也不会，不然的话，看我怎么收拾你，算了，算了，回头给你那口子说说，都别往心里去，好歹都是一家人。"德华也只能息事宁人了。

德厚娘俩回到了马家镇。阳梁见宗芳的肿病好了，先是一阵欣喜，听完城里的情况后，又是一阵难受，他沉思了好一会儿，缓缓说道："省城都如此难，就别说乡下了，你们看看这外面的庄稼地，还有人种吗？就是有人种了，那种子还不是被人刨来吃了保命，依我看，这日子没有个两三年是缓不过来的。"

"那我们还是到县城想办法。"德厚忍不住了。

"不行了，你们走的这段时间，我和长子也常去，但县城里讨食的人越来越多，能找的活是越来越少。"

"那咋办呢？"德厚傻眼了。

"办法也有，进山。"

"进山？"

"对，进山！"阳梁加重了语气，"山上好找吃的，这个长子知道，前些天我就想带他去，但放心不下他媳妇娃娃，弱女幼子，万一出事咋办？我一个人去吧，他不放心，他一个人去吧，我又不放心，这下行了，女人留下，我们三个男人进山。"

一向不管男人事的宗芳说话了："你就别逞能了，这年把，你瘦得人都矮了一截，就让娃娃去，也该他们下下力了。"

"爸，你留下，我们去，要不了几天，就给你们带好吃的下来。"德厚是个好动分子，按捺不住地兴奋起来。

"阳叔，你就留下吧，山上我原本就熟悉，又有四莽子做帮手，不会有事的。"长子也是急不可耐的样子。

"爸，你放心好了，有长子哥做帮手，出不了事，他要出了啥事，你老人家拿我问罪。"

"好了好了，你这娃娃就爱抬杠，答应你们，我留下，四莽子你给我记好，如果出了啥事，我真得拿你问罪。"

德厚笑嘻嘻地连说："好好好！"

几个人连夜收拾行装，德厚把几年前用过的那两把长刀裹进了包袱里。

第二天，天色未明，他们便向秦巴山匆匆赶去，在路上迎来了日出，到山中送走了夕阳，月牙儿当空时，他们已过了临山镇，赶到了黑熊沟，在几年前的那座有地道相连的老房子住了下来。

果然，山里有山里的好处，虽然那些巴掌大的一块块山地，一年到头也收不了两箩筐玉米土豆的。但山里有野生的干果、山菌、木耳、竹笋可采，有山鸡、野兔、麂子、獐子可猎，这些东西能换粮食则换，不能换时就直接果腹。

因此，大饥荒闹了那么久，山里人并不十分紧张。当看见突然进山的德厚、长子二人，也不以为然，然而他们做梦都没想到，这二人竟会给他们的生存带来关联，带来威胁，带来一场轩然大波。

德厚与长子起早贪黑，能捡的捡，能猎的猎，没几天工夫，便一人背着一口袋山货回到山下的家中，一家人的欣喜自不必说。

休息一天，又赶回山上，几天后，又赶回山下，循环往复了几趟后，家中来了好些个亲戚乡邻，嚷嚷着要跟他们进山。

原来是阳梁两口把山上带回的食物分了些给他们，因而得知了这条活路，求上门来，德厚与长子年轻血性，哪想什么后果不后果的，于是慷慨激昂，毫不犹豫地答应了。

时日不长，队伍就扩大到二十几个人，好在那老房子有六间，还连着地道地洞，再来点人也不挤。但人一多，就有点乱套了，好在有阳梁这个老兵居中调停，德厚每次送食物回三里坝时，他便暗授机宜，在他的指点下，德厚把二十多人分成组：采摘的、狩猎的、运输的、煮饭的各司其职；包括每人每户的食物分配，一五一十，造册登记，那真是清清楚楚，明明白白。一个小圈子赖以生存的食物链诞生了。在那个年代，这已经是一个奇迹，而俨然成了领军人物的德厚，其年龄才挨近二十，这恐怕又是一个奇迹。

但仅仅几个月，矛盾上升了，冲突加剧了，因为进山的坝里人不仅仅是德厚他们，其他地方的坝里人也一拨拨开进山里。山里人这才知道山下饿死人了，开始变得紧张起来。

坝里进山的人不懂山里的规矩。就说捡野菌吧，山里人看见一笼菌，捡大留下，过一阵子再来，还是一大笼，坝里人一见，连须根都刨个精光，菌就再不发了。打兔子吧，他们也不分季节，产仔的时候也打，就连野鸡蛋也吃，蛋吃多了，鸡就少了，他们把前山搅得差不多了，又往后山闯，后山可不是随便闯的，什么野猪、老熊、山豹子的都不好惹。山里人每年也就秋季进去一趟，都是十几二十个人一帮的，还有老猎手带队指挥。坝里人这一闯进去，要不要也能弄个大家伙，可丢了命的，缺胳膊少腿的也有，他们倒是自作自受吧，可那些被撵慌的野家伙再也分不清前山后山了，到处乱窜，见人就扑，山里的大人娃娃也免不了有人受伤。

黑熊沟一带的山货是越捡越少，猎物是越打越稀，而坝里进山的人却越来越多，于是先来的和后来的，坝里人和山里人，便常为争夺一处山地或一片林盘聚众械斗。但德厚带的那帮人，都是饿死不如肇死的，加上德厚与长子的一身武功，那些人往往架不住，慢慢也就懒得动手了。德厚的名气也越来越大，山里山外的老老少少都叫他"莽哥"。

时间长了，黑熊沟的资源渐渐满足不了日益增多的人，德厚把掠食的范围扩大到了较远的老鹰岭。

老鹰岭有个二十岁的女人，叫春月。有一天，她抱着十个月大的女儿，去看她下的猎夹有没有彩头，还没有走拢，远远地便看见一个人正从她夹子上取下一只大麻兔来。

"喂，放下，你咋偷我的东西呢？"她扯开嗓子一声大吼。

"哼，露天坝的饭大家吃，谁先看见就归谁，咋是偷呢？"

"山里的规矩你懂不懂，谁家的夹子谁家收，就是夹住有麝的香獐也没人动的，你这不是偷是什么呢？"

"规矩，按你们的球规矩，老子早就饿断气了，你敢再说一个偷字，老子对你不起……"

"你他妈吼啥？"林子头又闪出几个人来，说话的是一个看似二十来岁的年轻人，壮得像一头熊，"你没见人家是女人，打赢了，你就有种了，是不是？"

"莽哥，不是我欺她，他骂我偷东西呢。"那人明显比他大些，却称他哥。

"算了吧，你们刚才说的我都听见了，就一只兔，饿慌了还不够你一个人吃，你还给他算了。"

"莽哥，你的规矩可是上山打兔，见者有份，山外有山，各占一边，我看分她一半吧，也不能全坏了我们的规矩。"

莽哥不是别人，是德厚，他抬头望着春月："你说呢，大姐，坝里人的确也有坝里人的规矩。"

"莽哥，"春月一急，不知不觉地也跟着叫莽哥，"如果以前，你全拿去了也行，可我男人腿受了伤，走不得路，弄不到吃的，手上的娃娃断奶几天了，连哭都没力气，你就让我这一回吧。"

德厚看了看她手上的娃娃："你说的可是真话，坏了规矩，这些兄弟连我也不买账的。"

"真的，真的，没一句假话。"

"走，大家看看去，是真的，把兔给人家，是假的，你们看着办，大姐，你敢带路吗？"

"咋不敢，走吧。"

羊肠小道，七弯八拐，拐到一棵粗硕挺拔、枝繁叶茂的核桃树下，春月停了下来。大树旁有三间石条砌就的房子，一个男人正捧着伤腿在堂屋门口晒太阳，伤口肿得发亮，黄色的脓水顺着脚脖子淌，不时闻到一股股恶臭。

德厚还没说话，那提着兔的人就把兔挂在了屋檐下。

"莽哥，坐坐吧。"春月客套道。

"不了，"德厚一摆手，看着他带来的人，"把你们身上吃的留一些，再把我们的白药分点出来给这位大哥。"

白药！春月简直不敢相信自己的耳朵，那可是山里人眼里的仙药，可那时想要弄一点，比登天还难，她感激得直想磕头。

"莽哥？"她男人似乎想起了什么，突然说话了，"你就是莽哥，马家镇来的那个四莽子？"

德厚没说话，只点了点头。

"你狠，黑熊沟那边的人说斗不过你，可你太不懂山里的事，像你那样胡搅，再好的山也养不活人了，我这条腿就是被你们撵慌的野猪拱的，唉……看来我是要死在这条腿上了，可苦了这娘俩，我恨……我恨你们呐，如果你们还有点良心，我死了，帮忙照护照护她们，我在阎王殿也不告你们状了。"

"走。"德厚背转身，一声不吭地打头走了。

德厚的队伍入侵老鹰岭没几天，消息传到二狗耳里。

二狗在老鹰岭也算是一个人物，虽说没啥真功夫，却从小顽劣奸诈，惹是生非，好耍泼皮，老实巴交的山里人，也懒得招惹他，他父亲没辙了，于是给他娶了一个出自猎户世家的强悍女人，二狗打不过这女人，那些臭德性才稍有收敛。

二狗召集老鹰岭的一帮人在黄桷树截住了德厚的队伍："请问，哪位是莽哥？"用词还算客气，语气却是凶巴巴的。

德厚拱手，向前两步："这位大哥，有何指教？"

"莽哥大名如雷贯耳，谁敢指教你，但也不欢迎你到老鹰岭来指教我们，回你的黑熊沟，大家'河水不犯井水'，不然话就难听了，事也难做了。"二狗不阴不阳道。

德厚虽然血气方刚，但在阳梁的调教下，做事却并不鲁莽，只是冷冷一笑："黑熊沟从来就不是我的，任何人都可以随进随出，难道老鹰岭是哪一个人的？"

"当然不是一个人的，但它属于老鹰岭土生土长的每一个村民，我们不欢迎外来人，大家说，是不是？"

"是，不欢迎外来人。"

"外来人滚出老鹰岭。"

山民们呼声如雷，他们平日里虽不待见二狗，但枪口对外，保护家园的共同利益是一致的。

有了山民撑腰，二狗的胆更壮了："走吧，识相点好，难道真要我动手。"

"动手就动手，哪个怕哪个。"长子早就耐不住了，"唰"的一声，抽出长刀。

山民们也齐刷刷地举起长刀土枪，德厚的人也纷纷拔刀相向，气氛顿时紧张起来。

唯独德厚没有拔刀，反而神定气闲地缓缓说道："大哥，要说动手，我这些兄弟是家常便饭，见惯不惊，但闹出人命，是你担着还是我担着？"

"死了你的人我担着，死了我的人你担着，你敢不敢？"二狗的泼皮劲上来了。

"好，既然大哥如此爽快，何必让他们犯险，你我单独玩玩行不行？我输了，立马走人，从此不踏入老鹰岭半步。"

"行啊，怕你不成。"二狗气势汹汹。

"那就亮家伙吧。"德厚缓缓拔出刀来。

"你是说玩刀？"

"是啊。"

"那我不上你的套，我们得换个玩法。"二狗明知不是对手。

"那你说咋玩？"

"这样，"二狗右手抢刀，左手伸出五指，"我们剁指头，你剁一根，我剁一根，谁不敢剁了谁认输。"

德厚愣了一下，终被激怒，冲口大骂："你他妈还真是个泼皮，要玩命老子陪你，老子不剁指头，老子直接剁你的狗头。"一边说一边就要向二狗扑去。

德厚身边几个人连忙拉住他，长子说："莽哥，好汉不吃眼前亏，他们人多，好几只土枪对着你呢。"

"软蛋了吧，软蛋了，就滚，滚出老鹰岭！"二狗嚣张地狂叫。

德厚怒不可遏，又想往前冲，无奈被数人扯着手脚。"来，老子陪你玩！"这时，长子大喝一声，没等众人缓过神来，左拳向天，独竖小指，右手银光一闪，手起刀落间，小指已飞了出去，指断处殷红的血缓缓涌出。

山民们哪见过这种阵势，顿时呆如木鸡。

长子已是气冲牛斗，怒目圆睁地盯着二狗，又是一声暴喝："该你了！"

二狗也是心中一颤，双脚发软，但却面不改色，故作镇静，指着德厚说："我可没说陪你玩，要来也还得他来，他剁一根，我剁一根。"泼皮自有泼皮的招数。

德厚跃跃欲试，却被人紧紧拉住，动弹不得。

二狗本就色厉内荏，自然懂得见好就收，于是对德厚说道："看你那哥们儿还算仗义，今天就放你一马，我们换一个玩法如何？"

不等德厚答话，长子抢先说道："不管啥玩法都行，剁脑袋老子都陪你。"

"不剁脑袋，剁熊，从现在开始，谁先宰头熊弄到这里，绑在这黄桷树上，谁就是赢家。"二狗一副胜券在握的样子。

这下轮到德厚暗暗叫苦了，明知道打猎的功夫要逊他们一筹，可长子答应了人家，啥玩法都陪，他只得硬着头皮同意了。

双方偃旗息鼓，默不作声，各自退兵而去。

德厚让两个兄弟直接送长子去山下的临山镇治伤，自己则带人回到黑熊沟，找到长子熟悉的朋友，借了两支土枪，朝着有熊出没的老林子匆匆赶去。

守到黎明时分，终于寻到熊的踪影。他们蹑手蹑脚，潜音接近，屏息射击，可是土枪的杀伤力太弱，熊咆哮如雷，发力反扑，好在德厚功夫了得，整个身子，上下飘飞，左旋右盘，看准机会，一刀刺去，直入心窝。老熊垂死挣扎，仍然挥舞巨掌猛拍，德厚松了刀把急退，老熊猛追，但心窝子毕竟插着刀，追了没几步，力不从心，总算倒下，众人一拥而上，好一阵折腾，熊最终断气。

抬上熊，他们马不停蹄地向老鹰岭奔去。一行人异常兴奋，但毕竟累了一整夜，抬着数百斤的大家伙，脚步不免踉踉跄跄，德厚说："都精神点，不怕闪了腰啊，我起个头，把山歌吼起来，刀砍马桑哟，吼！"

粗犷浑厚的山歌在大山中回荡盘旋，声振八荒：

刀砍马桑哟发嫩苔啰哟

马家那个女儿哟长呀吗长成才啰

那对奶子哟那么大啰哟

猪八戒那个背起哟

背也要压么驼哟……

伴着吼声，踩着节奏，他们忘记了浑身的疲乏，然而，当他们紧赶慢赶，赶到黄桷树时，全都傻了眼。二狗的一帮人站在黄桷树旁，树身绑着的，真真是一头老熊。众人顿时泄了气，跌坐于地，沮丧得一时说不出话来。

二狗神气十足，摇摇晃晃地走上前来，不无嘲讽地道："愿赌服输，莽哥请回，不送了！"

德厚默默起身，对兄弟们露出一丝苦笑，向后摆了摆手，众人悄无声息地转身离去。

突然，远远传来一个女人的呼叫："等等，等一下！"双方的人都觉意外，皆循声望去，女人的身影越跑越近了，竟然是老鹰岭的春月。

春月停下脚步时，额上的热汗还顺着她油黑的发梢，匀称的五官，分明的轮廓往下淌，她以手撑腰，上气不接下气地重复："等等，等等……"

二狗心中一动，有些心虚地问："春月妹子，是不是家里出了啥事？"

"家里没出事，倒是你出了事！"春月火爆爆地吼道。

"我想你不会向着外人吧。"

"我今天就偏要向着外人，说吧，你那熊咋回事，你不说我可说了。"

二狗跨到春月身旁，压低声音，恶狠狠地威胁道："得罪这十里八乡的，你在老鹰岭还待得下吗？"

"你以为我会怕你，你以为大家都像你，偷奸耍猾，不讲信义，杀头不死不活的熊来糊弄别人，你丢得起你那张脸，老鹰岭的人可丢不起。"

春月的话不仅仅是让德厚的人感到蹊跷，连老鹰岭的很多人也感到蹊跷。

"春月大姐能讲明白吗？"德厚高声问道。

"春月妹子说吧。"老鹰岭也有人附和。

"这女人吃里扒外，要害我们老鹰岭，你们还不把她拖回去。"二狗一边声嘶力竭地吼道，一边蠢蠢欲动。

"谁敢动？"德厚身子一腾，已护在春月身前。

"天大的事也得让人把话说完。"很多人大声嚷道。

"昨天一大早，我在林子里采蘑菇，碰到二狗从山顶下来，他眉开眼笑地对我说，他家挖的陷阱里滚下一头熊，让夹子给套住了，下来再找两个帮手上去，还说要把熊胆送给我男人治伤，听说昨天下午他拿熊打赌，我心头就笑他龌龊，但没想过要揭他的底，我猜想坝里人要在一夜之间宰头熊，无论如何也是办不到的，二狗手上有，就让他赢吧，谁知他们坝里人还真抬了熊来，我们山里人谁不知道，在野地猎熊，那就是和熊拼命，别人拼死拼活，正赌正赢，我们老鹰岭的人就忍心看着二狗下套骗人吗？"

所有人的目光开始搜索二狗，但却不见了踪影，他趁大家专注春月时，早已溜之大吉。

"走啊，找二狗算账去。"长子大声喊道。

"长子，你站住，你们都站住，听我说两句，"德厚想起他爸常说的话，得饶人处且饶人，"这件事情也不能全怪二狗大哥，你们到别人锅里去抢食，别人能心甘情愿吗？"德厚用手指了指老鹰岭的人，"他们能心甘情愿吗？但我们坝里人也是走投无路，逼上梁山，他爸就是被活活饿死的，"他又用手指着长子说道，"我们不进山没有活路啊！"

老鹰岭的人被感动了，七嘴八舌地喊道。

"坝里人都这样了，我们山里人也不能只顾自己啊！"

"莽哥兄弟，以后我们就是一家人了，有我们一口，就有你们一口。"

德厚高举双手一揖："谢谢老鹰岭的父老乡亲！"

坝里人全都随着德厚双手一揖，一起喊道："谢谢老鹰岭的父老乡亲！"

德厚接着说："坝里的弟兄听好了，别人对得起我们，我们也要对得起别人，过去我们不懂山里的规矩，在黑熊沟干了一些蠢事，以后在老鹰岭必须按规矩做事，就连二狗哥这事今后也别提了，谁要是乱来，别怪我不客气。"

"好，听莽哥的。"坝里人齐声回答。

双方终于握手言和，如果说黑熊沟是靠武力打出的食物链，那么老鹰岭就是靠真情链接的食物链，但长子还是付出了一根小指头的代价。

此后，德厚他们就常到核桃树下的春月家。为了报答她的仗义，隔三岔五的就送去一些猎物、粮食、药品。

春月男人的腿，本就伤得不轻，时不时地用些药，勉勉强强又拖了大半年，最终闭了眼，死前，他再次托付德厚照顾好春月娘俩。

其实用不着他托付什么，德厚也会照顾好她们的，春月的仗义执言已让他终生铭记，春月的正直善良更让他悄悄动心，但他毕竟小春月两岁，男女私情他真不知该作何表达，只好像家中亲人一样地善待着她们。

日久生情，慢慢地，春月也动心了。一天晚上，当他们起身告辞时，春月说："莽哥，你晚走一步吧，我有事给你说。"

不等德厚答话，长子就笑嘻嘻地接上了："春月妹子，你就慢慢说吧，他是个'有贼心无贼胆'的家伙，啥话都不敢说……"

"快滚一边去。"德厚有些急了。

"好好好，我们滚，我们快滚……"几个人嬉皮笑脸地消失在夜色中。

春月先前还有些猜不准德厚的心思，听了长子的话，心里有底了，于是直率地说道："莽哥，要是你不嫌我大，也不嫌我娃娃小，我们就一块过吧，我会真心待你一辈子。"

德厚伸出双手，拥住春月："这辈子我非你不娶。"

昏暗的油灯熄灭了，爱情的火焰点燃了，山村的夜晚充盈着激情和温馨。

德厚回马家镇送食物时，把春月的事一五一十地向阳梁和宗芳讲了。

阳梁喜滋滋地连连赞叹："这样有情有义的好女人，你哪里去找，你小子真是好福气啊！"

宗芳也是喜笑颜开："阿弥陀佛，我们赶紧准备准备，早点把她娶回家来。"

一家人把迎亲的日子定在了一个月后的中秋节。

德厚返回山上，与春月沉浸在牛郎织女般的恩爱之中，但他们做梦都没想到，一头凶恶的狼，瞪着两只仇视的、泛着绿光的眼，一直在偷偷地窥伺着他们。

按照山里的民风，明媒正娶前，男女双方不能在家里留宿，更不能同床，因此德厚仍与长子他们，住在离春月家稍远的一户人家里。

一天深夜，春月正靠在床头，就着油灯，替自己缝着嫁衣，隐隐约约地听见门有响动，她一个激灵，抽出枕下的长刀（山里野兽多，家家备有长刀或土枪），走到门后，大喝一声："谁？"

"大妹子，是我，你狗哥呢。"

听是二狗的声音，春月松了口气，虽说他经常色迷迷地盯着女人看，也常对女人们说些不三不四的轻薄话，但山里民风粗犷，几句玩笑话大都不往心里去，何况他怕老婆狮吼。

"二狗哥，这么晚了，有啥事你白天来吧。"

"大妹子，我看你一人孤单单的，专门来陪陪你呢，白天哪方便，嘻嘻……"

"二狗，你胡豆吃多了，尽放屁，你不怕我告诉狗嫂打得你钻床脚。"

"我早就给你狗嫂说过，你勾引我好几回了，她还正想找你出出气呢。"

"你是给脸不要脸了，快给我滚，不然我要叫人了。"春月提高嗓门骂道。

"你叫啊，大声叫啊，寡妇门前是非多，你同坝里人睡得，山里人就睡不得啦，叫啊，你不叫，我可叫啦。"二狗的声音也不小。

春月气得浑身发抖，一时说不出话来，她没想到二狗这条狼早就盯上了她和莽哥。

"大妹子，不敢叫了吧，现在就我们俩呢，你不说，我不说，你快活，我快活，哪不好呢，开门吧，大妹子，你狗哥真想死你了。"

"既然都知道了，你就不怕莽哥活劈了你。"春月咬牙切齿地说。

"大妹子，那莽哥待不了几天了，这山下的粮荒已过，政府早就让他们下山种地，不下山的都是盲流，让我们山里的民兵见一个抓一个，他要不走，我就先抓他。"二狗说着说着，猛一脚将门踢开，门后的春月躲避不及，被门撞倒，手上的长刀跌落一边，二狗已成一条疯狗，将春月扑倒在地，一手压胸，一手便扒裤子。

突然，一双大手提起二狗的双肩，"呼"的一声，把他甩出门外老远。

"莽哥……"春月浑身发软地瘫倒在地上，德厚拔刀转身走到门口。

二狗被摔了两个滚翻，正好滚到院里的核桃树下，他一阵摸索后，站起身来，手上已平端了一支土枪，枪口对准德厚胸膛，"嘿嘿嘿，"他一连串阴笑后："我今天一抓盲流，二捉奸，走，跟我到公社去。"

"二狗，凭你的本事，你抓得走我吗？"德厚刀指二狗，镇定自若。

"好，老子抓不走你们，老子臭死你们，"二狗的泼皮劲上涌，扯开喉咙大吼，"来人啊，抓坏人啊，抓奸夫淫妇啊！"

德厚抡起长刀，腾身而起，二狗的食指压向扳机，千钧一发之际，只听"扑"的一声，一个人已应声倒地，倒地的不是德厚，而是二狗，二狗身后站着长子。

"莽哥，好悬啊，你前脚走，我后脚就赶过来，还是差点被这小子抢了先。"

德厚没搭理长子，对俯倒在地的二狗道："起来，别给老子装死。"

二狗挣扎着抬起头："就是死了，老子也不会放过你们，一个臭女人敢揭我的短，一个毛头小子也敢欺男霸女，老子……老子要……"话还没说完，头已垂了卜去。

德厚拧开电筒，见二狗背心的血正一股股往外冒，连忙从长子头上取下头帕一边给他裹伤，一边对已缓过气来的春月说："出手重了，伤怕不轻呢，你把娃娃背上，给我们打打电筒，我和长子马上抬他到镇上的医院去，万一人一死，麻烦就大了。"

"死了也活该，我要再晚一步，倒下的就是你。"长子余怒未消。

"别废话了，马上走。"德厚把二狗抱上门板，一行人向山下匆匆而去。

门板上的二狗先还时不时动弹一下，但走出六七里后，便再没动静了，停下来仔细一看，二狗已是一命呜呼。几个人一屁股跌坐在黑沉沉的山道上，茫然地听着山林中凄厉呼啸的风声，一时谁也没吱声。

过了好一会儿，春月说："长子哥，你放心吧，就说是他想糟蹋我，是我杀了他。"

"笑话，我杀的人，要你一个女人来顶缸，你也太小看人了，但我实在不想给他抵命，他二狗就是天生的杀才，我看找个没人能去的地方埋了，公安局查不出，算我命大，查出了算我命薄。"

"你这办法也不行，"德厚开口了，"二狗的喊叫声肯定还有人听见，起初，我也是隐约听到吵闹的声音，放心不下春月，才赶去的，后来二狗的声音还要大些，我们打着手电裹伤，用门板抬人，或许也会有人远远地瞧着，公安局一查，你肯定跑不了，我和春月知情不报，也跑不了。"

"那咋办，只有我去自首了。"长子心不甘情不愿地说。

"不，办法也有，但你和春月都得照我说的办，现在我们当二狗还没死，仍把他抬到临山镇卫生院抢救，医生说他死了，我们再去自首，前面的事，春月照实说，而我和长子是听见有人喊救命，才跑去救人，是二狗恼羞成怒，端起枪同我拼命，我才一刀杀了他……"

"不可能，人是我杀的，不该你来抵命。"长子打断了德厚的话。

"没那么厉害，我寻思这事，判不了死刑，顶多也就是坐个牢……"

"那我去，我去投案，只要还能见到你们，还能见到老婆娃娃，我就不怕了，杀了那浑蛋，坐坐牢，也值了，我就怕抵命呢。"

"长子哥，你真不要和我争了，我在爸面前说过，你要出事，拿我问罪，上次你断了一根小指头，他就骂得我狗血喷头，今天这事，若是由你担待，他能饶得了我，你帮我杀人，牢由我来坐，扯平了，何况你还有老婆和娃娃，她们没有你活得下去吗？我是一人吃饱全家不饿……"

"你不是还有老爸老娘，你不是还有春月和她娃娃，没有你他们又怎么活下去呢？"长子拖着哭腔说道。

"老爸老娘有你，还有省城的三兄妹，他们要敢不管，看我将来咋收拾他们，但你们必须记住，这件事只能我们三人知道，不能告诉任何人，一旦传出去，就不是我一人坐牢的事，都得罪加一等。"

德厚转过头拉着春月的手："春月，我走后，你找个过日子的人嫁了吧，你一个人拖着娃娃难啊。"他声音有些哽咽。

"莽哥，你说过非我不娶，我现在也告诉你，我非你不嫁，你坐多少年牢，我等你多少年，你一辈子不回来，我等你一辈子。"春月早已是泪流满面。

"别哭别哭，你一哭我心头就堵得慌。"

此时，已是午夜，月黑风高。月老叹息，时阴时晴时圆缺；风声呜咽，如怨如诉如悲切。

中秋节儿子就要迎亲，阳梁已把新房的瓦翻了，把墙壁该糊的糊，该粉的粉，拾掇得齐齐整整，宗芳有空就剪，剪好了大大小小、红红火火的一大叠"囍"字。他们也通知了亲朋好友，写了信给省城的三兄妹，满怀欣喜，天天扳着指头数天数，等着好日子的来临。

德厚他们把二狗抬进卫生院，便大呼小叫地喊医生救人，医生们一阵手忙脚乱后，宣布人已死亡。他们从医院出来，去了公社投案自首，而后被送去县公安局，主管这案子的恰好是阳梁与马三哥认识的那个马局长。

春月因为带着孩子，在问明情况，做完笔录后，她就离开县城，回到了老鹰岭。她实在没有勇气去马家镇面对两个老人，传递这可怕的、残酷的消息。

又过了两天，长子也被释放了，临走的时候，马局长问他："你爸呢？我认识他。"

"他熬不过粮荒，死了。"

"阳德厚他爸呢？我也认识。"

"他正等着八月十五给德厚办喜事。"

马局长沉默了一会："你回去帮德厚照顾照顾他家吧，告诉他爸，二狗是强奸未遂在前，他是拔刀相助，失手致命，又有救护死者，投案自首的表现，估计死罪可免，但活罪难逃，究竟判多少年，现在不好说，但我们尽量争取就低不就高。"

月亮一天比一天亮，一天比一天圆，十五将至。

长子从县城回到马家镇，他双膝一软，跪倒在阳梁、宗芳面前，他断断续续，呜呜咽咽，声如蚊蝇的泣诉，对两个老人却不啻于五雷轰顶，霹雳惊天。

面对苦难，不少人知难而进，或许绝处逢生；乐极生悲，很多人始料不及，因而万劫不复。

得知德厚杀人收监，宗芳顿时椎心泣血，瞠目苍天："我一辈子烧香拜佛，恐怕是冤孽太深……"她话未说完，已是痰涌咽喉，脸色青紫，众人还没来得及商量怎么抢救，便已魂归天国。

安葬了宗芳，阳梁成天凄凄惶惶，手脚发颤，但他硬挺着去了一趟县城，当他走进马局长办公室后，马局长连忙起身，扶他在椅子上坐下，也没等他说话，便道："你身体不好，真不该跑这一趟，你家的事我都知道了，眼看喜事变丧事，搁在谁身上都受不了，你来的意思我知道，你放心，不管咋说你当年也上过抗日前线，松林坡那事也是向着我们的，德厚虽说杀了人，但事出有因，他这事，我一定会尽心尽力。"

阳梁站起身来，弯腰一揖，马局长连忙拉住，将他送出门外。

此后，阳梁悲妻伤子，神思恍惚，茶饭不思，渐渐卧床不起。

省城的三兄妹只收到了办喜事的信，而那办丧事的信还在路上。因此，在八月十五的前一天，他们三兄妹乐滋滋地赶回了马家镇。

然而，一进院门一行人便惊呆了，他们没有看到张灯结彩，双喜高挂的场景，却见院子里插着白色的招魂幡，地上飘撒着黄色的圆纸钱，堂屋里香烛摇曳，升腾着袅袅青烟，烟雾中隐现出一帧遗像。

揉揉眼，定定神，再揉揉眼，再定定神，"妈啊……妈……"哭声呼天抢地，撕心裂肺。因为他们也是乐极生悲，始料不及。

长子两口子好不容易才劝住他们，按德厚的吩咐说了事情的经过，便把他们拉到阳梁床前。看见阳梁病病快快，骨瘦如柴的身体，他们刚止住的眼泪又涌了出来。

阳梁有气无力地摆摆手："别哭了，怄气伤身，常言道，死生有命，富贵在天，你们要想得开。"

"爸，你也要想得开，看你病成啥样了。"德华难过地说。

"我不是想不开，是这几年病多，拖久了，但我估摸这次不会拖很久……"

"爸，别说这种话，我们一起到省城，一定能治好你的病，这一年把，城里的日子已好过多了。"德华急急忙忙地说道。

"我不会去的，你妈陪了我一辈子，她这刚走几天，我得陪她一程，你们也不用多说，过一阵子我再进城，"阳梁歇了口气，又问道，"前几天就给你们写了信，肯定信还未到，德厚的事，你们听说了吧？"

"我们几个最不放心的就是四莽子，从小愣头愣脑，不听说，不听劝的，早晚会出事，但也没想到，他会杀人，还把妈给气死……"德明虽不是幸灾乐祸，却有料事如神之意。

阳梁打断了他的话："这事，你不能全怨他，有人要糟蹋她未过门的媳妇，还要和他拼命，换着你，你就忍得下吗？马局长说了，他死不了，以后回来，你们都得帮帮他，这几年要不是他在山上拼死拼活，我和你妈早饿死了。"

德明语塞了："我……我……"我不下去了，他觉得阳梁话中有话。

德华也想，是啊，如果他们留在省城呢？她一直觉得德厚与妈从德明家离开，必有什么隐情，连忙说道："爸，你老人家放心吧，小弟没回来，我们一定去看他，回来了，我们一定会帮他。"

"你们呢？"阳梁看着德明和德秀。

"一定，一定。"

阳梁终于露出一丝笑容，攒足力气点了点头，而后又目视着德明："过去我师傅常对我说，知恩图报，知足常乐，但我耳朵打蚊子去了，听不进去，才有了松林坡的事，害得一家人不安宁啊……"

"这不能怪你，你也是为我们好……"德华说。

阳梁摆手止住德华："现在我把这八个字留给你们，知恩……图报，知足……常……乐。"声音已是渐断渐弱。

德华俯下身，凑在他耳畔，轻声道："爸，你累了，歇歇吧，你说的我们都记下了。"

当晚，三兄妹在度过他们童年的老房子住了下来，他们谁也没想到，这竟然是他们一家人同在老房子的最后一夜，因为第二天早上，阳梁已长眠不醒。

祸不单行，雪上加霜，悲悲切切，凄凄惨惨，新砌的坟旁，又添了才垒的墓。

草草安排了余下的事，三兄妹与长子告别，德华说："我们都是请的假，不能多耽搁，这个家就交给你了。"

长子说："我住在这里，是生产队看在你爸妈的分上，刚才已有人通知，让我回自己队上去，不过你们放心，都在马家镇，我会经常来，把房子看管好，德厚还要回来住的。"

话别后，三人匆匆赶回了省城，那个年代的上班族请几天假不容易，更不敢说超假了。

流光瞬息，八月十五到除夕将至，已过去了数月，人们总算有了几天假，德华找到德明、德秀商议去探望德厚："这春节有几天假，我们去看看小弟吧，判了十五年刑，也够他熬的。"

"姐，我不知你咋想的，现在的政治形势越来越紧张，我们几兄妹有一个去台湾的亲戚，已经够受了，现在家中又多了一个关、管、杀（因犯罪被关押在监、监外管制、枪毙的人）的亲属，划清界限都怕来不及，你还要去引火烧身。"

德秀听德明这一说，也就举棋不定："姐，缓缓吧，看看情况再说。"

德华有些恼怒地说："他没回来我们去看他，回来了我们会帮他，这可是当着爸答应的。"

"爸当时都那样了，能不答应吗，但此一时彼一时，现在的形势你应该比我们清楚。"德明也毫不退让。

"那什么都不说了，"德华强压下心中的火气，因为她也知道那种"政治形势"的厉害，"一年到头也就这几天假，大家都好好歇歇吧。"

德华让刚从西藏回家的成学留在家中，带着娃娃过年，她独自一人悄悄赶去了德厚服刑的监狱。

大年三十，监狱里也弄了点好菜给囚犯们打牙祭，但在中国人的这个特殊日子里，谁也高兴不起来，就连狱警们虽恪尽职守，坚守岗位，心中也是惦念着举家团圆的亲情。

因此狱警们对当天来探监的亲属都多了一份宽容，对车马劳顿，一路颠簸了几百公里的德华更是十分优待，会见的时间延长了，平时不许带的烟酒也装着没看见。德厚打开酒瓶盖，一仰脖子"咕咚"了半瓶，抓起一只卤鸭撕扯起来，没一会儿便只见一些骨渣了。

"姐，年三十的，跑这地方不吉利，早点回去吧，我谢谢你了。"

德华见德厚狼吞虎咽的样子，心里已是一阵酸楚，听了这话更是难受："你心里苦，姐知道，但也怪你脾气太犟，如果你留在省城，不进山去，你今天就不会待在这里。"

"话说到这里了，那我就告诉你，当初我为啥走。"

知道德厚离开省城的原委后，德华长长地叹了口气："你嫂子是个偏心眼的小气人，但你哥还不至于，只是事事都由着他老婆。"

"我才不信，哥要说句话，她敢吗？"

"四莽子，爸临走时说，知恩图报，知足常乐，对人想想他的好，对事想想它的乐，你遇事能不能多想想，"德华不想火上浇油，"就算是你嫂子偏心眼了，也是那个缺衣少食的环境逼的，你进山找食，和别人拼拼杀杀，不也是环境逼的吗，谁也怨不着谁。"

"姐，你别生气，是我错了好不好。"德厚向来尊重大姐。

"不管咋说，你的脾气也得改改了，刚才有个管教说，你动辄就与别人动手，万一加刑咋办？"

"你知道'别人'是谁吗，就是那些狱霸牢头，想欺负我新来乍到，不过，你放心，现在不用动手了，我已经把他们打服气了，听话着呢。"言语间德厚的心情已好多了。

"那姐就放心了，而且你也要放心，我们三个当着爸说过，你没出来我们会来看你，你出来我们会帮你。"

"以后不要来了，城里的事我也知道一些，经常来对你们也不好，不过……你能不能帮我去看看春月，她有一个月没来了。"

"老鹰岭远了一些，我时间不够了，我写信让长子去吧。"

"那就不用了，长子前些日子来过，我也拜托过他，有消息他会来的。"

德华一番千叮咛万嘱咐后，离开了监狱。

谁也没想到，这第一次探监也成了十年中的最后一次探监，因为春节过后不久，历经十年的"文革"开始了，有些历史学家说，"这十年是极左思潮至上的时期"，但最简单的说法是"十年动乱"。

第四章

兄弟一死一投江　德明一喜一悲伤

1966 年 5 月，"文化大革命"的风暴仿佛一夜间就席卷了全国，一时间，城市里的传单铺天盖地，标语琳琅满目，整条街整条街的门面被油漆刷得彤红彤红，真可谓"全国山河一片红"。走在街上的每一个人，内心都会被那种氛围撼动，精神处于惴惴不安或是亢奋和躁动中。

正在城西中学读初中三年级的孙重就处于亢奋和躁动中。

6 月的某一天，北京来了一支革命大串联的学生队伍，他们唱着"大海航行靠舵手"的歌曲，迈着军人似的整齐步伐进了学校，他们个个左臂戴着红红的袖标，其上印着黄色的"红卫兵"三字，他们告诉同学们，这是"毛主席的红色卫兵"之简称，所有的同学对他们肃然起敬，心向往之。

很快，学校的红卫兵组织成立了，但并非人人都能当上红卫兵。当时，"老子英雄儿好汉，老子反动儿浑蛋"的血统论甚嚣尘上，根据不同的家庭出身，人们被划分为"红五类"（工人、贫下中农、军人、干部、烈属）或"黑五类"（地主、富农、反革命、坏分子、右派），红的成了红卫兵，黑的成了"狗崽子"，一些介于两类出身之间的叫"麻五类"或"灰五类"。

孙重出身工人，父亲在军区工作，母亲是党员，根正苗红，成了他们班上红卫兵的"头儿"。

班上有个同学姓洪，五行缺土，就叫洪土，后来他自己也觉得土。"文革"之初，第一波高潮是"破四旧，立四新"，街道、商店、工厂、学校纷纷更名为带有革命色彩的名称，很多人把自己的名字也改成"文革"、"卫东"、"反帝"、"反修"什么的，洪土便改成了洪图，意谓革命宏图。他矮胖敦实，天性率真，憨厚质朴，在同学中，他认定孙重是他最好的朋友，原因是孙重把他带到北京见到了毛主席。

他的出身没有孙重幸运，属于"麻五类"中的小商，为了加入红卫兵，他咬破手指，写了一份血染的申请书，孙重感其至诚，为其陈情，使之成为红卫兵的外围成员。

1966 年 8 月开始，毛主席在天安门城楼检阅了第一批红卫兵，并且戴上了红卫兵赠送的红袖标。

全国的红卫兵热泪盈眶，热血沸腾，他们从四面八方，铺天盖地拥向北京，进京的列车上几乎全是红卫兵，座位、过道挤得水泄不通，就连车厢的行李架上也坐着人，座位底下的车厢板上也躺着人，光线昏暗，空气混浊，但每个人的心灵白璧无瑕，冰清玉洁，他们只有一个虔诚的愿望，想见领袖毛主席。

进京的人选"红五类"当先，洪图痛哭流涕，急得又要写血书，孙重于心不忍，带他同行。

孙重一行进京没几天，赶上了毛主席第五次接见红卫兵。那天，天不见亮，几十个人还在红卫兵接待站的大地铺上做梦，工作人员和解放军战士，便把他们从梦中叫醒，领队军官激昂高亢地宣布："特大喜讯，伟大领袖毛主席今天接见你们！"

"万岁，万岁！毛主席万岁，万岁，万万岁！"梦想成真，群情鼎沸，红卫兵们顿时山呼万岁，声震屋宇。

各接待站的红卫兵队伍，鱼贯而出，一路步行，从东西南北向天安门广场，以及长安街东西两侧运动集结，150万红卫兵在军人的指挥下，井然有序地到了各队的预留位置，庄严肃穆地静候着一生中最激动人心的那一刻。

孙重他们的位置没在天安门广场，但离天安门城楼不远，刚开始口号震天，红歌嘹亮，时间一长，人困马乏，便慢慢安静下来。临近中午，有广播声由远而近，还没听清喊话内容，广播车与警卫车已从眼前驶过，随后的敞篷车上是领袖伟岸的身躯，正面真真是红光满面，神采奕奕，后脑勺却也有斑驳的白发。那一刻，前后也就半分钟，大家屏住呼吸，脑中空白，没有任何反应，只是目光追随着车队。

车队远去，第一个回过神的喊了一声："毛主席万岁！"一呼百应，万岁之声，滚滚而来，震撼大地，响彻云天。

孙重他们有的手舞足蹈，欣喜若狂，有的激动万分，热泪涟涟，唯有洪图脸色泛青，眼翻白瞳，状如失魂，众人又是喊，又是拍的，他才缓过气来，一屁股蹲坐于地，号啕痛哭。好半天才弄明白，在那神圣的时刻，在那终生难忘的半分钟，他尿憋急了，正好去找地方解决。

这样的终生遗憾换了谁也受不了，他一连两天不吃不喝。同学们也为他遗憾，为他难过，安慰他说，毛主席一定还会接见红卫兵，你肯定还有机会。

但会不会接见是未知数，什么时候接见也是未知数，按他们的串联行程计划，北京过后是上海、南京、武汉、重庆，大家都急着出发，而洪图死活不肯，非要在北京等着下一次接见，孙重也想走，但又不放心纯真无邪而又愣头愣脑的洪图，无可奈何，只得让其他人先走，他留下来陪着。

好在红卫兵不仅出行的交通免费，接待站的伙食也免费。两人每天便到清华、北大等大中专学校，看看批斗会，抄抄大字报，一边打发日子，一边等待下一次接见。

　　还好，刚过半个月，也是从梦中醒来，但这次与上次的接见方式不一样，他们坐着部队的军车，从长安街驶过天安门城楼，毛主席则在城楼上向红卫兵挥手致意，仰望城楼，虽看不清红光满面，神采奕奕的面容，但也看见了领袖一柱擎天的伟岸身躯，以及那双拨动乾坤的掌舵之手。此情此景，已足以令洪图欣慰终生，更令孙重自豪和骄傲，那时能"幸福地见到毛主席"一次，就很不容易了，孙重多了一次幸福，实在是令人称羡。

　　孙重与洪图心里充盈着满满的幸福，但口袋里却是瘪瘪的家当，他们只剩一个两分面值的硬币了，于是在红卫兵接待站各自领了一书包馒头，在列车上啃了三天，回到了省城。

　　此后，他们成天走街串巷，各校串联，撒传单、贴标语、喊口号、批斗牛鬼蛇神，忙得不亦乐乎。洪图则如影随形地跟着孙重，鞍前马后，寸步不离。

　　一天，他们正在学校大食堂排练"忠字舞"（"文革"中对领袖表达忠诚的特殊舞蹈），大家吼声如雷地唱着：拿起笔做刀枪，集中火力打黑帮，谁敢反对毛主席，马上叫他见阎王！一边唱一边跺脚挥拳，那气势可谓地动山摇。

　　食堂门口进来十几个人，左臂上也戴着红袖标，大家停止了排练，警惕地看着他们。因为不同的派别常常发生辩论，辩论一升级，"文斗"就演变为"武斗"。

　　那群人走近了，袖标上的字也清楚了，"革命造反兵团商业分团"，出乎孙重意料的是，为首那人竟然是他的大舅——阳德明。

　　但德明好像没看见孙重似的，直接对红卫兵们高声喊道："伟大领袖教导我们'你们青年人是早上八九点钟的太阳，希望寄托在你们身上'，"（"文革"时，任何人讲话前，都要先背几句毛主席语录）他背完语录，继续道，"红卫兵小将们，随着运动的深入发展，革命形势是一片大好，越来越多的'走资派'（全称是走资本主义道路的当权派）被打倒了，但我们商业局的'走资派'还在走，还在当权，有一小撮'保皇派'还在为他们摇旗呐喊，我们是商业局的革命造反派，我本人是分团的负责人，今天来是希望你们和我们并肩战斗，一起去打倒正在走的'走资派'，红卫兵小将们，你们有没有这个勇气？"

孙重猜想他大舅到学校来，肯定是想让他带个头，结果根本用不着。

德明的话一完，红卫兵们就吼声如雷，气冲牛斗地喊起了口号："舍得一身剐，敢把皇帝拉下马，舍得一身剐，敢把皇帝拉下马！"

队伍浩浩荡荡地出发了，他们喊着口号，举着红旗，冲进了商业局，"保皇派"一触即溃，仓皇四散，商业局的王书记及几个大大小小的干部，被造反派揪到商业局礼堂的台子上，开起了"批斗会"，他们胸前分别挂着"死不悔改的走资派"、"剥削阶级的孝子贤孙"、"我是牛鬼蛇神"等牌子，牌子上还用红墨水画一个大大的"×"，他们九十度弯腰垂首，造反派轮番上阵，个个慷慨激昂，人人口诛笔伐。

被批斗的干部中没有袁局长，因为他过去的右倾言论，"文革"一开始就被造反派勒令回家，面壁思过。可谓是因祸得福，逃过一劫。

"批斗会"每天上演，前几天，王书记尚以沉默对抗，后来他的腰不行了，一弯下去就双腿发颤，头上冒汗，他向造反派称病告假，德明立场坚定，斗志昂扬，他义正词严地对造反派战友说，必须发扬"痛打落水狗"的革命精神。王书记终于扛不住了，他向毛主席请罪了，向革命群众低头了，既然自证其罪，就必然"靠边站"，商业局机关楼，成了造反兵团商业分团的天下。

当德明坐在书记办公室的宝座上发号施令时，他不仅想起了当年王书记在这里对他的训斥与鄙视，不由得阵阵感叹，真是"三十年河东，三十年河西"啊。

星期天，孙重回家与德华闲聊，无意中说了商业局的事后，德华神情严肃，语气严厉地说："虽然你们还是娃娃，但也是红卫兵，毛主席还戴着袖标接见过你们，我也就不说什么了，但一定要记住'要文斗不要武斗'就行了，你大舅不是娃娃了，我得去找找他。"

德华在商业局找到德明："大兄弟，我就不绕弯子了，你一向追求进步，不甘人后，我能理解，但以后你不要天天把孙重他们拉去，给你的批斗会扎场子，这些娃娃小，出手不知轻重，万一谁伤了残了，你我心里能好受吗？"

"大姐，我也直说，现在政治生活中的第一大事，就是打倒'走资派'，正因为红卫兵年龄小，毛主席才让他们'经风雨见世面'，在革命斗争的洗礼中锻炼成长，我们做长辈的应该支持他们的革命热情……"

"兄弟，"德华不耐烦地打断了他的话，铁青着脸，"你不要给我做报告了，孙重是我的娃娃，你再找他，我就和你翻脸！"

德明看了看德华的脸色，不得不小心起来："好好好，不找了，不找了，不过这次'文化大革命'，大家的政治热情都那么高，你也该关心关心国家大事，不能像家庭妇女一样……"

"我就是一个家庭妇女，就是一个妇道人家，现在好多事，我听不懂也看不懂，不懂的事不敢瞎掺和，你当造反派，斗走资派，我也不拦你，但不可能个个干部都是走资派，比如袁局长，我们大家都了解他，难道他也要斗？"

"前几年他就被走资派挤去坐冷板凳了，'文革'开始，就没来过局里，还没轮得上他。"

"你说走资派是坏人，被坏人挤兑的就肯定是好人，不应该批斗了吧，何况你到局上还是……"

"知道了，知道了，"德明急忙抢过话头，"你放心好了，我保证不会，"他压低了声音，"这年月说话做事，都得小心谨慎，别说袁局长的事了，小弟判刑的事你没张扬吧？"

"我怕娃娃们有压力，现在没说，但早晚还是会有人知道的。"

"能遮一天是一天，以后也就听天由命了。"

"我们自己不做亏心事就行了，操那么多心干啥？"

"姐，男人与女人不一样，女人与世无争，这无可非议，男人一辈子混不出名堂，就会遭人白眼。"

"你慢慢混吧，我不拦你，但今天你答应的事，可不能给我吞回去了，我走了。"

德华走了，但德明答应的事，却被吞回了一半。袁局长确实在商业局没吃苦头，而孙重和他的红卫兵战友，还是时不时地被德明叫去声援。

因为1967年的1月，上海市政府被造反派组织夺取了党政权力，这一"革命行动"迅速蔓延全国。省、市、厅、局、工厂、学校等各级机构的夺权狂潮风起云涌，如火如荼。但造反派组织的派别颇多，一个单位就往往有好几个不同名称的革命组织，为了红色政权不落敌手，于是你争我夺，大打出手，真可谓，你方唱罢我登场。"要文斗，不要武斗"的伟大教导，似乎退让于另一句伟大教导，"革命不是请客吃饭，不是做文章，不是绘画绣花……革命是暴动，是一个阶级推翻一个阶级的暴烈的行动。"武器从徒手、棍棒、大刀、长矛不断升级。到这一年的夏天，中央"文革"领导小组的江青（毛泽东夫人）又喊出"文攻武卫"的口号，"武斗"愈演愈烈，武器也从冷兵器跨越到现代的机枪、步枪、手枪，城市的上空时不时地就有子弹的尖啸声破空而过，枪多了，死人的事是经常发生的，要奋斗就会有牺牲，为毛主席而战，完蛋就完蛋。

在如此背景下，有些城市的武斗规模庞大，战事惨烈，甚至一战伤亡上千人。但大多数城市规模较小，因为对立派毕竟不是国民党部队，更不是日本鬼子，再说还有解放军警备司令部的制约（公、检、法瘫痪后，城市的治安交由部队管理）。明目张胆开枪，光天化日杀人，仍会被抓捕归案。

因此，枪口对着枪口的直面交锋，在省城并不多见，孙重他们玩了一年多的枪，就没经历过如此场面。那时的枪战往往是在夜色的掩盖下发生，进攻的一方对着楼上的墙面射击，防守的一方对着楼下的地面射击，几个回合后，总有一方先撤退。

当然，这样的枪战也会死人，大多为流弹所杀，究竟是哪个人，哪支枪所为，就不得而知了。而死人的一方会在白天开着大卡车，车顶上架着机枪，车厢上拉着遗体，遗体上盖着红旗，送行者系着白花，高呼着口号：还我战友，报仇雪恨，以牙还牙，以眼还眼，为有牺牲多壮志，敢教日月换新天！这样的场景倒是时有发生。

商业局的大权由德明为首的商业分团掌控，而且是实权，每月有办公经费供"革命支出"，还有数辆小车供"革命行动"，德明他们可谓"食有鱼，出有车。"但"树欲静而风不止"，"红卫东"等对立派对这个宝座时时觊觎，蠢蠢欲动。

德明他们下定决心：誓死捍卫红色政权！但成年人不爱玩枪，更不爱玩命，他们武器落后，装备不精，而"小青年爱玩枪"（"文革"时江青的话），于是常常借助孙重的队伍，荷枪实弹地到商业局耀武扬威，震慑敌胆。

孙重他们是"招之即来，来之能战"，一则冲着商业局食堂大鱼大肉的免费餐（红卫兵只有家长给的一点伙食费），二则冲着那几辆小车，枪已不觉得新鲜，又想过过车瘾了。

德明的驾驶员二十来岁，姓狄，孙重叫他狄哥。商业分团还常驻着几个来自市商业学校的红卫兵，领头的叫二胖，其中还有一个漂亮豪爽的女广播员，大家叫她"喜鹊"，因为她姓阙，且嗓音清亮婉转，狄哥对她穷追不舍，终成恋人。

孙重与他们早已成了哥们，每次到了商业局，酒足饭饱后，狄哥和"喜鹊"都要开着"嘎斯69"（当时团级干部才能配的小车），拉着孙重他们一路兜风，到了郊外的僻静处，孙重他们就轮流过车瘾，狄哥则下车过枪瘾。

玩上劲了，狄哥便想有一支属于自己的枪，于是对孙重说："你们枪多，能不能送一支给我？"

"送给你，谁又送给我们呢，收他们的，"孙重指着洪图几人，"收他们的枪比收命还难，我们的枪有两个来源，最早几支是到郊县的武装部抢的，那个武装部是支持我们这一派的，去的时候假意阻拦一阵就散了，后来的枪都是从对立派身上缴的，只要他们人少，我们就仗着人多枪多，下掉他们的枪，但这种机会不好找，等有了机会，一定送你一支好不好？"

"抠门，以后别叫我狄哥。"

"哟，生气了，向毛主席保证，找机会给你弄一支，说话算话。"

"这还差不多，像我兄弟。"

过了好几天，孙重还没找到机会，狄哥却找到了一个机会。他开着"嘎斯"车到了学校，校门关着，他按按喇叭，校门旁的二楼窗口伸出一支步枪对着他，他急忙大声喊道："是我，商业分团的，不认识了啊？"

戴着钢盔的洪图露出脸来："是狄哥啊，等一下，我给你开门。"

一进校门，洪图便抢过车钥匙："找孙重吧，他在三楼勤务组，你自己上去，我在操场上转几圈。"

"你小心点，你们几个学车就数你笨。"

狄哥上楼后，又兴奋又紧张地对孙重说："敢不敢下黄大牙的枪？"

"黄大牙，以前你们食堂的炊事员，现在'红卫东'组织的头儿？"孙重对商业局的情况颇为熟悉。

"对，就是他，我们商业分团的对立派，死对头。"

"你肯定他有枪，我就去。"孙重一听这种事心里就痒痒的。

"他手下的那些人很多是下属单位的，但我们局上的也有，给他开车的驾驶员就是我的师兄，师兄说他有一支很新的'左轮'，错不了。"

兄弟姐妹

"他还有车？"

"有，一辆'华沙'轿车呢。"

孙重两眼放光："好啊，好啊。"

"搞下来，车归你，枪归我，好吧？"狄哥说。

"好，一言为定，但我们不可能冲到他们设在商校的团部去啊？"

"听师兄说，他隔三岔五地要回去看看老婆娃娃，他老婆住在公交公司的职工楼。"

"那不好办，隔三岔五，谁知道是三，还是五，是白天，还是晚上，我们不可能蹲在人家门口守株待兔，何况单位宿舍往往戒备森严，有人巡守值夜，住户又都是熟人，一旦有陌生人就引人注意，我们稍不小心，就会偷鸡不成蚀把米。"

"那我负责盯梢，一有消息就通知你们。"狄哥真是盼枪心切。

"好，就这么定。"

狄哥也没天天去死守，他知道局机关的人，不是周六就是周日回家的习惯。

果然在一个星期天的傍晚，狄哥与二胖开车到了学校楼下，他冲楼上喊道："孙重，快下来，'华沙'回家了。"

孙重、洪图等三人提着手枪跑了下来，"嘎斯"车立即向公交公司宿舍飞驰而去，一路喇叭声不断。

"路上人多，慢点好不好。"孙重说。

"我担心他走得早，枪就泡汤了。"

"我倒是担心他走得晚，时间一长，被人发现就麻烦了，公交公司掌权的可是我们的对立派。"

"不会太晚，我师兄还在车上等他呢。"

"那这样吧，你是不能露面的，他们认识你，到了附近，我们几个下车，你在车上等，万一出现意外，大家也好撤退，我们进去后先控制住师兄，然后就待在车上等，黄大牙出来时不要急，要等他走近车门，这时留一个看住师兄，其余三个人一起上，我和洪图用枪逼着他，二胖负责搜他的枪，得手后，把他们扔下，我负责开车，四个人一起跑，明白没有？"

"明白。"众人异口同声。

趁着夜色，四人溜进了公交宿舍，在后面一栋楼的拐角处发现了"华沙"，帅兄开着车窗，正叼着香烟吞云吐雾。

孙重压低声音问："谁有烟？"

二胖说："我有。"

孙重对洪图说："你拿着烟绕到车头正面，找他借个火，我悄悄从右边上，你们两个就待在这别动，人多动静大，不能打草惊蛇。"

等了一会，孙重看见洪图已从正面走过来，他立即弓身疾行，悄无声息地靠近副驾车门。

"师傅，借个火。"

师兄刚摸出火柴递上，便听见副驾门响，一转身，头已顶在枪口上。

"不要叫，叫就打死你。"孙重恶狠狠、凶巴巴地低声说道。

师兄早已吓得灵魂出窍，战战兢兢，就是想叫也叫不出来。二胖两人也上来了，他们把师兄夹在后排坐下，几个人默默无声地静候着黄大牙。

孙重插上"司维兹"（钥匙），看了看油表，满的，他暗暗窃喜，看来今天还顺，头步棋顺了，就步步皆顺啊。

深夜，黄大牙出现了，像是喝了不少酒，摇摇晃晃地向车子走来。按事前的安排，孙重与洪图一左一右两支枪顶了上去，但黄大牙似乎是酒壮英雄胆，不是像师兄那样吓得浑身筛糠，反而扭头想跑，口中大喊："来人啊，砸派抢东西了（砸派是专搞打、砸、抢，臭名远扬的一个派别）……"

说时迟那时快，孙重、洪图飞身扑上，把他按倒在地，孙重伸手抓住了他腰间的枪把，但黄大牙又用手按在他的手上，一时还抽不出枪来。洪图急了，掉转手枪，用枪把砸黄大牙手背，他护痛松手，孙重这才抽出他的枪来。洪图不解气，抬腿又是几脚踢去。

此时宿舍区内已是人声鼎沸，"打坏人了"，"抓砸派了"的吼声不断。好在是雷声大雨点小，多数人只是躲在窗口吼，敢出门的没几个，因为"砸派"的名声太臭，但拳头又太硬，小老百姓早已是谈虎色变。

"好了，快走。"孙重已点燃油门，车子缓缓移动着，洪图飞快追上，跳上车子。车后有几个敢出门的追着吼叫。

孙重加足油门，向大门驶去，不料又遇上两个胆大的，正试图关闭大门。"快，鸣枪警告。"孙重话音未落，洪图的盒子枪已"砰砰砰"地冲着月亮打了一个连发。

枪声一响，人已没了踪影，而半开的两扇门一前一后的形成一个弯道，孙重左一盘子，右一盘子，走了一个"之"字，勉强挤出，但右后轮还是狠狠地撞在了门上，"哐当"一声，铁门轰然落地。

等在附近的狄哥早已听见枪声，看见"华沙"冲过来，立即闪着应急灯，鸣响喇叭在前开道，两辆车一路狂飙，很快回到了商业分团，一直等着他们的"喜鹊"，总算放下心来，连忙打开楼口铁门。

跑上楼后，孙重几个人还在喘着粗气擦着汗，狄哥就迫不及待地伸出手来："枪呢，我看看。"

孙重掏出左轮枪晃了晃，又缩回手道："这枪你会玩吗？"

"这小玩意，还能有盒子枪复杂。"狄哥有些不屑。

"正因为它不复杂，太简单，我才要教教你，"孙重开始炫耀他对枪械的见多识广，"这枪有保险栓吗？"

"肯定有，所有的枪都有。"

"对，所有的枪都有，唯一没保险的，就是这左轮，因为它射程不远，主要用于自卫，特点就是快，拔出枪来，一扣扳机就能击发，省去了开保险栓的时间，其次是不怕卡壳，遇上臭弹不响，你再扣扳机，第二颗子弹就转上来发射了，这种性能也是其他手枪不具备的，因此它是最优秀的防身手枪。"

"哇，太优秀了，快给我看看。""喜鹊"也耐不住了，突然伸手从孙重手上抓枪，孙重急忙松了手。

"嘿，我还没轮上，就轮上你了。"狄哥又突然伸手抓住了"喜鹊"手上的枪，"喜鹊"却不松手，枪，在两人手中摇晃。

瞬间出现的情景，让孙重的心一下提到了嗓子眼，他惊惶失色地大喊："别抢了，危……"险字未脱口，"砰"的一声，枪响了。

这枪声炫目震耳，震呆了室内的人，因为洪图倒在了地上，他无声无息的，所有人也无声无息的。

感觉过了很久，孙重才跪下，伸手托起洪图的头，殷红的血从他胸口汩汩冒出，他下意识地又伸出一只手，向背上探去，缩回手，满手是血："完了，打穿了，完了，打穿了……"他傻傻地喃喃着。

"快，送医院啊！""喜鹊"仿佛从梦中惊醒似地尖声大叫起来。

所有人都从梦中醒了，大家七手八脚抬着洪图下了楼，嘎斯车一路鸣枪开道，向医院疾驰而去，开车的是孙重，狄哥已被吓瘫，还在商业局瘫着，半步也动弹不了。

到了医院，医生看了看弹着点，面无表情，语调平缓地说："没救了，在心脏。"

喜鹊扑通一声，双膝跪地，嘶声叫道："医生，你一定要救他，一定要救他啊……"

"你救都没救，凭什么说没救了，你究竟是哪一派的医生？"孙重眼露寒光，面目狰狞。

"救，一定救，马上救。"医生慌慌忙忙地推着洪图进了手术室。

不一会出来一个护士："血浆不够了，你们组织人准备献血。"

孙重立即拉起衣袖，露出手臂："来吧，先抽我的，二胖回去，通知大家马上赶来。"

护士说："先验血型，匹配的，男的抽250CC，女的抽200CC。"

孙重匹配，喜鹊也匹配，而且坚决和男的一样抽了250CC，随后狄哥他们也赶来了，但护士说他面容苍白，神情恍惚，这种血不适宜。

第二天，德明也来了，但他不是来献血，他对孙重、狄哥他们说："听说昨晚有对立派袭击了商业分团，你们一定要查出具体的组织，一定要让他们血债血还，一定要照顾好洪图，等他伤好了，一起去报仇雪恨。"狄哥苍白的脸上终于浮起了血色，要不是人多，他一定会给德明磕几个响头。

十几个人的血在洪图体内缓缓地流淌了三天，终归流不动了。孙重他们把医院开出的死亡通知书和学校、商业分团募捐的六百元钱，一并送到了洪图家。

洪图父亲去世早，头上就一个姐姐，独子没了，他母亲哭得呼天抢地，声嘶力竭。孙重与狄哥跪在她面前，孙重说："伯母，洪图走了，我们就是你儿子。"狄哥说："伯母，我以后一定孝敬你老人家。"

洪图的尸体按惯例被抬上卡车，盖上红卫兵战旗，伴随着低沉的哀乐和"还我战友还我血"的口号，在市内游走一大圈后，驶进了殡仪馆，十八岁的年轻生命就这样草草地、匆匆地画上了句号。从中弹那一刻起，直至生命结束，洪图没有睁过眼，没有说过话。过了多年，孙重还在想：如果能睁一次眼，他肯定是想见领袖最后一面，如果能说一句话，他肯定是想再喊一声毛主席万岁。

痴迷于革命洪流的洪图死了，外界以为他是红卫兵的烈士，被对立派所杀，只有当时在场的几个人知道他死于非命，死无所名，死得让人揪心，但谁也不愿意，不忍心透露真相，真相的透露只能使"亲者痛，仇者快"。

此后，孙重内心郁闷，兴味索然，他不常到学校了，加上解放军宣传队进驻学校后，收缴了枪支，他更是懒得出门。但他每月都陪狄哥、喜鹊，去一两次洪图家，狄哥工资不多，却从不空手，要么是几元钱，要么是一包礼品，弄得洪母泪眼婆娑。但洪图的姐姐、姐夫（姓张，炼钢车间的一个工长）却总是冷冰冰的一声不吭，她两人都在冶金公司上班，参加的造反组织恰好是孙重他们的对立派。

1968年夏秋之际，全国各地，自上而下，把领导机构改组为"革命委员会"（简称"革委会"），省政府叫省革委，市政府叫市革委，由原单位虽受过冲击，但未定性为"走资派"的老干部，各派群众组织的"头儿"，军队代表三结合共同组成。

商业局也面临革委会的成立，德明是喜忧参半，喜的是他是商业分团的"头儿"，有资格被结合，忧的是"红卫东"的黄大牙，必定与他水火不容，针锋相对，而且老干部中的袁局长，他虽没动过一指头，但王书记却被他痛打过"落水狗"。

底气不足的德明对袁局长说："局长，你一向是关心我的，我也是一向拥护你的，只是王书记与我有些嫌隙，你能不能在人选讨论前，帮我疏通疏通？"

袁局长早已养成了慎言的习惯，他沉默了一会儿："你去过峨眉山，洪椿坪那里有副对联，'处己何妨真面目，待人总要大肚皮'，你多想想这意思，有所悟就自己去找王书记。"

回到自己办公室，德明反复咀嚼着那副对子，越嚼越不是滋味，难道袁局长是说我对王书记，开始是虚情假意，表里不一，后来是小肚鸡肠，借机报复，或者是提醒我王书记会这么想，让我去找他作些解释，说些好话，对一定是这样，但王书记能让我进他的门吗，想到这里他不由得头皮发麻，冷汗津津……

嘭嘭，敲门声打断了德明的思路，进来的是狄哥与喜鹊，喜鹊说："你让我找军宣队的李排长，还真找对了，这人装不住话，革委会成员由主任一个，副主任两个，四个委员，七个人共同组成，人选是老干部占两个，'红卫东'占两个，我们分团人最多，就给了三个，这下放心了吧。"

德明说："不放心啊，黄大牙是死对头，那王书记又被我们批斗过，都不会对我们手软的。"

狄哥说："团长，你尽管放心，分团的人早说了，谁敢排斥我们响当当的造反派，我们就再造他的反，我们人多势众，天王老子都不怕？"

"这样吧，我现在有急事要办，你们马上去通知我们勤务组的人，可以先造造革命舆论，但只能针对黄大牙那些人，不能针对老干部，老干部是我们造反派团结的对象，该尊重时就一定要尊重。"

"请团长放心，我保证完成任务。"狄哥拉上喜鹊匆匆而去。

自从洪图离世，狄哥就常常坐立不安，心神不定，唯一的精神支柱就是德明，德明能当官，能掌权，就能继续罩着他，给他信心与希望。因此对德明早已是唯马首是瞻，言听计从，甘效犬马之劳。

狄哥与喜鹊的一番话，仿佛给德明打了一支强心针，商业分团各分支遍布全市，足有上千人马，堂堂团长，怕谁？

他立即信心满满地去了王书记家，得知王书记早已住院，他又立即去了医院，进了病房，他故作洒脱地把水果、白糖随手一放，笑容可掬地说："书记啊，哪天就想来看看你，可一直忙得脱不开身，你不会怪我来晚了吧。"

王书记以前宽大的身板压缩了一些，丰满的双颊也明显地陷了下去，但刚直的语气没变，仍是掷地有声："无亲无故，不足为怪。"

"虽说无亲无故，可你是我们的老领导啊，来看你既有我个人的心意，又代表我们分团革命群众，大家都盼着你早点回局上，领导我们'抓革命，促生产'呢。"德明热情洋溢，言辞恳切。

"你忙得脱不开身了，何必还来这浪费时间，我现在已是废人一个了，住医院的时间比住家里的时间还多，局上的大事还是你去忙吧，"王书记冷着脸用手指着病房门，下了逐客令，"去吧，去吧，我身体不好，不送了。"

德明此行，早已做了充分的心理准备，对王书记的冷脸视而不见，对逐客令充耳不闻，仍是笑吟吟地说："书记啊，看望你就是一个大事，再忙也不能耽误，我给你汇报汇报最近局里的情况吧……"

"停，打住，你给我汇报，算哪门子事，以前你们商业分团夺权，你是局领导，现在军宣队来了，有事该找军代表，我经常住院，病号一个，不上班，不管事，倒是该向你汇报汇报了。"

"王书记，你别这样说，对你们这样的老革命，我是打心眼钦佩和敬重的，你知道我一直想入党，可我不是为名为利，我就是想向你们学习，入党光荣，党员光荣，'文革'之初，我们造反派有些冲动，对你们老革命……"

"出去，你给我出去。"王书记已是脸色铁青，声如雷霆。

护士闻声而来："走吧，病人需要安静。"

德明同样是脸色铁青，却不敢声如雷霆，他灰溜溜地出了病房，落荒而逃。护士提着水果、白糖从后面一溜小跑追上他："老王说这是你的东西。"

德明恼怒地说："不要了，你爱给谁给谁。"

护士倒是笑嘻嘻地说："也好，这医院里穷病号多着呢。"

德明一路走，一路上懊悔：为什么要提"文革"之初呢？本想给别人疗伤，谁知却戳到了别人的痛处，这个人肯定是指望不上了。

在紧锣密鼓中，商业局革委会的人选决定已临近尾声，军宣队的几个人再次来到医院，军代表说："王书记，你上次提的两个问题，我们回去商议过了，同意由老袁同志任正主任，你任副主任，你什么时候病愈，什么时候上班，另一个副主任呢，姓阳的你不同意，姓黄的你也不同意，这恐怕不行，中央的政策是必须有群众组织的头头进入革委会领导班子，因此只能在他们两人中二选一，我们想再次听听你的意见。"

王书记浓黑的眉毛虽皱成了一团，但说话仍是干干脆脆的："硬要在矮子里面选高子，那只好是阳德明了，虽说他也不称职，但多少有点上进

兄弟姐妹

心，那个姓黄的炊事员，一向吊儿郎当，又贪图小便宜，过去常常夹带点食堂的东西出去，局里本想开除他，又想到他爹是局里的老炊事员，得了肺病，卧床不起，于是局上让他作了几次检讨，这就被他们说成了'走资派'迫害工人阶级的罪证，共产党的天下，能用这种人？"

军代表带着王书记的意见回到商业局，在接下来的几天里，又开了几次会，总算是尘埃落定。

袁局长担任了主任，王书记与德明成了副主任。当从军代表那里得知王书记说的那番话时，德明真有些今昔之感，不知所措。但他无暇多想，早已沉浸在欣欣自得，踌躇满志的心境之中，他煞费苦心的这个官总算当定了，如果说造反派夺权是草台班子，这革委会可是正规剧团了。

全国各地的革委会一成立，就面临着城市积压了几届的毕业生就业问题，中等专科的最为幸运，他们被分配到了专业对口的单位，狄哥就求德明帮忙，把喜鹊从商业学校分配到了商业局宣传科，而孙重他们读普通高中、初中的，却积极地或不得不积极地响应伟大领袖毛主席发出的号召：知识青年到农村去！孙重他们把写着"紧跟统帅毛主席，广阔天地练红心"的"决心书"，贴满了学校的各个角落，他们上山下乡的决心被各级领导极其尊重，全校一千多名学生，即将奔赴远离省城好几百公里的大凉山。

狄哥与喜鹊为孙重下乡饯行，于是在"努力餐"餐厅，努力餐了一顿。

狄哥说："海内存知己，'下乡'若比邻。"

喜鹊说："劝君更饮一杯酒，西出'凉山'无故人。"

孙重说："桃花潭水深千尺，不及'二人'送我情。"

三人你一杯，我一杯，笑声与叹息齐飞，泪水共酒水一色。

餐后，三人去了洪图家，适逢洪母、洪姐、张哥都在。

孙重说："伯母，下乡后，我不能常来了，你老人家多多保重身体。"

狄哥说："你老人家放心，他走了，我们还是会常来。"

洪母还未开口，张哥说："孙重走了，你们也就不必来了，孙重是洪图的同学，好得像亲兄弟，他来我们家，你两个作陪，大家还能理解，可你们凭什么单独来呢？"张哥的言语似乎话中有话。

狄哥心下大骇，结巴道："我们是……革命战友，也是……好朋友。"

洪姐说："还是不来的好，来一次就惹我妈难受一次，看看，她又在抹眼泪了，走吧，别来了。"

"来还是要来的，今天先走了，这就走，这就走。"三人讪讪着出了门。

一时间，谁也没说话，默默地走在夜色斑驳的小巷里，昏暗的街灯把他们的身影拉长又缩短，缩短又拉长，沉重的步伐伴随着沉重的心境，可能是因孙重的背井离乡引来的离情别绪，也可能是因洪图的人天永隔勾起的神魂飞越。沉默，沉思，沉闷，喜鹊终忍不住泪水洒落，她哽咽道："分手吧，再好的朋友也有分手的时刻，就像洪图……"

"别胡说，这不吉利。"狄哥惊恐地捂住喜鹊的嘴。

"分吧，送君千里，终有一别，"孙重强作镇定地说，"但洪图家，你们真要少去，洪姐、张哥本就是我们的对立派，说他们的人打死他弟弟，他们心里舒坦吗，恐怕早就看我们不顺眼了，但她们知道以前我和洪图情同手足，有些碍于情面而已。"

"分吧，运气来了机关枪都挡不住，霉运来了碉堡也打得穿，你到乡下照顾好自己。"狄哥也极力掩饰住自己的惴惴不安。

六只手重叠在一起摇摇，六只手互拥在肩上拍拍，各自背转身，大步而去，谁也不忍回头再看一眼，就这样分手了，分别了。孙重与狄哥怎么也没想到：这竟然成了他们真真的生离死别。

1969 年元旦过后没几天，孙家正在为孙重收拾下乡的行装，德明来了。

兄弟姐妹

他一进门就兴冲冲地说："大姐，孙哥，我们局上成立革委会了，大家选我当了副主任。"

德明忙于"革命工作"，已有一年多没到孙家了，似乎一时反应不过来，谁也没说话。

德明看了看正准备的行装，以为他们是为下乡的事纠结，便习惯性地说道："毛主席说'农村是一个广阔的天地，到那里是可以大有作为的'，孙重去了照样干革命，照样有作为，何必不开心呢。"

德华像看陌生人似的看着德明："当了革命委员会的领导，这水平就是高，说起官话来一套一套的，但响应毛主席的号召下乡，我们孙重高兴着呢，用不着你来动员。"

"姐，我可没得罪你，何必话中带刺呢？"

"我更不敢得罪你，你现在是大领导了。"

"有啥话就明说，"德明有些急了，毕竟又当了几天官，情不自禁地顶撞道，"这有一句没一句的，就不怕伤了和气？"

"好啊，那我就明说了，自从你参加工作到现在，说好听呢，你是追求进步，一门心思扑在革命工作上，说不好听，就是争名争利，一门心思往上爬，但不管哪种说法，你不能见利忘义，不顾亲情。"

"我咋不顾亲情了，听说孙重下乡，这不就赶来送行了吗？"

德华不接他这话头："以前你咋对德厚的那些事先不说，前几天，你老婆难产，医院等你签字做手术，你没去吧，还说什么革命工作高于一切，结果是我赶去签的字，这亲情你顾了吗？"

"那天我是真走不开，革委会筹备小组正开会，我要是不在场说不定……说不定……"德明突感有点失语，没往下说了。

德华毫不客气地接上："说不定副主任的官帽就飞了，你就没想过，万一手术不顺利，你老婆和娃娃飞了呢？"

"哪会呢，剖腹产是小手术，不可能出事的。"

"你既然这样说，我也不想多说了，但你那心思谁都清楚，离开会场不放心，不离开还能表现你的革命热情，这副主任你不当谁当呢，不过我要送你一句话：官只能当一阵子，钱多了用不完，兄弟姐妹情分断了一辈子锥心。"

眼看话不投机，德明草草敷衍几句，悻悻而去。

这一去就是几年，姐弟俩没再见面，起初是德明忙于副主任的繁杂事务，后来的原因就有些纷繁了。

就在孙重他们下乡后，全国各地、各级、各单位的毛泽东思想学习班如雨后春笋，越办越多，学习班也从最初的学习、培训演变为整肃被审查者的禁闭室，审讯室，直至判刑或枪毙。

商业局革委会成立后，德明坐在副主任办公室，执掌着机关的半壁河山，黄大牙则是一个挂着空名的委员，除了能海吃海喝，胡乱报账外，毫无实权，他对德明是恨得牙痒痒，一有机会就找碴损他一把，德明却隐忍不露，避免火拼。

1970 年初，全国性的"一打三反（打击反革命破坏活动、反对贪污盗窃、反对投机倒把和反对铺张浪费）"运动开始了，在那时的极左思潮下，如果一个单位不抓出几个坏人送到学习班，那革委会的领导就是坏人了。

军代表与袁主任正为此事发愁，德明找到了他俩："我提供一个线索，黄大牙过去没少拿食堂的东西，这算不算贪污盗窃，这一年来革委会成员中，他报销的餐饮、车旅、办公发票最多，这算不算铺张浪费？"

"对啊，"军代表一巴掌击在桌上，算是拍了板，"马上送学习班审查，这些造反派……"他突然打住了话头，看了看德明。

德明平静地接上："造反派有一两个败类是免不了的，但也就是一两颗老鼠屎，清除了，就坏不了一锅汤。"

袁主任说："阳主任，请你通知革委会成员，马上开会，传达军代表对黄大牙的处理意见。"

当天，黄大牙就被送到了商业局设置在商校的毛泽东思想学习班。德明的眼中钉拔掉了，一打三反运动也有了进展，真可谓一箭双雕。谁知一些意料之外的变故就从这天、这里开始了。

　　商校不仅有驻有军宣队，也有来自冶金公司的工人阶级宣传队，洪图的姐夫就是其中一员，还是副队长。虽说革委会成立不久，各派别就取消了名号，解散了组织，但党同伐异，很多人对本派的偏袒，对异派的攻伐，却延续了很久很久。

　　张队长也是这样，他们对学习班中异派的被审查者分外严厉，对本派的被审查者极其宽松，黄大牙与他一派，自然在宽松之列，但军宣队与地方派别渊源不深，对被审查者一视同仁，严肃认真，因而在黄大牙的定性上有了分歧，黄大牙一年报销了一千二百元，比他两年的工资还多，如果真用了那么多，算铺张浪费，如果没用那么多，就得算贪污。前者还可保留公职，到单位的农场改造即可，后者得领三年以上徒刑。

　　黄大牙自然知道这定性的厉害，因此每次见到张队长，便可怜巴巴地恳求他，看在同派的份上，高抬贵手，放其一马。

　　一回生，二回熟，见上几次面后，张队长说："你我都是工人阶级，以前都为'红卫东'出过力，流过汗，你放心，调查你是否虚报的任务已争取到我手上。"他一边说，一边扬了扬黄大牙的报销票据。

　　黄大牙拱手作揖，感恩涕零："你的大恩大德，兄弟我一辈子不忘，你以后有用得着我的事，尽管吱声，上刀山下火海，绝不会皱一下眉头。"

　　张队长微微一笑："不会有什么大事，我倒是想打听一个人，你们局上有个驾驶员，姓狄，你认识吗？"

　　"认识，但不是一派的，我与他没有任何瓜葛，他也进来了？"

　　"没有，你觉得他有没有什么异常？"

　　"这小子是他们商业分团的'干将'，被阳德明指东打东，指西打西，肯定干了不少坏事。"

　　"有没有具体的、事实性的情况？"

黄大牙抠了抠头皮："我想想，我想想……"

"那你帮我想一件事吧，这件事我心存疑虑很久，却又百思不解，你们都是商业局的，或许能想出点什么。"于是，他向黄大牙讲述了洪图之死的前前后后。

"异常，这就是异常，"黄大牙兴奋了，眼珠子在眼眶里滴溜溜地转悠，"姓狄的小子不会平白无故的充善人，你那舅子是哪个学校的？"

"城西中学。"

"唷，城西中学与商业分团是长期绑在一辆战车的，我那次在家门口被人抢走了枪和车，当时就怀疑是他们勾结搞的鬼，但我没见过城西的人，见了，肯定认得出。"

"他们的头头姓孙，瘦高个，我内弟矮胖敦实。"

"对了，带头的两人就是这个样子，还有，你刚才说你舅子是哪天死的呢？"

"1967 年 10 月 29 日。"

"巧了，就是我车子被抢的那天，一个星期天晚上。"

"对，是一个星期天晚上，头天休息，第二天，我刚上班就被通知去医院，说洪图昨晚在商业局楼上被外面射进的流弹杀伤。"

"呀呀呀，原来如此，原来如此！"黄大牙从板凳上猛地腾身而起。

"原来如此，啥意思？"张队长诧异地问。

黄大牙定了定神，重新坐下："那天晚上我被抢，当时就断定跟商业分团有关，因此他们前脚一走，我后脚就带了几个人，借'红卫东'公交分团的车，赶到商业局楼下，一是想赶在前面看个究竟，二是想寻机出口气，但还是去晚了一步，我们正在车上想招，突然听见楼上一声枪响，随后从楼口出来一群带枪的人，我们以为被他们发现了，立即开车就跑，他们的车也出来了，不断地开着枪，我们跑得更快了，说实话，我们的人一听城西的红卫兵心里就犯怵，就是随后的几天我们都没敢出门。"

张队长已听出头绪："也就是说外面没人开枪，枪声来自内部。"

"根本用不着多想，那时候内拼、走火死了多少人，你不至于不知道吧，你让那姓狄的和当晚送他们到医院的人进学习班来，我向毛主席保证，三言两语就能问个水落石出。"

"原来是猫哭耗子假慈悲，还真邪门了，你等我消息。"张队长急匆匆地摔门而去。

狄哥、喜鹊、二胖（二胖分配到商业局的下属仓库）在毫无征兆，毫无准备的情况下，就被人陪同着进了学习班。

三人被分头一审，果然是三言两语，就确定了洪图死于走火，但是并未水落石出，究竟谁走的火，却让军宣队、工宣队一时难下结论，因为三个人的笔录中，有一个关键的问题有差异。

狄哥的笔录是："我去抢喜鹊的枪，一不小心搂在了扳机上。"

喜鹊的笔录是："我不让狄哥抢枪，一不留神压在了扳机上。"

二胖的笔录是："两个人的手都抓着枪，不知谁扣响的。"

军代表说："在场的还有哪些人，都叫来问问。"

张队长说："询问时，他们几个都提到的那个孙重我倒是认识，但插队去了凉山，远，好几百公里。"

军代表说："再远也得去，总要弄个水落石出才行，老张，就麻烦你们工宣队去两个人，搞搞外调吧。"

张队长带上一个刘工宣出发了，他两人都没出过远门，这次捞了个公差，免费出游，免不了暗暗欣喜，刚开始觉得处处新鲜，随后却是叫苦连天。

四百多公里的铁路行程，刚竣工，试运行，只有站站停的普客。这让他们在列车上足足晃悠了两天，车厢里的猪屎、羊粪让他们时不时地恶心发晕。好不容易到了州府，而换乘的长途汽车更令他们胆战心惊。两百多公里崎岖狭窄的泥泞道路，不是江边，就是山间。单边放行的路段，一等就是一两个小时，过磨盘山时，还在车上睡了一晚，因为路面霜冻，夜晚禁行。这一来又是两天，总算挨到了县城，二人已是疲惫不堪，倒头就睡。

第二天早上，撑起精神，一打听孙重所在的那个公社，两人顿时傻眼了。还有二十五公里，不通公路，只有一条马帮穿行的山道，宽的地方可以骑着马走，窄的地方就得牵着马走，而且马帮今天一早刚走，下一趟得好几天。

张队长看了看刘工宣，咬了咬牙："步行军吧，工人阶级都是硬骨头。"

"对，红军能走二万五，我们还怕二十五。"

两人互相打着气，忍着还未恢复的疲劳上路了，爬坡上坎，翻山越岭。这一路的辛苦两人都从未经历过，好不容易翻过一座山，前面又是一座山，好不容易又翻过一座山，前面还是一座山。刘工宣喘着粗气说："红军行军时，也要歇歇……还要点篝火，煮野菜。"

"对，是要歇歇，身体是革命的本钱。"张队长说着话时，已一屁股坐在了树根下，靠在了树身上。

他坐了一会，山中的凉风已拂去了身上的热汗，看着眼前的千山万壑，他突然想，孙重在哪一座山呢，他怎么就到这里来了？过去他与洪图经常到家来吃来玩，真不敢相信一个死了，一个到这山里来了。我们一路走得这么艰难，难道孙重就一辈子走在这里吗？又坐了一会，感觉心寒，身上一哆嗦，满是鸡皮疙瘩，我们来干吗呢，把他抓回去吗？

刘工宣说："红军不怕远征难，走吧，天色不早了。"

"万水千山只等闲，闲了就走。"张队长摇摇晃晃地跟着刘工宣开始了他们的长征。

到了公社，已是夜幕低垂，找到革委会牌子的办公室，已经下班，空无一人，想找旅店，没有，经人指点找到马帮常住的一个茶馆，二人已是半死不活。

第二天早上，张队长发烧头晕，撑不起精神，吃了点感冒药，仍起不了床，刘工宣忍着腿肚子的酸痛，勉强撑起到了革委会，递上了工宣队的介绍信："我们找孙重调查一下洪图的事。"

一位彝族干部看了介绍信，操着不太流利的汉语说："你是工宣队的，和我们贫下中农、贫下中牧宣传队，倒是差不了点点，但我们这里没有工宣队，对不上号，你到县城找工宣队哦。"

"妈呀！"刘工宣一屁股瘫坐在地上。

"怎么啦，怎么啦，你出了什么毛病？"彝族干部慌了手脚，连连问道。

刘工宣痛苦地摇了摇头："没事，就是有点累，我歇歇，歇一会就好了。"

"哦，我扶你去休息，休息好了再回县城哦。"彝族干部把刘工宣搀回马帮店。

张队长半躺在床上，听彝族干部重复了一遍回县城的话，他说："我们不找工宣队，我们是来看望孙重的，他是我弟弟的同学，但他们好得就像亲兄弟。"

彝族干部说："他不是说调查洪什么图哦。"

"洪图，洪图就是我弟弟，他托我来看望孙重，不是调查，不信的话，你们去问孙重，他们像不像亲兄弟。"

彝族干部想了想说："他在木呷大队，离这里还有十几里路，比你们昨天的路还难走，看样子你们走不去了，我们去通知他，是朋友，他就会来哦，不过你们要保证，不会带他走，我们公社没几个文化人，他在教我们的娃娃识字哦。"

"保证，向毛主席保证，肯定不会。"二人如释重负，连连保证。

午后，孙重总算来了，彝乡的太阳红火，晒得他面容黧黑，也不知是下乡又长了一头，还是瘦了很多，个子显长，那张脸拉得更长。

三人见面后，刘工宣想，他俩是熟人就听他们说吧，张队长突然觉得不知从何说起，孙重更不想说话，沉默，再沉默，越是沉默越是不想开口。

"怎么啰，"彝族干部推门而入，"一点声音都没有，我以为出什么事了，你们谈，你们谈，我还是在外面等哦。"说着话转身出门。

"他们告诉我了，"孙重指指门外，"你们是为洪图而来，'存者且偷生，死者长已矣'，何苦呢？"

张队长发烧，声音有些嘶哑："如果我病死在这里，我觉得你说得没错，活着的就暂且活着，死了的就安息吧，但洪图能安息吗，杀他的人，贼喊捉贼，你与洪图亲如兄弟，难道你不觉得他冤，难道不为他痛苦吗？"

"1963年进校，我与他同桌，'文革'开始，我与他形影不离，五年的朋友、兄弟，说走就走，我比你痛苦一百倍都不止，而且还有比我更痛苦的人，他们内心的愧疚程度，就像刀子一样时时刻刻刺痛着心窝，二十几岁的人，头发就白了一半，难道你又不为我，为他们的痛苦而痛苦吗？"孙重用双手拍了拍头顶，又激愤地说道，"要说冤，谁都冤，太多太多的生命成了圣坛上的祭品，老干部，红卫兵，工农兵，满天的亡魂又向谁喊冤，难道都要找一个对应的人来惩罚吗，你们敢去找吗，能找得到吗？"

"小兄弟，"刘工宣有些惊恐地说，"我是大老粗，不像张队长有文化，你这些话的意思，前面的还点明白，后面的总觉得有点那个……那个，算了，我也不想了，你就告诉我们，扣扳机的是谁就可以了，我们也不想老打搅你。"

"真那么重要吗？"

"重要，重要，你看我们俩累得半死不活的，没句话，回去交不了差啊。"刘工宣说得可怜巴巴的。

"我、也、没、看、清。"孙重一字一顿地说。

"孙重，你回去吧，没事了，多注意身体，你瘦多了，也晒黑了。"张队长气喘吁吁地说道。

兄弟姐妹

孙重听出了话中的诚意，心有触动，情不自禁地问道："张哥，如果走火的人是我，你怎么办？"

张队长仰头望着房顶没回答。

孙重接着说道："他们和我一样，都是洪图的兄弟姐妹。"说完这话，他猛然转身大步出门。

等在门外的彝族干部与他交谈了几句，进门说道："孙重说你们是朋友，是朋友就不客气哦，晚上请你们喝酒，明天我派人派马送你们啰。"彝族干部的态度前后判若两人。

二人回到了省城，刘工宣逢人就讲，那地方不能去，去了不死都要脱层皮，而张队长就像真的脱了层皮，成天面容憔悴，心情郁闷。

当他们在商校交差时，无异于给军宣队、工宣队出了一个难题。

一个人说："这就不好办了，都没看清，两个人又都说自己扣的扳机，究竟是谁呢？"

另一个人说："干脆就两个人扣的吧。"

又有另一个人说："就一颗子弹，能一人扣一次吗？"

军代表说："别吵了，我们认真分析一下，据我所知，左轮枪的扳机比较重，力气小的人，无意间不太容易扣响的。"

"你是说，男的可能性大些。"

"大家分析，大家分析。"军代表摊摊手。

"我也觉得是男的，做笔录时，他态度坚决，干干脆脆，那女的呢，神情恍惚，蔫蔫乎乎的。"

军代表说："这样吧，你们根据笔录搞一份报告，把大家的分析意见也附上，就由上级处理吧，这事也拖了个把月了，大家还有很多革命工作要做呢。"

当报告送走后，张队长却一点高兴不起来，他回到洪家，想寻求一丝慰藉。妻子不在，他对洪母说："妈，杀害洪图的人找到了，你老人家可以出口怨气了。"

他希望看到的表情没有出现，洪母翻着白眼直瞪瞪地盯着他，眼神充满了哀怨，甚而是敌视："你去找的，你找到的？"

"是，不是，是……"他惶恐得不知怎么说了。

"娃娃，你这是作孽啊，你弟弟死了就死了，再怎么也活不转来，你何苦拉人家作陪呢？他们又不是存心害他，自从上中学，你弟弟 回家就孙重长孙重短的，说孙重让他当上了红卫兵，还带他到北京见着了毛主席，他们都是兄弟姐妹啊。"

张队长的脑袋"轰"的一声炸开了："妈，难道你早就知道了？"

洪母抹了两把眼泪，定定神："你弟弟死了没几天，孙重就给我说了实话，他跪在我面前，哭着求我，说他们都是洪图的好朋友，就像兄弟姐妹一样，求我宽恕他们的罪过，求我不要告诉你们，你们不是一派的，你们不会原谅他们，果然，果然，你真狠心啊。"洪母捶打着自己的胸口。

"妈，你老人家别难受了，都是我不好，我在山里见到孙重时，就有些后悔了，你这一说，我更后悔，但已经来不及了。"

"来得及，我去找他们说，我家洪图不用谁抵命，不用谁赔罪，叫上他姐，一块去吧。"

"我告诉你们去什么地方，去找什么人，我就不去了。"

"我知道，已经够为难你了，我和她明天就去。"

过了不久，狄哥的宣判结果出来了，由于有洪母的谅解，死者家属不追责的原因，他被判处有期徒刑十二年。在那个法治不全的时期，大家都觉得，保住命就算不错了。

然而狄哥的命没有保住，接到判决书，他半百的头发一夜之间全白了，一换上囚服，看着编号，他的精神就崩溃了。

当被送到大山里的劳改煤矿后，第一天他的一碗饭，被老囚犯强行分食了。

第二天上工时内急，他忘了对狱警叫"政府"，习惯性地喊了一声"同志"，当众被扇了一巴掌。

第三天他从山顶跳到了江底。

狱警收拾他的东西，发现了一张纸，只有没头没脑的几行字：

我喜欢喜鹊，喜鹊的歌声响彻云霄

瘦子，那个姓孙的瘦子，帮我给喜鹊喂水，喜鹊没水，不能唱歌

我要把左轮还给他妈的大牙，谁有左轮谁去死

我想我的嘎斯车了，想开着它在大海上跑，我见过天，但没有见过海，海里也有天堂吗

狱警姑且把它当作遗书，连同遗物一并送到了狄家，当然也送上了死亡鉴定书：精神失常，自杀身亡。

喜鹊受狄哥的牵连，从学习班回来，就被调离宣传科到食堂做了炊事员，当她从狄家取回遗书，并且在上面洒满泪水后，她写下了一首诗：

人亡物在字如血，

百身何赎君难归。

青丝留存春心无，

唯有孤灯伴余生。

然后，她小心翼翼地将遗书珍藏在一个小小的红木盒子里，暗暗发誓：这遗书就是自己终身的爱人。

张队长得知了狄哥投江的消息后，在无人处感慨涕零，惘然若失，而后小心翼翼地对洪家封杀了消息，暗暗发誓：终身不问政治。于是他告病退出了工宣队，离开了商校。

孙重得知狄哥投江的消息后，他也到了江边，拿着一瓶包谷酒，与狄哥对饮，喝一口在肚里，洒一口在江里，真可谓"把酒酹滔滔，心潮逐浪高"，他感慨人生的无奈，感慨生命的脆弱，他决心好好活着，珍惜活着的每一天，因为每一天都可能是最后一天。

而德明却因狄哥的牵连，不幸进了商校的学习班，好在还有两个意外，却是不幸中的万幸。

　　第一，还没有和黄大牙羞与为伍，黄大牙因为在张队长那里立了一大功，最终以铺张浪费定性，把他送去了地处偏远的五七干校（也叫"牛棚"）劳动。他在那里喂了一年多猪，才又回到商业局食堂。

　　第二，德明对洪图的死因心知肚明，也做好了张队长对他苛责刁难，上纲上线的思想准备，但张队长却离开学习班，回家养病了。德明以手齐额，感谢上苍。

　　没有黄大牙的死缠烂打，没有张队长的刨根问底，加上袁主任的暗中关照，德明在学习班作了检讨，说自己失察，没及时发现走火的真相云云，没待几天，就"毕业"回到了商业局，只是因"失察"而撤去了副主任职务，又回到后勤科做了普通科员，他不得不又一次感叹道：真是"三十年河东，三十年河西"啊。此后，他自己觉得很没面子，所有的亲朋好友哪一家都不想走动了。

第五章

成学罹难子返城　张哥智斗黄大牙

　　1971年共和国副统帅，折戟沉沙，"左"倾思潮，一度弱化。李厂长抓紧机会提交了德华的转正报告，德华这个预备了十三年的党员终于去掉了"预备"二字。

　　德明得知这一消息，那酸水是一股股地涌动。开始他想不明白：德华这个政治上不求上进，上班拴条围腰，抱抱孩子，点点人数的幼儿园阿姨，下班也拴条围腰，洗洗碗筷，补补衣服的家庭妇女，凭啥就入了党；而他自己充满政治热情，能说会道，办事机敏，凭啥写了一万次申请也入不了党？他夜不能寐，食不甘味，苦思了好几天，终于想明白了：人！毛主席说，人的因素第一，德华有李厂长撑着，而自己却有王书记压着，看来是"庆父不死，鲁难未已"啊，好在那老王头快退休了，自己再熬熬吧。他这次总算没有冲动地又去找这个那个了。

　　人逢喜事精神爽，德华给远在西藏的成学写信：我的"预备"取掉了，我们是夫妻，我能通过政审，你就能，这些年你没谈过这事，但我知道你比我还想，你们军区文化工作队，哪一个不是党员，他们一过组织生活，就剩你一个人躲在暗室，一边洗照片，一边掉眼泪，你别以为我不知道，你再写个申请，找你们队长谈谈吧……

成学回信：我又掉眼泪了，是为你高兴。但部队不一样，出了副统帅叛国的事后，政治空气有些紧张，申请的事就缓一缓吧。而且我想像你一样，努力工作，任劳任怨，组织觉得你够条件了，就会发展你，等等再说吧。我还是去找了赵队长一趟，但说的是重儿的事。他下乡快三年了，那地方苦寒着呢，我们常年在高原的大山深处巡回工作的人都知道，因此我给赵队长一说，他非常理解，马上答应帮忙。

哦，还没给你说是什么事呢，你肯定知道知青通过招工、招兵离开了农村的，很多是靠找关系，开后门，让你去找李厂长、袁主任他们，你肯定开不了口。但我们部队，每年招兵，都有一定的内招指标，重儿那小子从小就想当兵，如果能要个指标，他肯定高兴死了……

德华回信：如果能要个指标，不是他高兴死了，是我高兴死了……

成学他们文化工作队人不多，却属军区文化部直管，队长听着职位低，却是正正经经的团级干部，孙重的指标还真要到了。

这年冬天，孙重告别了寒冷的木呷村，告别了彝家乡亲，告别了积雪的大山，戴着红花，穿着还没缀帽徽、领章的绿色军装，到了新兵连。

孙重高兴死了，德华高兴死了，一家人及所有的至爱亲朋都高兴死了。

然而三个月的新兵集训期还未结束，春天还早，还是这年冬天，孙重又回到了寒冷的木呷村，回到了积雪的大山，但已经没有了红花和绿色的军装，原因是在新兵连的政审复查材料中，出现了他母亲的大伯，他父亲的师傅在台湾的字句。

孙重的脸色白得像山顶的积雪，他又拿着包谷酒到了江边，与洪图、狄哥对饮，酒尽脸赤，他再一次对自己说：珍惜活着的每一天。

当木呷村的乡亲问他为什么回来，孙重笑呵呵地说，他被分到炊事班烧火做饭，洗锅涮碗，还没有乡下快活自在，他不干了。

德华知道孙重被退回乡下，顿时万箭穿心，痛不可忍，她猛然想到成学，成学生性直憨率真，难得开口求人一次，此事一砸，肯定是火急火燎，痛心入骨，万一急出什么病来就糟了。她立即取了纸笔，忍着心中的刺痛，写下一些开导，开心的话，赶去邮局，寄了一封挂号信给成学。那时候一封平信八分钱，但从省城到西藏，再到下面州县，有时十天半月也收不到，寄挂号信贵一些却也要快一些。

　　遗憾的是这封信还是晚了，成学没有看到。

　　成学知道孙重被部队退回的那天，他们文化工作队正巡回到平均海拔四千多米的唐古拉山一带。

　　当晚，他在兵站临时设置的暗室里，独自喝闷酒，想心事：马宗伯是在台湾，但他与自己是什么关系呢？九岁到十五岁，自己就是一个童工，而且没拿过一分钱，后来按月领薪，自己就是一个工人，剥削者去了台湾，这与被剥削者有什么关联呢？自己的档案里，成分一栏，不是明明白白地写着"工人"吗？

　　德华确实是马宗伯的侄女，可她也是在店里打工挣钱，她的成分不也是明明白白的"工人"吗？

　　退一万步说，就算我们有个亲戚在台湾，可与我们的儿子有什么关系呢？儿子落地至今就没见过的人，怎么就牵连上了呢？儿子从牙牙学语就喊着"毛主席万岁"、"共产党万岁"，一直喊到如今成人，可我们共产党的军队为啥就不要他呢？我现在也在部队，会不会有一天连我也不要了？

　　成学边喝边想，边想边喝，越想越想不通，越想问号越多，他想得头痛，决定去问问赵队长。当推开房门的那一瞬间，他才意识到此时已是深夜，室外寒风刺骨，气温在零下十几度，他连忙缩回头，但还没来得及关门，已感觉气血不畅，面部抽搐，一屁股跌倒在门边。兵站的哨兵听见动静，立即赶到，一阵大呼小叫后，成学被抬上吉普车送到了军分区医院。

德华在幼儿园接到成学因病住院的电报，顿时心急如火，拎上提包，疾步赶到厂长办公室。李厂长看完电报，立即叫厂里的驾驶员将德华送到长途汽车站，在途经邮局时，德华给孙重发了一封电报：父病，速回家。

经过五天的颠簸，德华赶到了军分区医院。赵队长在医院门口迎上，一边带她去病房，一边说："老阳，你见了他千万别着急，他是脑中风，有时昏迷，有时清醒，清醒时也说不出话，我们想把他转到省城的陆军总医院，又担心路途遥远，半路出什么问题，但医院前一天已联系了总医院，他们派出的脑科医生正在赶来的路上，部队的车快，今天不到明天就肯定到。"

此一番话，惊得德华心中"咚咚"作响，她告诫自己一定要沉住气，一定要冷静。但一跨进病房，他仍然忍不住泪如雨下，哽咽难鸣。成学脸色青紫，面容歪斜，无声无息地躺在病床上，只有鼻孔里的输氧管气息和吊瓶的微弱点滴声，似乎告诉她，他还活着。

护士进来，看了看记录本，告诉赵队长和德华，成学已有四小时五十分钟没有清醒过，德华终忍不住，捏着成学的手号啕痛哭，赵队长睹景伤情，也不知所措。

"醒了，醒了，"护士摇着德华的肩，"你看，你看，他睁眼了。"

濒临意识殆尽的成学在冥界线上，被一个熟悉的音频节律迟滞了，他又感知到现实世界，缓缓地，艰难地睁开了双眼。

"成学，成学，我来了，我是德华，你听得见吗？"德华两把抹干泪水，急切地问道。

成学头已动弹不了，他将颤巍巍的手放到头顶向下按了一下，算是点头。

"你能听见，能听见就好，我来了，你就放放心心的，我会把你照顾好，陪着你健健康康地出院。"

赵队长说："老孙啊，陆军总医院的医生已在路上，很快就会到了，你这病在他们手里是没问题的。"

成学又用抖动的手按了一下头，表示明白了。然后他用手指指自己的心窝，向着德华摆了摆手，又指指赵队长头上的军帽。

赵队长不解地看着德华，德华想了想说："你是说你没办好孙重参军的事吧，这咋能怨你呢，要怨也只能怨我，那马宗伯是我们家亲戚……"

看见成学连连摆手，德华打住了话头。成学再次用手指指自己的心窝，而后闭上眼又睁开，向着德华摆了摆手，又指指赵队长头上的军帽。

德华又思索开了，她边想边说："你是不是说，你万一有个什么，让我不要给部队添麻烦……"成学用手连连按头，"你不能想这些，医生就要来了，你是我男人就给我挺住，挺住！"德华已是泪如泉涌。成学按了按头，又摆手示意德华别哭。

擦去泪水的护士说："他的心律不稳定，你们尽量少说话，避免他情绪波动。"

赵队长也是红着双眼，他说："德华同志，你路上奔波几天了，到招待所休息一下吧，这里有医生护士看着，不会有事的。"

"不去了，有我陪着我们老孙，他会安稳些，老孙，你说是吧？你别动，别动，我差点忘了护士的话，闭上眼，睡一会，听话，快，闭上眼，唉，这就乖了……"

赵队长与护士蹑手蹑脚地退到了门外。

德华拉开随身携带的提包，拿出一件刚起了针的毛衣，用手指在成学身上轻轻地卡了卡尺寸，一针一线地织了起来。

当晚，总医院的郝医生赶到了，做了检查后，他们告诉德华，结果要明天才知道。

而后郝医生和赵队长到了办公室，赵队长说："老孙是我们工作队队龄最长，工作最好的队员，很多首长都夸他是革命的'老黄牛'，这次他儿子参军被退回，一下就急出这病来，我们都觉得心里堵啊。"

"老赵，总医院急着让我们来，我们就知道首长重视这个人，但情况不乐观啊，老孙是缺血性脑血栓，已经出现脑水肿，如果做手术开颅减压或许有一线生机，但这里没有相应的手术设施，基本条件不具备啊。"

"马上安排救护车，转到总医院。"

"院里安排我来，是考虑我个头大，身体好，但两天的连续颠簸下来，我现在还是头昏脑胀的，只要一闭眼那些山峰，那些弯道就围着我旋转，老孙的脑袋经不住转了。"

"先到拉萨，转空军的飞机，我现在就向军区首长汇报。"赵队长伸手拿起电话筒。

"别急，姑且不说这里到拉萨的一天路程，他能不能坚持，就算坚持到了，飞机的高度也会百分之百地让他脑梗死。"

"那怎么办，难道就困死在这里？"

郝医生沉默了，赵队长也沉默了，过了好一会，郝医生说："我也很难受，但我不得不说，我们唯一能做的就是药物控制，争取再延续几天时间，让他的亲属们能在他生前再见上一面。"

赵队长两手抱头痛苦地说："别告诉他妻子，我现在就去给他的亲属发加急电报。"

德明拿着成学病危的电报到袁主任办公室请假，袁主任脸色骤变，神情凝重地说："我得去，你把同去的人通知到你家里等，我安排好就过来。"

袁主任匆匆到了王书记办公室："老王，孙成学在西藏病危，我得去一趟，局里就辛苦你几天。"

"孙成学？不是我们局的，哦，是阳德明的姐夫吧，有这必要吗，这大老远的。"

"有，他不仅是我的救命恩人，还是我们地下党的有功之臣，那是1948 年⋯⋯"

听完袁主任的回忆，王书记说："该去，必须去，用局上那辆新车，以前我只知道你们是水巷子的邻居，还不知道有这事，你咋不早告诉我呢？"

"过去都只讲奉献，不讲功劳，我调德明到局上，主要是看他当时的上进心……"

"好了，我理解，不多说了，对老孙这样的同志不仅你个人该去，还应该代表我们局上去看望他，他老婆也是个好同志啊。"

"你认识他老婆？"

"你刚才给我讲了1948年的事，我给你讲一下1958年的事，那年我到过她们鞋厂……"

听完王书记的话，袁主任颇有感慨地说："他们家的几个人，所处的环境，接触的人都差不多，但心智清浊，言行虚实却大有异同，真有些匪夷所思啊。"

"你又来了，这些酸话我听不懂，也没时间听了，你抓紧时间走吧，叫我那个驾驶员给你开车，他是西藏复员的，路熟。"

袁主任坐车回到商业局宿舍楼，接上德明、德秀、孙重，一行人心存悬念，惴惴不安地匆匆上路。

在车轮滚滚的两天中，医院里的成学每次睁开眼的时间越来越短，而德华没合眼的时间却越来越长，除了照顾成学，两只手便机械似地织毛衣，一打盹，毛衣针戳到手上，一阵疼痛后，两只手翻飞得更快。

紧赶慢赶，一车人总算赶到医院，他们围绕着病床，轻轻呼唤，嘤嘤哽咽，汪汪泪眼，声声叹息……成学睁开了眼，眼球缓慢地转动了一圈后，抬起手掌向他们颤巍巍地摆了摆。

德华说："他的意思是他没事，让你们不要难过。"

成学又把手挪到自己胸前按了按，德华说："他是说看见你们，他心里就踏实了，放心了。"

一直站在门口的郝医生觉得差不多了，于是走了进来："快半夜了，老孙需要多休息，让老阳陪着他就行，你们到外面歇歇吧。"

郝医生带着他们到了办公室，赵队长已等在那里，相互作了介绍后，郝医生说："赵队长，你说吧。"

"不，病情说明是医院的事，该你说。"赵队长神情黯然。

郝医生"咳咳"两声，清了清嗓子，但声音仍然干涩滞缓得像念讣告："简单地说，脑血栓形成后，脑部就缺血缺氧，导致脑水肿、脑梗死，这种病发病急，死亡率高，而且抢救的黄金时间在三小时内，此后的抢救，三五天内还有一定的效果，过了五天就凶多吉少，老孙能挺到现在，已实属不易……"

"现在已超过五天，他还好好的，是不是已抢救过来了？"孙重忍不住地问道。

郝医生摇摇头："据我的经验，老孙刚才看见了你们，他放心了，但支撑他生命的心劲也就松懈了，再要睁开眼的可能性几乎是零……"

突然，走廊上传来急促的脚步声和护士的嚷嚷声，郝医生腾身而起，大步流星地进了成学的病房，其他人被挡在了门外。

护士指着心律监测仪那根平直的横线说："完全没有了。"

"别管仪器了，直接对人体检查。"

"检查过了。"

郝医生俯下身再次翻翻瞳孔，摸摸颈动脉，摊开手，摇摇头，喟然叹息。他转身看德华，诧异地发现，德华紧拧的眉眼没有泪珠的闪烁迷离，清澈的眸子却透射出悲肃而刚毅的光波，他张张嘴，欲言又止。

德华说："你别宽慰我什么，老孙今天能见上他们一面，我已经够宽慰了，他也够宽慰了，他最担心的是儿子，儿子没事，他就放心了，他和我都感谢你们，你们已经尽心了。"

护士取下成学身上的那些针头、气管，拿出白色的罩单准备蒙上成学。

"你等等，我有个请求，我想再陪他一会，"德华拿起毛衣，"你们看，快收针了，我想让他看着我织完，穿在他身上。"

郝医生与护士默默地，轻轻地走出了病房。德华织毛衣的双手又机械似地翻飞起来，没有眼泪，仿佛也没有悲伤，而她的心里却是杜鹃啼血，肝肠寸断。

天刚亮，度过不眠之夜的一行人就进了病房，德华已给成学穿上新织的毛衣，并给他做了一生中的最后一次梳洗，面容显得平静而安详。

赵队长说："大家再看一眼吧，人总是要入土为安，你们要是想送他回家乡，我马上就安排车。"

德华早想过这事，立即说道："不必了，他就一个孤儿，老家一个亲人都没有，他到这十来年了，部队就是他的家，高原就是他的家，就让他留在这个家吧。"

"好吧，军分区有个陵园，长眠在那里的战友会陪着他，我现在和袁主任去那里布置一下，到时再送他一程。"

草原的旷野碧绿如洗，草原的天空纯净湛蓝，极目四极就会想起"天似穹庐，笼盖四野"的古诗。墓地悬挂铺张的白色帷幔在碧绿与湛蓝中分外醒目，在"孙成学同志追悼会"的横幅两边，是袁主任与赵队长合撰的对联：

一生少言勤工作口碑存人心

十命可受报家国忠骨留高原

德华等一行人来了，郝医生及医护人员，文化工作队全体人员来了，还有军分区的一些干部战士，手里拿着成学为他们拍摄的照片也来了，所有人肃穆地静立在墓前。

赵队长的悼词不很规范，但有些话却让人们久久不能忘怀：成学同志没有显赫的功勋，也不是英雄烈士，他因病而逝，但他病在高原，逝在高原，这就值得我们尊敬，值得我们学习，我们工作队的人，都是军区文化部的直属人员，援藏工作实行的是轮换制，连我老赵也是第三任队长，但工作队成立十年，老孙就在队里干了十年，工作队的年龄上限是五十岁，前年他满五十，我们让他回军区机关，他说他熟悉队里的工作，熟悉高原的情况，能多干几天算几天，这一拖就是两年，如果我坚决不同意他留下，就不会有今天这场景，我老赵对不起你啊，老孙同志……你一路走好啊！

老孙走好……

老孙走好……

人们低沉激越的告别声在墓地，在草原，在林海，在雪山，在世界屋脊的每个角落千回百转，响遏行云……

回到省城，袁主任第一时间到了王书记办公室："老王，孙成学是因病永远留在高原了，而他发病的原因是他儿子到了新兵连，又被退回乡下，他这人敦厚内向，遇事不大想得开，是急出来的病啊。"

王书记说："我知道他们家有个在台湾的亲戚，他儿子现在去当兵真不是时候啊，才出了那个副统帅坠机的大事，军队还在整肃期间呢。"

"从高原出发时，赵队长悄悄对我说，他愧对孙家，拜托我们在地方上想想办法，解决好孙家儿子的事。"

王书记毫不犹豫地说："应该解决，这几天局上正在招工，我负责从劳动局增加几个内招指标回来，挤出一个给孙家儿子，台湾不台湾的也别管了，有哪个说三道四，就让他找我老王头，反正我明年就退休抱孙子了，你还得在这扛几年呢。"

"好吧，但这事不能先给孙家说，老阳是最不愿意给组织、给单位添麻烦的人。"

"对，把人给招回来再说。"

孙重到商业局的第一天是参加集训，商业局规定，新职工都要集中到机关学习、培训半个月，再分配到下属的不同部门。

兄弟姐妹

第一天，德明就到会议室找到参加学习的孙重，把他拉到门外，又是拍，又是笑地说："不容易啊，我们局上的内招指标原则上只对直系亲属，你是我侄儿也给招了，我可没少下功夫，得叫你妈摆酒请客哦。"

孙重不知就里，自然是满口应承："我回去就告诉我妈，弄点好酒好菜，到时我通知你。"

"开玩笑的，不要当真，我是来提醒你，学习期间可要好好表现，你们这批没有留机关的名额，要分配到下面站柜台，守仓库，但车队要两个驾驶员，你可以争取，一是津贴高，二是合你胃口。"

一听说开车，孙重就来了精神："我一定努力，谢谢大舅提醒，我进去了。"

中午，参加学习的人到机关食堂打饭，孙重隔窗口递进饭碗，炊事员伸手接住，两只手突然停留在饭碗上，石化似的一动不动，直至后面的人催促起来。

孙重总算醒过神来："喜鹊，我吃完饭等你。"

"好的，你就在食堂坐着别动。"

孙重回到桌上，几筷子把饭菜扒拉到肚里，便盯着那售饭窗口一眼不眨。自从那次"努力餐"分手，他们就没再见过面，偶尔也想过写信，写完又不如意，为狄哥喊冤的言辞太偏激，安慰喜鹊的词语太苍白，诉说乡下的文字太寒碜，结果是写一篇撕一篇，于是中断了联系。参军时，他倒是想报个喜讯，幸好没来得及，不然更寒碜。

窗口没人了，喜鹊走出厨房，坐到桌边。面容不像以前那么红而圆润，变得白而清瘦了，但一开口，声音还是那么婉转清亮："你真不够朋友，几年不联系不说，连返城这样的好事都不言语一声。"

"这幸福来得太突然，连我自己都来不及反应，从你们劳资科的人在木呷找到我，开始办手续到今天报到，一共才六天。"

"注意，你现在应该说'我们劳资科'，而不是'你们劳资科'。"

"哪习惯呢。"

有几个炊事员出来收拾桌上的杯盘碗盏，其中一个在他们的桌边突然停下，目光与孙重对视着，两人似乎都在想：在哪里见过呢？

喜鹊说："走吧，你影响别人工作了。"

孙重慢慢起身与喜鹊走到食堂外，喜鹊说："别想了，你只见过他一次，想也想不起来，他是黄大牙。"

"你不说，还真想不起来，见他那次是在晚上呢，冤家路窄啊，他想得起来吗？"

"就算想不起来，一打听你的名字，不就知道了，他和你大舅是宿敌，包括你我都是死对头，到现在我与他都从不搭理，从不说话，你以后得离他远点。"

孙重故作惊恐地说："吓死人了，我可不敢再在食堂吃饭，万一他在饭里撒把'毒鼠强'、'五步倒'的，我就完蛋了。"

"别耍嘴皮子了，"喜鹊看了看表，"快去会议室吧，晚上到'努力餐'，我给你接风，不醉不归。"

"好啊，就我们两个，还是……还是有其他人？"孙重后边的问句有些迟疑。

"如果你希望有其他人，那就有吧。"喜鹊不带表情地答了一句后，指了指会议室，转身回了食堂。

还是"努力餐"，还是那张桌子，先到的孙重在想：喜鹊还选这地方，就不怕触景生情，徒生伤感吗？或许是有意旧地重游，借故人相见，以此缅怀离人，寄托哀思，正在胡思乱想，喜鹊走了过来，看见没有其他人，孙重莫名地轻松了许多。

服务员请他们点菜，喜鹊说："不用点了，告诉你们二师傅，有两个人喝酒，菜随他安排，酒还是文君大曲。"

"那师傅是你熟人？"

"嗯。"

"我认识吗？"

"市饮食公司技校你有没有熟人？"

孙重想了想："没有。"

"那你不认识，他是技校分来的，当红卫兵时，倒是跟我们一派的，但过去没接触过。"

说着话，一盘红油耳片和一盘宫保鸡丁已上桌，喜鹊端起酒杯："劝君更尽一杯酒，游子返城有故人。"

孙重也端起酒杯："桃花潭水深千尺，不及喜鹊接风情。"

二人一饮而尽，喜鹊将空杯斟满："三年前，你胡诌的是'桃花潭水深千尺，不及二人送我情'，现在差一人了，来，为差的那个人干一杯。"

喜鹊又将两人的空杯斟满，孙重抢先说道："别喝得太急，吃点菜吧，你以前可不喝白酒。"

"不能用老眼光看人，我现在是只喝白酒，来，再干一杯。"

孙重端杯的手有些迟疑，喜鹊说："怎么啦，你现在长得像个大男人了，喝酒还不如以前那个小男生。"

"你别激我，我才从彝族自治乡回来，那可是大碗喝酒的地方，半斤八两的，一眨眼的事，我是担心你。"

"谁担心谁还说不准，干，让事实说话。"

你一杯，我一杯，不一会酒已过半，酒下肚，脸飞红，喜鹊说："还记不记得，你那次在商业分团喝醉了，站在饭桌上跳忠字舞？"

"当然记得，你不也跳上饭桌唱歌，唱你最拿手的那首《唱支山歌给党听》，那时候，只要你歌声一起，那可是万人空巷，现在还唱吗？"

"不唱了，自从差的那个人走了，就再没唱过。"喜鹊的眼里已泛起泪花。

"刚才我还在想，你选这地方，会不会触景生情，徒生伤感。"

"不触景就不伤感了吗，这三年，我一难受就到这里，喝得晕乎乎的就不难受了，来，干了。"喜鹊甩手干了，把杯底朝天摇了摇。

孙重一口干了，叹着气道："古人说'抽刀断水水更流，借酒浇愁愁更愁'，你这是反其道而行啊。"

喜鹊拿起酒瓶说道："这文君大曲，来自卓文君的故乡，这'努力餐'的名号，出自卓文君写给司马相如的《回头吟》，'朱弦断，明镜缺，朝露晞，芳时歇，白头吟，伤离别，努力加餐勿念妾，锦水汤汤，与君长诀'，古人尚能如此洒脱，我为何不能，来，努力加餐吧。"

"士别三日，刮目相看。"

"你别刮什么目了，这店里上班的人都能背上几句，你多来几次你也能背。"

说话间，店里的客人已逐渐稀少，喜鹊对服务员喊道："再来一瓶文君。"

"你行不行？"孙重还是不放心。

"我中午怎么说的，不醉不归，你忘了？"

这时，一个身着白色厨衣，面容白净的小伙子端着菜过来了，他把菜放到桌上说："这是生烧什锦，我们店的招牌菜之一，这位朋友眼生，尝尝吧。"

"酒，没有酒，再好的菜都没味。"喜鹊晃了晃空酒瓶。

"我去拿，等我。"二师傅去了。

孙重问："是那个技校的吧？"

"对，不认识吧，其实我以前也不认识，狄哥走后，我要不要来此怀旧，排遣离愁，他不忙时，就陪我喝杯酒，听我念叨那些往事，慢慢地成了朋友。"

"朋友？是……"

"别胡思乱想，我没那份好心情。"

二师傅拿了酒来，喜鹊说："给你们介绍一下吧，这位在这里掌厨，手艺第二，人称二师傅，这位刚到我们商业局，姓孙名重……"

"原来城西中学的，与你是当年的红卫兵战友，加上洪图、狄哥，你们几个就像兄弟姐妹一样，后来天各一方，他下乡去了凉山，就剩你一个，孤孤单单的，对不对。"二师傅接过喜鹊的话头，如数家珍似的说道。

"哈哈，看来她早已把你耳皮子磨出茧了。"孙重忍不住笑出声来。

"喝酒，喝酒，哪来那么多废话，是英雄是软蛋，咱们酒中见。"喜鹊话完杯干。

轮番把盏，嬉笑怒骂，最终，三个人都应验了喜鹊"不醉不归"的话。

黄大牙在中午见到孙重后，总觉得面熟，便到劳资科找到成科员，那是他以前在"红卫东"时的一个部下。一打听，便知道了那个黑黑的瘦高个姓孙名重，还真是他的老熟人。曾几何时，缴了他的枪，劫了他的车，帮着阳德明在商业局耀武扬威，弄得他们一帮"红卫东"，盯着商业局，却不敢越雷池一步。那时他还算是客串，现在是堂而皇之地登台，阳德明和这小子一联手，我老黄在商业局怕是没有出头之日了。真是冤家路窄，狭路相逢，鱼死网破，在所难免。黄大牙一支接一支地抽着烟，眼珠子又滴溜溜地转悠开了。

第二天下班，黄大牙约那个成科员到"杏花村"饭店喝酒，碰了几杯后，他把话转到正题："听说这次内招，全招的直系亲属，有没有不是的呢？"

"除了个别特殊的，基本上没有，我想把我侄女招进来都泡汤了。"

"那阳德明的侄儿怎么来的呢？"

"哪有什么阳德明的侄儿，这次招工，后勤科一个都没有。"

"那就奇怪了，我昨天向你打听的那个孙重，就是阳德明的侄儿。"

"是阳德明的侄儿，那还真奇怪了，"成科员满脸诧异，"你该不会弄错吧？"

"错不了，我早就认识他，"黄大牙从他的神情已感觉有戏，"有好奇怪，说来听听。"

"如果真是阳德明的侄儿，政审时，我就把他踩下去，让我侄女顶上了。"

"政审有问题？"黄大牙边问边给他斟酒。

"他家有个亲戚在台湾，按理是通不过的，可……"成科员突然打住话头，不安地四处望望。

"好了，好了，看你吞吞吐吐的，不好说，就别说了，喝酒，干一杯。"

又是两杯下肚，黄大牙像是自言自语地说道："是奇怪啊，如果不是阳德明的亲属，那是谁的呢，张三李四，他总得有一个亲属吧。"

成科员像是没有听到，举杯在黄大牙的杯子上一碰："干了这杯就差不多了，你是知道的，我的酒量有限。"

"酒吃仁义饭吃饱，我不劝酒，你真醉了，还得给我添麻烦，不过我得提醒你，最好离姓孙的那小子远点，他可不是省油的灯，他就是以前城西中学的红卫兵头头，把我们'红卫东'赶得到处躲的那个人。"

"是他，那老王头不是听到造反派就来气吗，这是怎么回事呢？"成科员的防线被打开了缺口。

"老王头，王书记，"黄大牙也心下一惊，连连称奇，"真是奇了怪了，他过去没少吃阳德明的苦头，怎么会替他出头，还甘愿顶着政审的风险。"

酒入舌出，成科员的话也越来越多："是啊，老王头对我们劳资科说，孙重是他战友的儿子，前不久战友去世了，他得把战友的儿子当自己儿子看待，科里的人都很理解，还觉得他们老革命重情重义，挺佩服的，如果孙重真是阳德明的侄儿，这作何解释呢？"

"我也是一头雾水，百思不得其解，但其中必有猫腻，阳德明这人的特点就是投机取巧，会不会是他给他送了重礼？"

"不会吧，老王头脾气大，爱训人，谁犯点鸡毛蒜皮的小事都不依不饶的，但众人皆知，他从不会沽名钓誉，唯利是图。"

"过去不会但不能保证现在不会，反正他明年就要退休，捞一把是一把的可能也有，晚节不保的老革命也不少呢。"

"说其他人我信，说老王头我不信。"成科员连连摇头。

"你不信是因为你迷信，以为老革命个个意志坚定，品德高尚，但毛主席说必须警惕资产阶级的糖衣炮弹，老王头被阳德明的糖衣炮弹炸晕，又有什么不可能的，我们的那个副统帅是老老革命吧，不也叛党叛国了吗，你千万不要太迷信他们。"

"就算不迷信，但也不能凭猜测。"

"这样吧，我们暂时不露一点风声，多留个心眼，暗中问一问，理一理，弄清楚再说。"黄大牙煽风点火不成，只好来个缓兵之计。

"如果弄清楚，真是阳德明搞的鬼，我一定跟着你老黄再造一次反。"

"对，那老王头敢一手遮天，我就把天戳个窟窿，那阳德明敢瞒天过海，我就让他海中翻船，让孙重那小子从哪里来就滚回哪里去……"黄大牙仿佛又成了"红卫东"的头儿，越说越激动。

"你小点声吧，这八字还没一撇呢，喝酒，喝酒。"成科员又小心地四处望望。

"你这人啥都行，就是太胆小，哦，对了，姓孙的滚蛋了，就空出一个缺，正好让你侄女顶上。"

"到时候，可以想想办法，碰碰运气，今天就散了吧，我都有醉意了。"

"好，我也是酒足饭饱了。"黄大牙余兴未尽，却也不便勉强挽留，于是结账出门，挥手而别。但在挥手前，他们已作好了分工，成科员负责暗中了解情况，搜集证据，黄大牙负责公开检举，逐级呈报。

第三天下班，是成科员请黄大牙到"杏花村"喝酒，成科员泄气地说："扳不倒了，孙重的父亲还真他妈是军区文化部的，上个月才病死在西藏，进藏的部队是二野南下的38军，那老王头就是38军的，身体不好才没进藏，留在了我们局，这战友一说，看来不是空穴来风啊。"

黄大牙心里也有些瘪气，却不露声色地硬撑着："就算是战友不假，但战友就是战友，如果战友的儿子，就是他的儿子，他该有多少儿子，你们劳资科能不能把他们全招回商业局？"

"老黄，你这话说得一点没错，但38军的军长从西藏调到我们省当革委会主任，这你总该知道吧，而老王头以前是38军的副师长，你也应该知道吧，我劝你还是忍口气，损人不利己，何苦呢，万一偷鸡不成蚀把米，更不划算，你看我，侄女顶缺的事，我都不想了。"

黄大牙说："我知道，我什么都知道，我还知道你小心驶得万年船，但我老黄可是光脚的不怕穿鞋的，他们几个人整老子从来不打让手，'文革'中整我，'文革'后整我，整了一次又一次的，这口恶气不出，我是吃不香，睡不香，那老王头资格老，后台硬，如果拿直系亲属来说事，会让人觉得我们不仗义，要是干脆弄个普招名额下来，反而名正言顺了，我们只能拿孙重家那个台湾的亲戚做杀手锏，政审历来是大事，捅翻了天，哪个敢公开出来做解释，打保票呢？"

"可谁去捅呢，不可能让我去吧。"成科员惶恐地说。

"你是担心以后不缺小鞋穿吧，因为这事一捅上去，不管结果如何，得罪的就不是哪一个人，而是上上下下一大帮人。"

"难道你不担心？"成科员反问道。

"我当然担心，所以我也不会出面，这事明争肯定不行，我们只能暗斗，这风就由我悄悄去放，一传十，十传百，风声大了，刮得响了，局上总得给个交代吧，那时，我再浑水摸鱼，火上浇油，你就等着看好戏吧。"

"那你可得小心一点，千万别出什么事。"成科员仍是忧心忡忡的。

"你放心好了，你我是同批到局上的，朋友相交也十来年了，万一真出什么事，我绝不会把你牵连进来，难道你还信不过我老黄？"

"信，我信，干，干杯。"二人举杯豪饮，尽兴而归。

　　然而成科员当晚却夜不能寐，辗转反侧，冥思苦想了一宿。他信得过黄大牙好勇斗狠，死缠烂打的顽劣，但他却信不过他的为人，万一他斗不过老王头，把自己牵扯进去，这跟头就栽大了，在商业局混个科员容易吗。可黄大牙铁了心要破罐子破摔，自己也拦不住，只能想办法，先把自己的脚从这趟浑水中拔出来再说。但直接向王书记汇报，就等于承认自己泄露了孙重的政审问题，找阳德明想办法吧，掉价不说，还是在趟浑水。对，找喜鹊，好歹自己还是她商校的学长，或许她们能想办法堵住黄大牙的嘴……

　　第二天早上，刚上班，成科员便约了喜鹊到僻静处，把黄大牙打算利用"政审"兴风作浪的事，告诉了喜鹊。

　　喜鹊顿时急得变了脸色，脑袋里轰轰作响，她知道孙重当兵已被退过一次，他父亲也因此患病罹难，如果黄大牙阴谋得逞，给孙家带来的无异于灭顶之灾。

　　她脚不沾地地闯进会议室，顾不上培训班众多诧异的目光，拽着孙重的手出门而去。

　　听完喜鹊的话，孙重不像她预料的那么震动，那么激愤，只是仰头望天，一声叹息，而后带着苦涩的微笑，轻轻说道："可能又要喝告别酒了，还是到'努力餐'吧。"

　　"人都快急死了，你还想着吃，吃屎差不多，快想办法吧，要不先找你大舅？"

　　"能找他吗，他可是告诉我，我这次招回商业局是他下的功夫，我们现在去告诉他是王书记担着风险，他面子上过得去吗，就算过得去，他镇得住黄大牙吗，要说打滚耍横，他还不如黄大牙。"

　　"那找找王书记、袁主任吧。"

"不能再给他们添麻烦，他们已经顶着雷了。"

"这不行，那不行，你就等死吧。"喜鹊急得转身就走。

孙重一把抓住她的手："别太急，我虽做了'努力餐'告别的准备，但我也不会坐以待毙，我想单独去找他，或许有一线转机。"

"你不会是找他决斗吧？"

"和他拼命？不值，但确实还没有想好摊牌的方式，这样吧，培训课我是没心思上了，我回城就说去洪图家，看看伯母，但还没来得及，我现在去一趟，万一和黄大牙的事弄大了，怕更没时间。"

"行，我去食堂请个假，一块去。"喜鹊已经不放心他单独活动。

孙重用喜鹊的自行车搭着她到了洪图家。洪母一见他二人，又是亲热，又是伤感，一边张罗饭菜，一边叫人通知洪姐、张哥赶回来。

二人对洪家始终怀有愧疚，在席上格外恭谨，频频举杯，祝伯母、洪姐、张哥身体健康，万事如意。

而张哥也像对他二人有某种负疚感，也是不断地敬酒，祝贺孙重招工返城，祝贺二人相聚一个单位，可以互相关照等。

酒多了，孙重的话也就多了，喜鹊忍不住提醒孙重："你还有大事要办，少喝两口吧。"

"天大的事，张哥敬的酒也得喝，我在木呷时，张哥天远地远地来看我……"

"别说，别说，那只是顺便，现在回城了，大家随时都可以聚一聚，来，干了。"

"干了，干了，"孙重一口饮尽，"张哥，万一我又回木呷，你还来看我吗？"

"我说你喝多了吧，尽说酒话，不能喝了。"喜鹊气冲冲地抢下孙重的杯子。

"玩笑而已，玩笑而已，你说不喝就不喝吧。"孙重泄气地摊摊手。

兄弟姐妹

张哥也不再劝，端起饭扒拉，孙重、喜鹊却说菜吃得多，不想动筷了。

饭后，喝了几口茶，二人告辞，洪母嗔道："难得来一趟，也不多坐会，吃了晚饭再走。"

张哥说："妈，你就别留了，孙重才回来没几天，肯定事情多，空了，他会来的。"

"倒也是呢，才回来，多陪陪喜鹊啊。"洪母看看孙重，又看看喜鹊，笑眯眯说道。喜鹊久违了的羞涩感，悄悄爬上了面容。

送到门外，张哥对洪姐说："你陪妈回去吧，外面风大，我再送他们几步。"

二人忙说："不用，不用。"

张哥自顾自地往前走，二人连忙跟上。到街口，张哥回头，郑重其事，诚心诚意地说："常言道，说者无意，听者有心，如果你们不记恨我，就告诉我，遇到什么难事了，就算帮不上忙，也愿分一点忧。"

孙重与喜鹊眼神对视，孙重点了点头，喜鹊把黄大牙准备发难的事讲了一遍。

"黄大牙就交给我了，我来解决这事，应该不会有问题。"张哥的话干干脆脆，斩钉截铁。

过分的意外，让二人莫名惊诧，一瞬间失去了反应。

"洪图是我弟弟，他和你们是兄弟姐妹，我也就是你们的兄弟姐妹，请相信我。"

"不用我们帮着点什么吗？"孙重疑惑地问。

"不用，这事急，我回头再给你们解释，但你们千万别采取任何行动，等我消息好了，一定相信我，你俩走走路，我骑车去。"张哥从喜鹊手中接过自行车疾驶而去。

望着张哥飞驰而去的背影，孙重说："山重水复疑无路。"

喜鹊说："柳暗花明又一村。"

商业局食堂，黄大牙一见张哥，立即拱手一揖："什么风，把大恩人吹来了。"

张哥点头还礼："弟弟兄兄的，别说得那么客气，找个清静处说话。"

二人落座后，黄大牙豪爽地说："商校一别，两年多了，今天来肯定有事，我答应过你，上刀山下火海都行，说吧，我决不食言。"

"好，够朋友，但也不是什么刀山火海，比举手之劳还简单一点，只是需要你对一件事保持沉默就行。"

"行，你说吧。"

张哥隐去了孙重的姓名，用"有一个知青"作代词，描述了木呷的荒凉苦寒，叙说了当兵被退，其父急火攻心，染病而亡的悲怆，而后说到了眼下的难事……

听着听着，黄大牙已翻了脸，他打断了张哥的话，咬牙切齿地说："我知道你说的是哪个了，但我告诉你，啥事都行，就这事不行，你真不知道我和他们有旧仇宿怨，是势不两立的冤家对头吗！"

"我当然知道，但你所谓的仇有我大吗，你是知道我内弟怎么死的，我都放得下，你为什么就放不下？"张哥的语气也严厉起来。

"你怕他们什么我不清楚，但我黄大牙不怕，不给他们来点厉害的，还真把老虎当病猫。"黄大牙离座起身，露出一副摩拳擦掌，张牙舞爪的样子。

张哥也长身而起，面容冷峻，正颜厉色地直视着黄大牙："你真不听劝，就别怪我说话不好听了，两年前你究竟是'贪污'还是'浪费'，你我都清楚，实话告诉你，那些材料我还有。"

黄大牙头上青筋直冒，气急败坏："老子不是吓大的，你现在抖落这件事，你就是包庇坏人，你也跑不掉。"

"好啊，你高兴坐牢你就去，我或许背个处分，大不了开除党籍，孰轻孰重你自己权衡，我回去就准备好材料，随时恭候。"张哥的话掷地有声，然后扔下目瞪口呆的黄大牙，头也不回地大步而去。

张哥虽也担心黄大牙狗急跳墙，鱼死网破，但更相信自己的判断，像黄大牙这样的人，只会做损人利己的事，决不会做损人损己的事。

因此当他告诉孙重、喜鹊时，省去了担心，只留下了判断："没问题，黄大牙已经摆平了。"二人喜出望外的同时，又想问个究竟，张哥只说了一句："天机不可泄露。"挥挥手，扬长而去。

晚上，喜鹊躺在床上，脑海里浮现出，洪母看她与孙重时的那张意味深长的笑脸，自己也猛然觉得，二人最近几天，似乎有意无意地走得太近。她没有了睡意，从红木盒子里拿出狄哥的那封遗书，披衣拥被地默诵：

人亡物在字如血，

百身何赎君难归。

青丝留存春心无，

唯有孤灯伴余生。

循环往复的默诵，让她睡着了，梦乡中，狄哥开着嘎斯车，她坐在他身旁，他们在大海上飞跑……

孙重在风平浪静中迎来了培训班的最后一天，袁主任做完总结后，成科员宣布岗位名单，孙重如愿以偿地分到了商业局车队。他兴冲冲地找到喜鹊："我们约上张哥，去'努力餐'吧。"

"你今天回家吧，先让你家里人高兴高兴。"喜鹊几乎是面无表情地说道。对喜鹊的淡然，孙重有些不解，愣在了那里。喜鹊又说："你爸刚走不久，你就不想在第一时间，让你妈舒坦舒坦。"

孙重毕竟好心情，也不再多想："那我们改天吧。"

孙重哼着"日落西山红霞飞，战士打靶把营归"的曲子回了家，德华听说分到车队，也打心眼里高兴，她说："你不是说你大舅下了不少功夫，你要请他喝酒吗，明天是星期天，去通知他一家来吧。"

孙重心中嘀咕，却又顾忌母亲与大舅的和气，只得唯唯诺诺地答应了。好在他去请时，大舅却找托词婉言拒绝了，孙重以为他知道无功不受禄，也就不再勉强。

孙重在驾校学了一年，而后便开着货车跑长途，满世界转悠，乐此不疲。在驾校时，他还要不要找喜鹊接触，而喜鹊虽说不上冷若冰霜，却也没什么兴趣一样，他揣摸是因为"努力餐"的二师傅，于是便主动撤退，渐渐疏远了喜鹊，疏远了"努力餐"的"生烧什锦"。

第六章

黎莎上吊乱坟坡　春月洒泪道隐情

　　1976 年，中国发生了几件大事，"唐山大地震"二十四万人罹难。共和国的首要领袖毛泽东、朱德、周恩来在这一年中相继去世。在"文革"中得势的政治派系"四人帮"，因祸国殃民被绳之以法，随之"文化大革命"宣告结束。中国人民唯政治第一的生活逐渐淡化，而早已被淡化的经济生活逐步强化。

　　在这种背景下，德华想到了德厚，而且猜想德明不至于还那么看重"政治"上的什么影响，于是叫上德秀一同到了德明家。

　　进门后，德华爽快地说："大兄弟，几年不见了，是不是还在生我的气？"

　　"不是，不是，哪有那么大的气"，德明一边说，一边以手让座，"这几年局机关进的人越来越多，我们后勤科的事也就越来越多，加上这'小丫头'太缠人，出趟门还真不容易。"

　　"哟，六岁了吧，"德华伸手拉着"小丫头"感慨道，"时间过得真快，一晃就这么大了。"

　　大家七嘴八舌的寒暄一通，德华道："说点正事吧，四莽子已关了十年，爸临死前，我们说过，他在里面大家会去看他，他出来大家要帮帮他，今天商量个时间，我们抽空就去看看他，免得爸在九泉之下骂我们说话不算话。"

德明听了这话，立即说道："巧了，你们今天不来，我也正准备去找你们，他已经出来了。"

她们同时大吃一惊："咋回事？"

德明从里屋拿出一封信："你们自己看看吧。"

德华抽出信笺摊在桌上，德厚虽也读过书，但不太好学，信很简单：

哥：

你们好！

我提前出来了，已在乡下待了十几天，有些人看我劳改过，不顺眼，我干活一个人可以顶三个人，但评工分比他们一个人的还要少，我不想在乡下了，你们能不能在城里帮我找个工作？

小弟德厚

"你回信了吗？"

"刚回了。"

"咋回的？"

"我实话实说，城里人现在找个工作都难，进城不大可能，如是经济上有困难，我们可以给他寄点钱。"

这次德华变了脸色："过去我说你不顾亲情，你还不承认，小弟的脾气你不是不知道，他会要你钱吗，他只是想离开那个地方，你就这样搪塞他……"

"你能干，你给他找个工作试试，我是没这本事。"德明最不满德华的就是只顾亲情没有政治头脑。

"你是没本事吗，你是怕他扯你后腿。"德华满面怒容地拉起德秀不辞而别。

随后，德华写了信回去，但都是石沉大海，她着急了，请假回了一趟马家镇。老房子梁正墙直，门窗依旧，但厨房的烟囱坍塌了，显得没有一丝人气。一番打听，乡邻们告诉她，德厚走了，谁也不知道去了何处。她叹了叹气，带上香蜡纸钱去了坟山，想给爸妈烧炷香，结果又叹了叹气。"农业学大寨"的强劲势头，连坟山也没放过，那里已是一片梯田。此后十年，德华常常在想：德厚你在哪里。

德厚收到了他哥的回信，其中的几句话让他心里难受了很久：工作好不好找还不是大事，要是沾上劳释人员几个字就是大事了，任何一家都会在政治上受到影响，受到牵连……虽然他在狱里待得太久，不是很理解信中那些话的含义，但他明白省城是不能去了。前几天，长子哥来过，还劝他住到他家去，可他不能在那里挣工分，无异于白吃白喝。他想起了进山前在县城推车挑担，扛包装卸的经历，决定再次进城。

在去县城的路上，他走到了一个熟悉的三岔口，右手去县城，左手去老鹰岭。他不由自主地停下了脚步，眺望着那片熟悉的远山，稍顷，他猛一跺脚，转身向县城而去。但没走多远，终忍不住回头望，朦胧的远山似乎正向他召唤。他一屁股坐在了路边上，不由得想起了出狱那天的情景……

当他走出那扇沉重的铁门，长子一家三口，以及与他一同进山的几个乡邻迎了上来："出来了，总算把你盼出来了。"

他一边答话，一边四处张望，长子说："别望了，有些事回头跟你说，先到我家吧，准备了好酒好菜，大家要给你接风呢。"

一行人簇拥着他坐上长子张罗的手扶拖拉机，他一路走，一路望，一路想，春月呢？还是在初进监狱时，春月来过两次，后来就没影了，长子说路太远，她带着孩子不方便，但今天她怎么没来，是出什么事了，还是嫁人了，他心上心下，胡思乱想，出狱的欣喜已荡然无存。

当客人散尽后，德厚闷头抽烟，长子说："你的脾气我知道，我不说，你不会问，但我说了，你不能急，还得往好里想。"

"你想说就说，不说拉倒。"

"春月是个好女人，在老鹰岭可是帮了我们的大忙，但她肯定有她的难处，你进去不久，她就改嫁了。"

"为啥不早点给我说？"

"一是怕你着急上火，二是给你留个盼头，你想着她，就会想办法早出来，你可别怨我，也别怨她。"长子担忧地观察德厚的表情。

十年的铁窗生活，不一定能改变人的禀性，但一定能改变人的脾气。

德厚平静地说："不会怨你，更不会怨她，你还记不记得那年我们去公社自首前，我对春月说的话？"

"我那时已弄得晕晕乎乎，哪还记得。"

"那时，我就对她说，我走后，你找个过日子的人嫁了吧，你一个人拖着娃娃难啊。"

"真不怨她就好，多好个人啊，可不知她为啥嫁了个倒插门瘸子，还又生了一儿一女？"

"你刚才不是说，她肯定有她的难处吗，不说她了，既已如此，这事就过去了，再来点酒吧，一醉方休。"

"好，一醉方休。"二人又说又闹，又唱又笑的，真弄了个一醉方休。

想到此处，德厚突然自责起来，长子都能记住春月的好，牵挂着她的难，为何自己看似大度，却心存积怨，如果她真有难处，自己就能心安理得，坐视不管吗，他一巴掌打在自己脸上，向着老鹰岭健步如飞。

当远远地看见那棵熟悉的大核桃树时，已是夜幕低垂，他停住了脚步，不敢贸然登门，他不知春月和他男人，以及那三个娃娃见了他会是什么情景。

他愣在那里想了一会，突然提起嗓门吼起了山歌：

兄弟姐妹

刀砍马桑哟发嫩苔啰哟

马家那个女儿哟长呀吗长成才啰

那对奶子哟那么大啰哟

猪八戒那个背起哟

背也要压么驼哟……

隐隐约约的山歌穿越了石垒的墙垣，传到了春月耳里，多么熟悉的声音，多么熟悉的韵律，她的心中顿时剧烈震颤，难道是他，他的莽哥回来了。她打开房门，跑到核桃树下，声音更清晰了，甚至已闻到了他的气息，没有丝毫的犹豫，她朝着歌声的方向飞奔而去。

德厚早已看见，也是飞奔迎上，二人紧紧相拥，春月积存十年的泪水飞流直下，湿透了胸膛，温暖了心房。好一会，春月轻轻说道："松松手，我喘不过气了。"

德厚松了手，扶着她坐到草坡上："这些年，可苦了你。"

"再苦，也没你苦。"

"别说我了，说你吧。"

"我嫁了个瘸子，还添了两个娃娃，怨我吗？"

"十年前我就劝过你改嫁，还会怨你吗。"

"十年前我也说过要等你一辈子，但没等，你就真不怨吗？"

"真不怨，你肯定有你的难处，要怨也该怨我帮不上忙。"

"莽哥，我真没看错你，我给你说个实话，你听了可不要……"

"妈，妈，你在哪儿，回家了……"核桃树下传出了一个男孩稚嫩的童声，在沉寂的夜空中，显得格外清脆，格外悦耳。

春月一扭头向核桃树望去，顿时打住了话头，愣怔着声息全无。

"春月，春月，你怎么不说了？"德厚急切地问道。

春月先冲远处的核桃树吼了一嗓子，"妈马上回，外面风大，你先进屋啊，"这才慢慢回过头，"我说了……说了实话，你不要……不要难受……"

"你不是今天才认识我吧，你就放放心心说，一两句话还压不垮我。"

"这娃娃也快要上中学了，现在上个学也要讲什么政治的，如果有人知道我们……知道我们……"

"你急死我了，你平日里说话可不是这样的。"

"如果知道我们……和劳改过的人有什么牵连，害怕这娃娃上不了学呢，以后你就别再来了。"春月话一出口，便双手捂面向核桃树跑去，夜雾渐渐吞噬了她踉跄的背影，寒风隐隐传来了她悲切的呜咽。

德厚耳里嗡嗡了许久才静了下来，他猛然想起了德明信中那些"劳释人员"、"政治影响"的话，总算又明白了一件事：省城不能去，凡是沾亲带故的人家都不能去，去了就会给别人添麻烦。

他抬起头，仰面望着苍茫的夜空，真不知该向何方而去？过了许久许久，他才沿着一条似曾相识的山路，深一脚浅一脚，不知不觉地到了黑熊沟。当年长子和他爸栖身的几间茅草屋已是断壁残垣，但与破屋相连的山洞犹存，住下吧，以前不也在这住过一两年吗。

匆匆数月，凭着德厚在山林的生存技能，自然是不愁吃喝，但他一想起春月以及那三个孩子和一个瘫子，他就坐立不安，忧心如焚，寻思着帮助春月家的门路，正当他苦苦琢磨之时，有一个人找上门来了。

"莽哥，还认识我吗？"来人笑嘻嘻的。

"有些面熟，但一时想不起了。"

"春月前夫办丧事时，我们见过面。"

"这一说，我还想起来了，你是春月的堂兄，春生吧，你怎么找到这里来了？春月也不知道我在这里啊。"

"黑熊沟、老鹰岭这一片山里，认识你的人多了，她能不知道。"

"她让你来，是不是出了什么事？"

"事倒没有，她就是对你放心不下吧，还让我给你带个话，说她上次话说重了，让你不要往心里去。"

兄弟姐妹

德厚平和地摇了摇头："我怎么会往心里去，还得谢谢她提醒我呢。"

"我也不明白她为何嫁了人，心头又放不下你，她让我来办两件事，"春生从随身的背篓里取出一个小包袱，"这是她给你带的棉背心、两瓶酒、五元钱。"

"这怎么行，她一大家人，我正寻思怎么帮帮她呢。"

"对了，还有一件事，她说你在里面待了那么长时间，对外面的人和事都生疏了，让我帮你找点事做。"

"让你帮我？"德厚又摇了摇头。

"不相信我吧，我说给你听听，如行你就跟我走，不行我们再另作打算。"

德厚没说话，静静地看着春生。

春生说："翻过黑熊沟这几座后山，就不是我们省了，那里有个江源镇，镇上有三家狗肉店，其中一家叫春生狗肉店，就是我开的，那边的人习惯吃狗肉，一逢场就爆满，但我赚得不多，因为我是买的狗来杀，有一家店是活的也买，死的也收，但好多人吃得出味来，也赚得不多，赚得最多的是那家既不买活狗，又不收死狗的，你猜猜，怎么回事？"

德厚想了好一会才说："自家养的。"

"错，自家养的，得喂吃喂喝，和买的价钱差不多，他们那是套的，一分钱不花。"

"那靠不住，十天半月也未必碰得上一只。"德厚想起山里套猎物埋在地下的那种扣夹。

"夜深人静的时候，牵一条母狗，提一卷绳子，在野地里放出母狗，自然就有公狗来，两条狗干事时，一下子不容易扯开，绳套一扔，不管是头，是尾，是腿，套住了就跑不掉。"

"嘿嘿嘿，"德厚忍不住笑了起来，"那你去套不就行了。"

"我试过，还真不行，那是手准眼准，身手敏捷的高手才能干的活，就看你莽哥有没有这本事了。"

"你不用激我，我跟你去，反正是外省，我也不担心牵连谁，什么时候走？"

"如果现在走，今晚在猎户家歇歇脚，明晚就到，明天走就后天下午才能到，后天逢场，我老婆一个人怕是忙不过来。"

"现在走吧，记住，你以后叫我德厚就行，一是你比我大，我该叫你哥，二是这名字在这片山里有些招风。"德厚一边说着话，一边收拾了换洗衣服，也背上一个背篼与春生大步流星地向后山出发了。

江源镇地处三省交界，是大山与浅丘，再延伸到平原、城市之间的物资交流集散地，一字形的长街上，聚集着三个省的人，当地民谣唱道：二五八赶江源，江源场上好挣钱，皮货山珍换油盐，狗肉烧酒神仙馋。特殊的地理位置突出了一个特点：天高皇帝远，人人闭只眼。

春生两口子的狗肉店原本不大，德厚去后，不逢场的晚上就去套狗，逢场的头晚就不去，第二天好帮着照顾食客。狗肉的成本降了，又多了一个人手，春生把店铺扩大了一半，生意一天天好了起来。

春生想不明白的是，江源镇上，人称"混哥"的大混混，以前三天两头就要来一趟，虽不明目张胆地收什么保护费，但白吃白喝一顿是免不了的。可自从德厚来了，他就没进店里一次，即使从店门口路过，春生赔着笑说："有请。"混哥也赔着笑说："改天。"春生也就懒得多想，天天乐呵呵地数钱。

德厚把他得的那份钱，托人按月捎给了春月，春月时而收下，时而又叫来人带回，他们相互体贴着对方，用共同的坚韧熬着那些艰难的日子。

转眼已是20世纪70年代末期，德厚套狗时，套出了一场风波。

那是一个黢黑的夜晚，德厚提着套狗绳，牵着母狗在野地里逗引公狗。那晚他运气不好，左盘右旋地走了十几里，才引来一只公狗，当他猛收绳套时，那狗却腾身而起，一溜烟地没了踪影。"这狗娘养的，咋就没塞进去呢。"他懊丧地抱怨着收了绳套，耐着性子继续转悠。

当他接近一片坟地时，那母狗突然一声嗷叫，箭一般向坟地射去。嘿，又有戏了！德厚兴奋地追了上去，猛然一个激灵，他恍恍惚惚看见坟地边的柏树上，有两条腿在晃悠，他凝神瞪目，还真他妈挂着个人。他来不及多想，几步窜上，杀狗刀一挥，将上吊绳砍断，噗的一声，树上的人落在了地上。

德厚抱起那人，拍着背心道："这天下的路多着啦，你咋偏走这条路？"

那人哇的一声哭开了，听声音才知道是个女人："你救我干啥？你让我死吧，我真是不想活了。"

"你别哭，别哭，你再哭，我立马走人，你真还想死，这圈绳子全送你。"德厚"啪"的一声将套狗绳扔在她面前。

那女人似乎被这几句凶巴巴的话打懵了，呆坐在地，连大气也不敢出。

"这就对了，哭啥呢？我这人最听不得哪个哭，你要是信得过我，就说说咋回事，如果谁欺负了你，兴许我能帮你出个头，这十里八乡的我熟着呢。"

在暗夜中，女人看不清德厚啥样，德厚也看不清女人啥样，但在生死弥留之际的女人，她还有什么不能说的呢。女人从地上挪挪身子，背靠着坟丘，在冷冷的夜空里，冷冷地诉说着她的悲怆。

女人说：我老家在西北，是一个十年九旱的地方，那里的人除了受穷，就是想方设法传宗接代。父亲死得早，母亲为了给我哥娶老婆，十几天前收了1200元，就把我交给了一个五十多岁的男人，那男人说是替他儿子给的彩礼。男人拽着我，火车汽车地走了几天，最后又步行了一宿，才到了这片大山里。在一间破烂的草房里，那男人指着一个小不了他几岁的秃头说，那就是他儿子，我顿时知道遇上了人贩子，起身想跑，结果被二人捆住手脚一阵暴打。人贩子叫秃头付钱，秃头说钱不够，还差一百元，人贩子说那就便宜你一百吧，但这女人今晚归我了。听了这话，我犹如五雷轰顶，惊呼救命，人贩子三五两下把我打晕过去……

人贩子走后，秃头猜着我会跑，他白天就用铁丝捆住我，晚上脱光我的衣服锁在米柜子里。我就是能跑，也没法光着身子跑。我好不容易等到今天的机会，秃头喝醉了，他还没从我身上下去，就鼾声大作。我轻轻推开他，悄悄找钥匙，但没找到，我拿起一把锅铲撬锁扣，刚撬开，秃头惊醒了，恶狠狠地向我扑来，我劈手一铲砸在他头上，人倒了下去，血冒了出来，我也不知他是死是活，穿上衣服就跑。昏天黑地，不知跑了多久，不知跑了多远，也不知要跑到了哪里去，直至我累趴在这里。好久好久，才发现我是躺在坟地里，我突然感到这是老天爷给我指的一条路。身子被糟蹋了，本已无脸见人，那秃头不死，他得找我，秃头死了，警察找我，除了钻进这坟堆里，我还有啥路可走？

说到这里，女人已是泣不成声。

"别哭，别哭，你一哭我心里就堵得慌，"德厚略一思忖，"听你刚才说的情况，应该是雷公山吧，那里很多人买老婆的，这样吧，你先到我们店里待着，我明儿去那里打听打听，秃头如死了，也是他活该，我帮你另想办法躲一躲，如没死，我送你路费，你再回老家。"

"不，我不回去，死在外面也不回去，那里没人疼我，保不住哪天又把我给卖了。"

"那就回头再说，你先到我那里，起来走吧，哦，你叫啥名呢？"女人慢慢站起身来，面向着他，却沉默着没有回答。

"好吧，你还真不要对谁说你的名字，肯定有人要找你。"

那晚是下弦月，半夜后，残缺的月亮已挣扎出朦胧的光照，天地、山峦、坟丘、柏树、女人、狗，全都是忽隐忽现的。

德厚说："这样好不好，我看你满脸满身都沾满泥沙，就叫你'泥沙'吧。"

"泥沙，泥沙，泥沙就泥沙吧。"女人一边嘀咕着，一边跟随德厚一路到了狗肉店，店堂临街，中间是厨房，后边两间住人，春生两口住大间，德厚住小间。

德厚让泥沙在店堂歇着，自己到后面把春生两口叫醒，进了门后，德厚说："刚才我在坟地里救了个想上吊的女人，我把她带到店里了。"

"哟，坟地里上吊，太不吉利了，不该带到店里来。"春生嫂惶惶不安地说。

"我妈过去常说，救人一命胜造七级浮屠。"

"她为啥上吊呢？"春生问道。

"被人贩子卖到雷公山逃出来，走投无路了，去看看吧。"

三人到了前店，春生见泥沙蓬头垢面，可怜兮兮的，也就动了恻隐之心。他对老婆说："找几件你的衣服，带她去厨房，弄点热水洗一洗，让她睡一觉再说吧。"春生嫂一时也不便多说，只得带着泥沙去了厨房。

德厚从他房间取来被褥："我在店堂睡，让她住我房间吧。"

春生说："何必呢，我们俩挤一挤，让她和我老婆住。"

"你没见嫂子的脸吗，都快挤出水了，还能挤一床？"

"我去给她说，不就一晚上的事吗，那人肯定要回老家去的，明天我们给她点盘缠，再送到城里，买好车票……"

"她不想回老家，担心再被卖了。"德厚打断了春生的话。

"哟，那就不好办了，这种事是帮得了一时，帮不了一世的，花钱的那家人说不定正找她呢。"

"睡吧，"德厚把两张方桌拼到一起，铺着被褥，"她们两个还不知要弄到什么时候呢，我困了。"

春生也知道德厚的脾气，蔫蔫地回了他的房间。

第二天四人吃早饭时，当春生再见到那女人，不由得目眩神摇，暗暗唏嘘，说是十年九旱的地方，缺水少油的，咋就出落个这么白净，这么高挑的女人。德厚也情不自禁地替她叫屈：可惜了，这么好的姑娘，让那两个牛粪团给臭了！

春生嫂问："妹子你叫啥名呢？"

泥沙看了一眼德厚迟疑道："泥……泥沙。"

"泥沙，什么泥沙，等会儿还灰尘呢。"春生嫂没好气地说。

春生却笑嘻嘻的："我猜猜吧，是不是黎明的黎，这泥沙的沙呢……再加个草字头，对不对？"

"对。"黎莎使劲点了点头（在以后的日子里，这名字就一直伴随着她）。

"不错不错，这名字挺洋气的。"春生有点莫名的兴奋。

"哎哎哎，说正事，"春生嫂不耐烦了，"黎莎妹子，我看你还是早点走的好，雷公山离这就四五十里，来这镇上卖山货买油盐的人不少，要是被哪个认出来，你就麻烦了。"

"我到这里也就十来天，认识我的也就那一个人，他天天捆住我手脚，直到昨晚，我就没出过那道门。"

"万一就是那个人认出你呢，你咋办？"春生嫂毫不退让。

德厚不动声色地说："吃完饭，我就去山里走一趟，她的事，等我回来再说。"

春生连连点头："好好好，等你回来商量。"

"记住，我回来之前，让她待在小房间别出门，你们也不要告诉任何人。"说完这话，德厚就起身出了门。

黎莎离桌去锅台洗碗，春生嫂说："春生，我先告诉你，这人必须走，没得商量，你也不想想……"

"哎哎哎，"春生也不耐烦了，"你还有完没完，德厚走时咋说的，等他回来再说，你没听见？"

"他是你老板，他是你哥啊，不说就不说，我还懒得管呢。"春生嫂也知道德厚的性子，心怯嘴硬地打住了话头。

德厚去雷公山转了一圈，回到店里已是深夜，黎莎还在厨房温着饭菜等他。德厚悄悄对她说："还好，秃头没死，顶多是光头不光亮了，多出一道伤疤就是。"

春生两口进到厨房，德厚说："我找到那地方了，风平浪静的，没什么事。"

春生嫂说："今天是没事，明天呢，后天呢？"

"真要有什么事，我担着，绝不牵连二位。"德厚神态坚决，语气果断。

"我看黎莎妹子挺伶俐的，"春生忙着打圆场，"绝不会白吃白喝，留下来跑个堂，你就轻松多了嘛。"

黎莎是无路可走的人，生怕不能留下，她连忙接话："春生嫂，我只干活，不要一分工钱，有口吃的就行，以后有合适的去处，我马上就走。"

德厚说："多个人多双筷子，灾荒年大家都没饿死，何况现在。"

春生嫂看看黎莎，又看看德厚，她心中突然一动：德厚是单身一人，年龄也三十出头了，黎莎又年轻，又水灵，估计是他看上她了，看来这女人不留也得留了，万一得罪德厚，就算是不翻脸，只是没人套狗，这生意也不好做了。她不情不愿地改口道："德厚兄弟要留，就留吧，以后出什么麻烦事，别怪我没说过就行。"

"谢谢春生嫂。"黎莎弯腰鞠了一躬。

"不要谢我，我没有他们的好心肠。"

"谢谢春生哥，谢谢德厚哥。"黎莎转身分别各鞠一躬。

从此黎莎就在狗肉店留了下来，有客人她在店堂，没客人她在厨房，总之是见啥干啥。

春生嫂还真的轻松多了，那脸上的笑容也一天比一天多。而相对稳定的日子，让黎莎也一天比一天水灵，狗肉馆的回头客，也不知为何，也是一天比一天多。客人中免不了有插科打诨的，言语挑逗的，刚开始黎莎还羞涩脸红，可春生告诉他，男人都这德行，吃不到肉，也要闻闻肉香，只要不动手动脚，你就顺着他说，说高兴了，他天天都想来。

黎莎确也聪颖乖巧，几个月下来，那嘴上的功夫已能够应付，不管客人说荤的，还是素的，她能答则答，不能答也一笑置之。春生眼看着生意飙升，常常笑得合不拢嘴。

他对老婆说："你当初说她晦气，不吉利，结果人家比你还带财。"

春生嫂不阴不阳地回道："你让她跑堂招徕客人，就像德厚带着母狗逗公狗进套一样，但你也别忘了，也有狗急跳墙把人伤了的时候。"

"你是狗嘴里吐不出象牙，说话总是这么难听。"

"还有难听的呢，我看你最近眼神不对劲，有事无事都盯着那妹子，该不会起了贼心吧？"

"你你你……说的啥话哟……"

"你也不用急，量你有贼心也无贼胆，你惹恼了德厚，看他咋收拾你。"

"你是说德厚，难道德厚对她有心了？"

"这不是明摆着吗，一个素不相识的人，他为啥那么护着她，连房间都让给她了，自己搬到镇东头住。"

"可自从搬出去，除了送狗过来时帮着宰一宰外，他又来过几次呢？"

"亏你还跟他称兄道弟的，德厚是什么人，人家义气，就是再怎么想，也不会乘人之危，我们打个赌，只要我一撮合，这事就能成，你信不信？"

春生心里酸酸的："那你就试试吧，我看不一定呢。"

"我现在就去找他，看你信还是不信。"春生嫂起身出门。

当她走了一个通街，找到德厚那里，德厚说："嫂子，你怎么来了，有事带个话就行，还麻烦你走一趟。"

春生嫂看看他的房子："你这也太小了，一个人都嫌窄，以后两个人可住不下。"

"你这话里有话吧？"

"明白人就是不一样，一说就懂，"春生嫂满脸堆笑，"打算啥时候办喜事呢？"

"和谁呢？"

"揣着明白装糊涂，除了黎莎还有谁。"

"嫂子，这事你可别瞎猜，更别瞎说，惹出什么闲话来，对黎莎妹子不好。"

"怎么了，你是怕她不情愿，实话告诉你，我早试探过了，她倒是愿意，但你总不能让人家女人先开口吧。"

听说黎莎愿意，德厚也心有所动，但非春月不娶的誓言也同时浮现，于是他摇了摇头："春生嫂，你别费心思了，我心里装不下其他人。"

"不就是春月吗，我还能不知道，可她现在是三个娃娃的妈，你已经没有办法改变了，为什么你就不能替自己替黎莎想想？"

"我爸从小就教我人要言而有信，吐出的唾沫收不回。"

"死脑筋，犟牛……"春生嫂嘟囔着，扭头而去，一路走一路想：难道赌输了不成，不行，解铃还须系铃人，让春月来劝劝他，保准能成。于是她又走了转去，站在门口说："德厚，刚才我忘了说，明天我要出趟远门，你可要去店里帮帮忙。"

"知道了，啥时回来？"

"两三天呢，你别忘了啊。"

第二天，春生嫂上路，德厚也到厨房忙活起来，快到中午时，客人渐渐多了，黎莎像一阵风似的跑前跑后。

突然店堂传来大呼小叫的争吵声，德厚忙从厨房跑出去，见秃头正抓住黎莎的衣袖拉扯，黎莎急赤白脸，大声惊呼。

德厚一步跨上，指着秃头，一声低喝："放手！"

"你算老几，你凭什么……"

"光天化日，调戏妇女。"德厚说着话时，双手疾出，扣准秃头左右手腕，一发力，便轮到秃头哇哇乱叫了。

春生忙拉过黎莎护在身后，秃头已痛得单脚跪地，直不起腰，连连告饶："兄弟，兄弟，我不是调戏妇女……"

"他还敢嘴硬，使劲整，整死他。"一些熟客愤愤然地吼道，德厚又使劲。

"哎哟，手要断了，手要断了，兄弟，兄弟，有话好说，有话好说。"秃头已趴在地上了。

德厚这才松了手："起来，给我滚远点，别让我再看到你。"

秃头手腕动不得了，靠双肘支起上身，坐在地上，边喘粗气边说："兄弟，你是不知情哦，她……她是我老婆。"

德厚问黎莎："是吗？"

"不是。"黎莎怒视秃头。

德厚说："一个说是，一个说不是，我们大家也搞不清楚了，这样吧，你回去把结婚证拿来，我保证你把人带走，不然你来一回，我打你一回，不信你就只管来。"

"算你狠，算你狠……"秃头垂头丧气向门外走去，走出十多步后，突然转身大叫，"你们等着，我跟你们没完……"

德厚又冲出店门，秃头早已夹着尾巴，一溜烟跑得没影了。

此事顿时不胫而走，好奇的、凑热闹的纷至沓来，络绎不绝，半下午时，当天煮熟的狗肉已全部卖完。

客人散尽后，惊吓加劳累的黎莎，早已四肢无力，疲惫地靠在竹椅上一动不动。春生说："你到屋里歇着吧，剩下的事，有我和德厚就行了。"

黎莎有气无力地说："你们说，那秃子还会不会来？"

德厚说："我借他十个胆，他也不敢来，我没找他，是不想张扬，如果再来，我就给他新账老账一起算。"

春生说："这山里头，像秃头这样的老光棍，可也不是什么省油的灯，大家还是要小心为妙。"

兄弟姐妹

"好吧，今晚我就在店堂搭身铺，保你们平安无事。"

春生讪讪道："也好，也好。"

黎莎顿时感动得想哭：她既担心德厚前脚走，秃头后脚来，又担心春生嫂回不来，一晚上孤男寡女的，万一惹出闲话来，跳下黄河也洗不清。

那秃头还真不是省油的灯，他从春生狗肉店一溜烟跑出后，先去了药店，贴了两张专治跌打损伤的狗皮膏药在手腕上止痛，然后买了烟啊，酒啊的，置办了一包礼品，便去找从雷公山混到江源镇，大名鼎鼎的混哥，他点头哈腰地奉上礼品，便拖着哭腔道："混哥，你可要给兄弟做主，替兄弟讨回一个公道……"

"去去去，你秃头是什么人我还不知道，你今天想去春生那里吃讹诈吧，可惜啊，吃不了兜着走，反把手折了，这江源镇的人都笑掉大牙了，你还好意思来找我，哈哈哈哈……"混哥边说边打哈哈。

"混哥，我真不是吃讹诈，那女人是我花 1200 元买的，她给我头上添一道疤，跑了，你看这疤还是新的。"秃头把脑袋往前凑。

混哥厌恶地往后退了一步："一个娘们都把你收拾了，你还敢去招惹那个莽哥。"

"哪个莽哥哦？"

"十年前的那个。"

"你是说在老鹰岭杀死二狗的那个莽哥，那我可没招惹。"

"没招惹，你的手咋折了？"

"那个人就是莽哥？"

"假不了，十年前他占了黑熊沟、老鹰岭，还时不时地闯到雷公山，和我们干过好几仗呢。"

"你这一说，倒像是他。"

"他一到江源镇，我就认出他了，但井水不犯河水，河水不犯井水，从他来，我就没进过春生那家店，你知道为啥？"

"我哪知道。"

"他在大牢里关了十年，大牢是什么地方，就是关恶人的地方，一条狗进去也得变成狼出来，他正憋着气没处撒，你倒送上门去，他不整你整谁啊！"

秃头一屁股跌坐于地："哎哟，咋遇上这个丧门星了，我算是倒了八辈子霉了，哎哟……"

德厚这劳释人员的身份看来还真不能沾，德明怕沾上入不了党，春月怕沾上娃娃上不了学，秃头就沾上了，连混哥都不敢给他帮忙。

"起来，起来，你嚎个屌啊，看在我们都是一个山窝窝的人，我给你出个主意试试。"

秃头马上伸长了脖子："混哥，你快说。"

"丑话说在前头，那女人你是别想要了，我出主意帮你把那1200元要回来，怎么谢我，你看着办，你要是不答应呢，就当我什么都没说。"

"我答应，我答应，有钱就行，有钱可以另外买一个……"

"你他妈烦不烦，八字没一撇，就写九字了。"

"不说了，我听你的。"

"刚才说了，来硬的肯定不行，这事我是不出面的，你也别出面了，还记得我刚到江源镇混饭时，请你们吃过一阵白食吗？"

"当然记得。"

"你就按着我那法子照样做。"

"我懂了，还是混哥你高明，我这就回去安排人，我走了。"秃头又一溜烟地跑了。

第二天中午，快上客时，一帮山里人陆陆续续到了春生狗肉店，他们三五个人便占据一张方桌，店堂顿时满座，每一桌切上二三两狗肉后，他们就从背篓里，衣襟里，褡裢里掏出核桃、花生、红枣，还有一瓶瓶老烧酒，吆五喝六地划起拳来：五魁首啊，六六顺啊，八马双飞，七个巧啊……场面热闹非凡，引得门口吃饭的和不吃饭的都驻足观望。

黎莎搜罗出几根长凳搬到门外，对熟客说道："坐会儿，坐会儿，一有空桌，我马上给你们安坐。"

等了好久好久，门口的客人全走完了，门内的客人却一个没走，黎莎觉得不对劲了，她走进厨房："春生哥，德厚哥，今天有点奇怪……"

"我也觉得怪，要不我去找一下镇上当官的，或者找混哥。"春生沉不住气了。

"你别去，那些人惹你啦，摆开八仙桌，招待十六方，开店求财，来者是客，要二两狗肉喝一天酒，他犯了哪条王法，"德厚心知肚明是秃头搞的怪，"这样吧，我去会会这些客人，你们两个给我站远点，不准多话。"

德厚提着酒瓶酒碗到了前堂，举目一扫，山里人已是一半清醒一半醉，清醒的他不怕，醉了的有点烦，但他没办法了，于是暴喝一声："各位，雷公山来的吧？"

清醒的没说话，醉了的说："雷公山就是雷公山，我就是雷公山来的，你能怎么样？"

"雷公山来的，我就敬你酒，我先干为敬，"德厚干掉一碗，给答话人斟上一碗，自己再斟上一碗，"来，干了。"一仰脖喝下，答话人也一仰脖，糊里糊涂地也干了。

清醒的人就是清醒："兄弟，你敬酒我们没说的，但敬酒总有个说法，你不说，别怪我们不领情。"

"这位大哥说得好，我也就实话说吧，你们是为秃头讨公道来的，但秃头既不占公理，也不占道理，论公理不能买女人，论道理不能天天用铁丝捆女人，本就没有的公道，哪里讨呢？"

清醒的不说话了，醉了的说："拿了钱就跑人，我们山里见多了，你今天不交人，我们就一把火把这个店烧了。"

"冲你这胆气，我敬你，"德厚一口干了一碗，"来，我们都斟上，"德厚斟上酒，"喝，我陪你，喝了你就点火烧房，交人你就别想了，"德厚又干了一碗，也有些酒气上涌，把持不定情绪，胡乱笑了起来，"嘿嘿嘿……嘿嘿嘿……"

店门外早已是人山人海，混哥就混在人山人海中，他最不想看到的场景就是惹恼了莽哥，谁也讨不了好，他急忙对身旁一个小混混说："快，混进去，按我教你的话说。"

小混混一分钟便混了进去，他先挡住醉了的说："我看你是喝醉了，我哥就没说过交不交人的事，"他回头对德厚说，"我哥说了，你要是喜欢这女人，他就忍痛割爱，你转钱给他，他转人给你，钱也不多要，当初1200，现在还是1200……"

德厚已是怒不可遏，双手提起一张方桌扬过头顶，众人四散，他狠狠地砸向地面，哗啦啦的声响中，方桌已散了架，随即是他的怒喝："雷公山的，你们回去告诉秃头，他买女人没有公理，想转卖更没公理，人我不交，钱我不给，有种就找我赌命，没种就躲在山上别下来，下次见他，我不拧他手腕拧脖子了！"

德厚话未说完，雷公山的人，已作鸟兽散，门外围观的倒是鼓起掌来，也不知是因为德厚话说得有理，还是因为德厚砸桌子有力，但掌声确实是一浪高过一浪的。

雷公山的人走了，门外的人海也退潮了。烧酒后劲大，德厚站不稳了，黎莎把他搀到春生房间里躺下后，默默地打扫着一片狼藉的店面。她边扫边流眼泪，心里想：看来我得走了，春生嫂回来埋怨不是大事，万一德厚被人打残或打残别人，那就是大事了，怎么着也不能因为自己害了德厚哥……

春生在厨房看着锅里煮熟的一大堆狗肉犯愁：春生嫂回来埋怨不是大

事，万一那帮人三天两头地就来砸场子，那就是大事了，怎么着也不能因为黎莎断了这财路……

天擦黑时，春生和黎莎在店堂闷头呆坐，春生嫂推开店门进来，身后还跟着春月。

春生打起精神，挤出一丝笑容："春月妹子来啦，稀客，稀客。"春月笑着点点头，便看着黎莎打量起来。

"今天咋关怎么早，肉卖完了？"春生嫂觉得有些奇怪，目光一扫，发现了墙角的烂桌子，"说，怎么回事啊？"

"你急啥呢，走了一天山路，总得让春月先吃饭吧，我们边吃边说好不好？"春生无情无绪地说。

黎莎已从厨房端出一盆热腾腾的狗肉来，然后麻利地摆放好杯盘碗碟："你们先吃着，我去看看德厚哥。"

春生说："如果他醒了，就叫他吃饭，没醒，就不要惊动了，你也回你房间歇歇，我和她们说点事。"

黎莎进去了，春月忙问："德厚怎么了？"

"他喝醉了。"

"他的酒量我知道，如果醉了，至少是两斤以上，咋会喝那么多呢？"春月有些担忧地说。

饭吃完了，春生也把这两天发生的事一五一十地讲完了。

春生嫂说："开初，我就说早晚得出事，这下摊上了……"她突然打住了话头。

黎莎出来了，她换下了跑堂的衣服和围裙，把一身收拾得整整齐齐的，手上还拎着一个小小的包袱。黎莎先鞠了一躬："春生哥，春生嫂，你们好心收留了我这么久，却给你们添了这么大的麻烦，对不起了，你们和德厚哥的大恩大德我会永远记住，今后若有机会我一定报答你们。"

春生说："你要走，现在？"

春生嫂锁着眉头，默不出声，黎莎星目含露，神情凄婉地点点头。

这时春月说话了："黎莎妹子，我和德厚以前的事，春生嫂给你说过，我就不多说了，我这次来，本就是商量他以后的事，现在秃头又找上门了，你更不能走，你一走，他们肯定变着法子闹得更凶，这狗肉店还能清静吗？"

春生接上："是啊，你一走，秃头人财两空，他一定不会善罢甘休。"

"他敢再来，我拿菜刀和他拼命，"黎莎咬牙切齿地吼道，"这几个月，跟着德厚哥，我懂了一个道理，人善被人欺，马善被人骑，我拼了命不要，把他当狗宰了，看能不能清静……"

"在吼啥哦，把老子瞌睡都闹醒了，真要拼命，还用得着你。"德厚说着话，偏偏倒倒地进了店堂，猛然看见春月，顿时呆了一般，一动不动的。

春月起身把他拉到竹椅上坐下："我们在商量秃头的事。"

"商量个屁，我就等着，看他们能把我怎么样。"

"他们是不能把你怎么样，但你能保证这店里的生意怎么样吗，这么多年了，还是只知道用拳头说话，连黎莎妹子都跟你学上了，你们今后还不知要吃多少亏呢。"春月不知是真生气还是假生气，板着脸说。

话是责备的话，可黎莎听着心里热乎，德厚见春月脸色不好却有些慌了："好好好，商量就商量吧。"

"我看还是舍财免灾的好，"春生先开口，"上午那个小混混说，只要钱，不要人，就给他们1200，这钱呢，就由店里出吧。"

春生嫂心疼钱，就又锁着眉头，默不出声。

春月说："这是个办法，先给钱，占个理，再说后面的事。"

德厚觉得给了钱就丢了脸面，十分地不情愿，但春月发了话，他也只好同意，就说："人是我带回的，这钱就在我每月的分成里扣。"

春月说："不用扣了，你这一年多的钱，我都给你存着的，这次我带来一些，给了1200，还有剩呢。"

黎莎已是泪流满面："这钱算我借的，我这辈子做牛做马也会还上。"

"都不要提钱了，我爸早给我说过，生时招不来，死了带不去，没了就挣，挣了就用，用完了又挣……"

"你是不是酒还没醒！"春月嗔怒。

黎莎也觉好笑却笑不出，春生嫂真笑了，不管咋商量，钱可以不掏一分了。

春生也想讨好黎莎，但更得讨好老婆："春月带得有，就先用着，免得大家七拼八凑的，剩下的就是谁去办这事了。"

"明天我到雷公山，老子是去送钱，谁还敢把老子吞了。"德厚酒兴未过，话语比平日里放纵粗野。

春月自然知底，她对黎莎说："妹子，他酒还没醒，你挽他进去歇会儿吧。"

黎莎还没动，德厚便叫道："拿酒来，我再喝几碗给你们看，我醉了吗，我没醉！"

"好好好，你没醉，你在这待着，我们进去说。"春月打头向里走去，春生两口随之跟上。

黎莎不知怎么办了，想了想，还是留下照顾德厚。

进了里间，春月说："不能让他上雷公山，扫了二三十人的面子，还敢一个人去说事，他眼里还有没有人家的脸面，换了我也输不下这口气。"

春生说："今天太晚了，明天一早，我备个礼兴去找混哥，以前我可没少请他喝酒，这镇上还没有他摆不平的事呢。"

"不要他上山就行，主意你们拿，我除了能说说德厚，其他事也不会做。"春月在腰里摸索了一阵，取出一沓十元的钱来，他数了120张递给春生。

春生说："你咋带这么多钱在身上，也不怕路上有个闪失。"

春生嫂说："我知道了，她原本是打算拿给德厚黎莎办喜事的，却用在这了，说来也算一回事呢。"

（页面右侧竖排）
XIONG DI JIE MEI

155

春月说:"你倒是提醒我了,我们出去看看吧,他是喝了酒的,牛脾气一来,说不定现在就上雷公山呢。"

还好,店门已插了栓,黎莎端了椅子靠在门上坐着,德厚正在竹椅上没精打采,烦躁不安,但毕竟还在竹椅上。他一见春月便来了精神:"商量好了?"

"没有,我正要和你商量呢,"春月对其他人道,"你们先歇吧,我和他再说说。"

店堂没人了,春月蹲在了竹椅前,头靠在德厚膝盖上,忍了又忍的泪水顺着腿往下淌,德厚的腿热了,心热了,他用手抚着春月的头,难得一回的泪水顺着头往下淌,春月的头热了,心热了……

第一次相见为猎夹上那只兔的争执;宰熊打赌,剑拔弩张时,共同的光明磊落;小石屋灯花落尽时的山盟海誓;核桃树下除暴安良的无数画面,在他们脑海里循环往复……

良久良久,春月说:"你和黎莎走吧,她是个好姑娘。"

德厚说:"我知道春生嫂去找你说这事,但没想你会来,我对她们都说过,人不能言而无信。"

"你是在说我言而无信。"

"不是,不是,我相信你不是万般无奈,不遇上难事,你不会……不会嫁人。"

"你真相信,你不怀疑?"

德厚捧起春月的脸,对视着:"如果连你都不能相信,我就错投了人胎,下辈子我变猪变狗也不变人。"

春月抓着德厚的手掰开,直视着德厚:"你不想听我说说为啥。"

"想,怎么不想,但你不要为难。"

"你傻,我有什么为难的,我怕你为难呢。"

"你快说吧,你急死我了。"

"你入狱,我怀孕,罗虎就是你的儿子。"

"你……你说……那儿子是我……我的，春月，真苦了你啊。"德厚激动得语无伦次。

"你入狱后，我才发现已经怀上了。我又是高兴，又是为难，高兴的是，你有了娃娃就不怕，今后不管坐多久的牢，你都有后了，为难的是，我们没办证，我也没过门，一个寡妇生娃，总得有个遮掩，只好招了个瘸子上门。"

"真真的委屈你了，你那男人知道吗。"

"他老实巴交的，还真以为不足月，娃娃一落地，他照顾得仔细呢。"

"也委屈他了，这次你回去时，我和你同路，我去看看娃娃，也向那个男人道道谢。"

春月没答话，又直愣愣地盯住他。

德厚心中有些发毛："不行吗，有啥问题？"

"没问题，但不行。"春月立即回应。

"怎么就不行了，我可是娃娃的爸，看看娃娃不应该吗？"德厚有些急了。

"你不但是娃娃的爸，你还是我永远的男人，但你真傻还是装傻，家里的那几个人，以前谁也不知道你的存在，现在突然去告诉他们，你才是我的男人，你才是儿子的亲爸，你从监狱出来了，来认儿子看女人，你这不是收他们的命吗？"春月也急了，噼噼啪啪地数落德厚。

德厚懵了一会儿，叹口气道："是我考虑不周，那咋办呢？"

"从你出来到现在，差不多两年了，我们就再忍忍吧，罗虎下半年就上初中了，千万影响不得，等他再大点，我会慢慢告诉他原因，他会理解的。"

"那得忍到什么时候，上次我到你那里，听到了那娃娃的声音，可没看到那娃娃长啥模样，春月，我忍不住啊！"

"你可以和我同路回去，但必须变个方式。"

"行，行，怎样都行。"

"来的时候我就想好了，是算命先生说的，罗虎今年命犯太白，必须找一个辛酉年马日寅时生，金木水火土五行不缺的人做干爹，总之就你的八字才合。"

"我懂了，我就先做干爹，还是你聪明，"德厚大喜过望，"明天一早，我们就回老鹰岭。"

"我看你刚才还聪明，怎么一下又糊涂了，明天就走，秃头那帮人咋弄，黎莎又怎么安排？"

"哦，那我明天先去雷公山吧。"

"那事安排好了，不用你管，说一说黎莎的事。"

"秃头收了钱，他还敢来吗？"

"他是不敢来了，可黎莎呢，难道你不懂这地方的风俗吗，黎莎是秃头买的，现在你给了钱，这人就归你了，在外人眼里，你们就是两口子，她就是你老婆。"

"实话说吧，前些天我不是没想过，黎莎人长得好看，她也喜欢我，可我想来想去迈不过言而有信那道坎，不然对不起我爸，对不起你春月，现在我知道了娃娃的事，那就更不可能了。"

"你说了实话，我也说实话，春生嫂说了你和黎莎的事，我就决定来一趟，如果黎莎人好，我就要劝你娶她，但必须把娃娃的事告诉你，你也必须告诉黎莎，因为我不可能瞒你一辈子，而你们结了婚就要生儿育女，居家度日，如果哪天突然知道你还有一个儿子，恐怕你们谁也不会好受。"

"你别说了，即使没娃娃的事，我也不会同意。"

"我现在给你说娃娃的事，就是看黎莎人不错，你都三十几了，你不心痛你自己，但我心痛，我知道你心里还有我，我心里也同样有你，可我们眼下这情形，或许十年八年，或许一辈子都没机会了……"春月又难受起来。

"我不管，只要我活着，活一天就等一天，除非……"

"不准说了，不吉利，哎……"春月叹了口气，"你这辈子是改不了你的牛脾气了，可黎莎咋办呢？"

"我把她当我亲妹子看。"

"你可以把她当亲妹子看，可外人把她当你老婆看，她将来还得嫁人呢。"

"这倒是个事，怎么办呢？"德厚抓了抓后脑勺。

春月说："看来她真得离开江源镇了。"

"她是不会回老家的，让她孤身一人出去闯，我又不放心，还真有点不好办。"德厚感到无奈。

"不急，让我再想想，半夜三更的，歇了吧，明天再说。"

"是该歇了，走了一天山路，够你累的，你和黎莎睡吧，我回镇东头去。"德厚说着话出了店门。

第二天早上，春生到了混哥家，看见春生手上提的烧酒和一腿狗肉，立刻打着哈哈道："春生老板，昨天我就听说你店里的事了，我还正打算去你那里，看看能不能给你搭把手呢。"

"混哥，你太客气了，我就是来请你出山的。"

"好说好说，都是一条街上的，我还能不帮你，说说吧，你打算给秃头来文的，还是来武的？"

"生意人和气生财，我想把秃头的1200元给他算了，舍财免灾嘛。"

混哥心中窃喜，却不动声色地说："行，退一步海阔天空，你是个明白人，你准备好钱，我就进山。"

"那就谢谢混哥了，给秃头的钱，我已经带来了。"

"好，我现在就动身。"

"这大老远的，你跑去跑来，这辛苦费……"

"说啥呢，都是街坊邻居，我就把你这酒肉带进山，秃头敢敬酒不吃吃罚酒，我混哥就给你扛了，你回去等我消息好了。"

春生一走，混哥便叫了小混混来："你到雷公山走一趟，带800元钱给他，就说我同莽哥打也打了，和也讲了，如果他不识好歹，就不要怪众人跟他翻脸。"

小混混从山上回来，天已黑尽，他说："混哥，秃头千恩万谢，还说以后不管啥事都听你的吩咐。"

"他还算识趣，你再辛苦一下，去告诉春生，就说我从山上回来了，叫他来一趟，话带到就行，你早点回去歇了，明天我请你喝酒。"

"谢谢混哥。"小混混屁颠颠地去了。

春生屁颠颠地来了，混哥说："问题不大，算是摆平了吧。"

"谢谢混哥了，可听话听声，锣鼓听音，是不是还有点小问题？"

"看看，你就是比秃头他们精明多了，一听就明白，他们钱倒是收了，也说了不再和你过不去，但有一个条件，让你德厚兄弟和那个妹子一起走人，不然雷公山的人都没面子到江源镇来了，我一听就毛了，差一点就和他们动手，可他们又说了一件事，我才忍住了。"混哥按住话头停了下来。

春生忍不住问："说的啥事？"

"说德厚兄弟是杀人犯，是蹲了十年大牢出来的。"混哥装出一副谈虎色变的表情。

不料春生却扑哧一笑："我早知道了，他脾气是大了点，不过他杀的都是该杀之人，不会不讲道理乱来的。"

"兄弟，你想偏了，他杀谁都杀不到你我头上，但他是劳改犯，就是刑满释放了，也得三天两头到当地公安那里报个到，做个汇报什么的，可他到这里是隐瞒了这身份的，这镇上不出事倒好，一出事，第一个就拿他是问，到那时，你可是吃不了兜着走啊。"

春生顿时惊出一头冷汗："我懂了，你让我想想，我还从不知道对劳改过的还有这些规矩。"

"你回去慢慢想吧，我也是好心好意提醒你罢了。"混哥盯着春生的背影，心中又是一阵窃喜，他虽与德厚无冤无仇，但总担心时间长了，德厚会盖过他在江源镇的风头，特别是昨天，他混在人群中，亲眼见了德厚那气势，那威猛，他更是自叹不如，借机赶走德厚，才是他最称心的事。

春生走在街上，一路走一路寻思着回去怎么说。

店里的四个人已关了店门，围着方桌吃了饭，春月说："德厚你回东头去吧，我们三个说点女人的私房话。"德厚不言不语地扭头就走。

春月说："昨天我劝了他一晚上，没用，他非要一条道走到黑。"

黎莎说："你不用劝了，德厚哥给我说过，他爸从小就教他言而有信，从你进店到现在，我更是看明白了，除了你，他心里装不下任何女人，倒是你该豁出去了，快刀斩乱麻，有德厚哥撑着，你还怕谁啊。"

"哟，你这张嘴还真是跑堂的料，一转眼就扯到我身上了，不过我这事不急，急的是你的事，按这里的规矩，秃头收了钱，你就是德厚的女人，我看你在江源镇咋待下去？"

"走人吧，我昨天就说过。"黎莎爽快地说。

"等一下春生就回来了，看他咋说，既然给了钱，能不走就不走。"春生嫂是真心不舍，黎莎厨房里手脚麻利，店堂里能说会道，重要的是还不要工钱。

"给了钱，我也得走，就算没人来找麻烦了，但谁都知道我的来历了，就算我能忍心里的屈辱，可明面我也有一张脸呀。"

"妹子，你别说了，昨晚我和德厚就在商量你走的事，只是还没考虑好怎么个走法。"

春生走到店门口时，还没寻思出该怎么说，于是站在门口打算再想想，无意却听了一回壁脚，算是心中有数了，这才推门而入。

春生嫂迫不及待："事情怎么样了？"

春生摇摇头说："钱倒是收了，还保证不到店里来生事，可雷公山的人非要黎莎离开江源镇，我没答应……"

"你不答应，我答应，春生哥，你就别为难了，我明天就动身。"

"你一个年纪轻轻的女娃娃，我们能放心你走？"春生担忧地说。

"你们就放心好了，我是德厚哥把我从鬼门关拽回来的，也算是死过一次了，自那以后人就胆大多了，这几个月，又跟着你们几个跑前跑后的也长了不少见识，我相信我饿不死，不管我有没有出息，我都会记着你们恩情。"

"你倒是说得轻巧，但没人会放心的，德厚呢？"春生像是若有所悟。

春月说："他回东头了。"

春生说："要不然让德厚带她走吧？"

"那不行，走一个我都舍不得，德厚再走了，我们这店还开不开了。"春生嫂立即反对。

"你这人好不懂事，只知道为自己着想，就不替别人着想，以前他们没来，这店还不是好好的。"春生说得义正词严。

春月说："你别说嫂子了，那德厚说过要把黎莎当亲妹子的，让他一块走，他不会推辞，但总不能四处瞎撞，走到哪黑就在哪歇吧。"

"我倒是想起一个去处，可以考虑，"春生看着春生嫂说，"她娘家有个表弟，以前在这店里帮过几天忙，前些日子传书带信来，说他也想开个狗肉铺，让我们去他那里教教他方法，帮他把头排好，开个张就行，我答应他抽空过去看看，但一直没来得及。"

春月说："正好正好，在哪里呢，近了可不行？"

春生说："就是远了点，所以迟迟未去，在滑县，足有二百里路。"

春月说："我觉得行，这样吧，我现在去东头叫德厚过来，你们弄点酒菜，等会儿大家再合计合计，也算是喝杯饯行酒。"

黎莎应了一个"好"字，就飞快地进了厨房，她是一分钟也不想待在江源镇了。

春生嫂见大势已去，明知留不住了，不得不点头应允。

第二天拂晓，春生夫妇把三人送到路口，春月向五十里外的老鹰岭走去，德厚带着黎莎向二百里外的滑县走去。

　　春月往南，德厚往北，虽背道而驰，却终点一致，他们坚信他们走的是一条路，回的是一个家。

　　滑县的狗肉店开张了，生意也不错，此后，德厚就以罗虎干爹的身份，经常去老鹰岭看望春月一家。起初，罗虎对突然冒出的干爹觉得生分，德厚就教他拳脚功夫，半大小子谁不喜欢呢，德厚算是投其所好了，二人的关系一下就亲热起来，不明就里的就说，这干爹干儿比亲爹亲儿还好呢。

第七章

马宗伯荣归故里　阳德厚二陷囹圄

　　1979年底，贫困的中国吹响了改革的号角，再往后，有了合资企业，个体经营。

　　省城的第一家出租汽车公司就是中日合资，他们打破了国营单位自己培训驾驶员的惯例，直接在全市招聘有三年以上驾龄的人上岗，省去了一大笔费用，还提前了一年运营。

　　前去应聘的人不少，但为此纠结的人，打退堂鼓的人更多，因为他们遇到了一个共同的难题：那时的驾驶员都是自己单位出资培训的，想换个地，必须要本单位和上级主管部门同意，而且还得是国营对国营，实在想去的人，只有华山一条路：辞职。

　　孙重也为此事纠结：商业局是铁饭碗，驾驶员除了正工资，行车补贴，跑长途还有差旅补助，而且还可以在一些县级局开点小后门，代亲朋好友采购点紧缺物品，算得上是令人称羡的工作了。如果砸了铁饭碗跑出租车，眼下的收入确实高一些，但万一政策变了，或者公司跨了，又上哪里去呢？然而，他一闭眼就仿佛看见：那一辆辆崭新的马自达正在向他招手。他喜欢工资高，但更喜欢的是操纵轿车的快意。

孙重与母亲商量，德华说："三十而立，你的事该自己拿主意了，我也是快退休的人了，以后的形势怎么变，我是看不准了。"

孙重去问大舅，德明立即支持，头脑灵活，一向关注政治、政策的他，已经感觉到了一场大变革的强劲势头，他说："应该去，'文革'中你就是闯将，在经济改革的大潮中，你也应该闯一闯，你年轻，又不拖家带口，有个闪失也不是很要紧。"

孙重没找小姨，但德秀找了他："听说你要辞职去合资公司，我可得好好劝劝你，我和你姨父都在街道生产组，后来扩大了，也改名叫了厂，但始终是集体经济，工作又脏又累，工资又低，又没福利，一辈子都没人看得起，连你表弟都不好意思给同学说父母的工作单位，我们可是做梦都想进国营单位，你倒好，非要砸了自己的铁饭碗，你哭的日子肯定在后头。"

孙重举棋不定，他想起了喜鹊，他们虽不常见面，但他相信老朋友最能说真话，他去了商业局食堂。喜鹊说："好啊，人挪活树挪死，这商业局食堂我也待腻了，有机会我也想挪个窝呢。"

孙重放弃了铁饭碗，去了出租公司，开起了马自达，干上了自己喜欢的工作。

转眼就是一年多，市场更活跃了，小摊小贩，餐馆面店渐渐多了起来，喜鹊也决心挪地方了，她去"努力餐"找到二师傅："你在餐厅做大厨，我在食堂做跑堂，正好搭档，开个自己的餐馆如何？"

二师傅迟疑地说："这么大的事，得想想。"

"想什么想，不就是舍不得铁饭碗吗？"

"是，但也不全是，开餐馆得多大的资金，哪来钱呢？"

"钱的事，我想办法，你只管下个决心。"

二师傅摘下厨师帽，看看喜鹊，拍拍脑门，再看看喜鹊，又拍拍脑门，好半天不说话。喜鹊急了："你啥意思，有话就好好说，不说我走了。"

"好，我说，"二师傅总算鼓足了勇气，"开弓没有回头箭，你走出商业局，我走出这餐厅，就没了后路，常言道，兄弟同心，其利断金，这些年来，我心里有你，你不会不知道，可你连表白的机会都没有给我一次，一同共事，一同创业，相互应该了解，如果遇事想不到一块，我担心本钱打了水漂。"

喜鹊想了想："我相信我们是好朋友，回头我给你看一样东西，即使你不离开这餐厅，也绝不会伤了彼此的和气。"

二师傅满腹狐疑地看着喜鹊离开了努力餐。

第二天，二师傅收到一封信，喜鹊在信中留言：看完后，请退还给我，这是我一生的珍藏。当他看到喜鹊在狄哥遗书上写的那首诗：

人亡物在字如血，

百身何赎君难归。

青丝留存春心无，

唯有孤灯伴余生。

顿时明白了喜鹊终身不嫁的意愿，而且被喜鹊的忠贞不渝感动得一夕三叹，感慨万千。一个对爱、对情如此执着的人还有什么信不过呢。

他还信给喜鹊时，手上有两个信封，他递上一个说："对不起，是我多虑了，我已经给领导交了辞职书，开始干吧。"

喜鹊说："分头吧，你先去找找门面，我去筹措资金。"

"拿着吧，这是我的全部家当了。"他递上了另一个信封。

"说好了的……"

"别嫌少，积少成多。"

"好吧，那我走了，拜拜。"喜鹊摆了摆手。

那时"拜拜"代替"再见"才刚流行，二师傅很不习惯地嘟哝道：

"拜拜。"

喜鹊轻车熟路地到了水巷子，一进院子大门，看见孙重家的门关着，便有些泄气，因为那时的大杂院里，只要家中有人，不到睡觉时都不会关门，等还是不等，她正在犹豫。

"哟，是喜鹊吧，我可好久没见你了。"从外面迈进大门的德华笑吟吟地招呼道。

"伯母，你是埋怨我好久没来看你吧。"喜鹊也是笑吟吟的。

"鬼机灵，屋里坐吧，你有口福，看看。"德华把装着排骨的袋子扬了扬。

"那怎么好意思，我可是空手来的。"

"太假了吧，十几年前，你们几个就爱在我这屋子里蹭饭，咋没说过不好意思。"

"那我帮你弄吧，我是食堂的炊事员。"

二人说笑着进了家门，到了厨房，喜鹊剁排骨，德华削土豆，一边削一边问："还是一个人？"

"还是一个人。"

"你们这批娃娃咋回事啊，一个个都三十出头了，还等什么呢？"

"我们这批娃娃忙，忙下乡，忙返城，忙就业，忙复习，忙高考，忙读书，有哪一样不忙呢？"

"没工作的不说了，工作了总可以吧。"

"就算有了工作，学徒工就得三年，每月十八元五角，除了吃的穿的，还能做啥，告诉你吧，我们这批老姑娘、老小伙子还多得很呢。"

"你可不是学徒工吧？"

"我当然不是了，我攒了一些钱，还想自己开个餐馆呢，伯母，你也帮我拿拿主意吧。"

德华说："三十而立，你自己的事就该自己拿主意，这事将来成不成，我看不准，但我觉得你一个女娃娃，敢这样想，敢这样做，有志气，有志气。"

说话间，饭菜已熟，喜鹊问："伯母，孙重什么时候回来，等他吗？"

"要是没跑远路，又没哪个包车，他该回来吃饭了……回来了，大门外停车呢。"

喜鹊不相信，到门口去看，见孙重正迈进院子大门，喜鹊惊叹："伯母，你太神了，我咋啥动静都没听到。"

"你没听惯，他那个车的马达声，一进水巷子，我就能听见。"

孙重见了喜鹊，略显惊讶："今天吹的什么风啊？"

"今天太阳从哪边出啊？"喜鹊学着孙重的腔调。

"别耍嘴皮了，快吃饭吧，肯定都饿了。"德华端上了热饭热菜。

孙重变戏法似的从背后拿出一瓶五粮液："怎么样？"

德华说："你不出车了？"

"不出了，难得有喜鹊飞来，怎么也得喝几杯。"

"我可不敢耽误你挣钱，今天来也是有正事给你说，酒喝多了，说话不算数，改天，我请你。"

"好吧，吃饭，吃饭，还真有点饿了，这酒给你留着，下次喝。"孙重了解喜鹊，感觉她真的有事，也就不劝。

德华听喜鹊说有什么正事，半碗饭下肚，便找个借口，去了邻居家串门。

喜鹊笑着说："你妈给我们腾地方呢。"

"那还不快说。"孙重也笑着催促。

"你先猜猜。"

"你想挪个窝，来听听我的意见，就像我离开商业局时，征求你的意见一样。"

"聪明，但你头发多了点，还说不上聪明绝顶，你只猜对了一半，挪窝的事已经定了，再猜猜另一半。"

"不好猜。"

"那我告诉你,我想开餐馆,找你借点本钱。"

一听说开餐馆,孙重头发再多,也猜得出她一定和二师傅搭档,他虽有些酸酸的感觉,但仍然爽快地说:"说个数吧。"

"一万。"

"行,什么时候用。"

"孙重,你可以啊,你真有那么多?"喜鹊有些不相信,在那个时候,一个"万元户"就是大富翁了。

"我没那么多,但我们开出租车的哥们都攒了点,我找他们凑凑,比你八方求人容易些。"

喜鹊笑容顿消,而后轻轻地说了一声:"谢谢。"

"用得着说谢吗?"

"不仅要说,还得记在心上。"

"这可不像你,你再说这些话,我不借了。"孙重反而有些慌慌的感觉。

"好,不说了,我也该走了,我不走,你妈就不会回来。"

孙重送她出门,德华也从邻居家出来:"你开车送喜鹊回去吧。"

"伯母我骑车来的,不用他送了,他还忙着挣钱呢。"说着话,喜鹊已蹬车离去。

回屋后,德华盯着孙重说:"喜鹊这姑娘就是招人喜欢,你们好像是同年的吧,都老大不小的了,她今天找你,是说这事吧?"

"妈,你想偏了,她没说这事。"

"她没说,你自己就不能说说。"

"不能说,我一直感觉,她就把我们的友情停留在兄弟姐妹的底线上。"

"那她心里是不是有人了?"

"我也这样想,但又不能肯定。"

“下次我帮你问问。”

“你就别添乱了，要问也得我自己问。”

“那你得抓紧了，要是被人抢了先，后悔就来不及了。”

喜鹊的饭店，店面不算小，楼下大厅，楼上雅间，取名"聚友餐"，因租金的原因，并未开在闹市，而选在了背街上。

开业时生意有些清淡，孙重常请公司那些"的哥"到此聚聚，关照他们带些朋友，或是找饭点的客人来照顾生意。还有像二胖那些商业学校的同学也常来捧喜鹊的场，加上二师傅的厨艺的确也了得，回头客一多，人气渐旺，只半年功夫，"聚友餐"就在省城小有名气了。

拿到喜鹊还的钱后，孙重按捺不住自己的心思了，他知道喜鹊是每天回家，二师傅则常住店里。

估摸着打烊的时间，他敲开了"聚友餐"，二师傅一见他，就喜笑颜开："这店里难得清静，今天我们两兄弟好好喝几杯。"

他关了店门，到厨房做了下酒菜出来，三杯下肚，孙重便直奔主题："这饭店的生意一天比一天好，你们也赚得盆满钵满了，你和喜鹊就没有其他的打算吗？"

“其他打算，其他什么打算？”

“谈婚论嫁。”

“有啊，最近我和'努力餐'的一个师妹好上了，说不定哪天就给你发喜帖呢。”

一听此话，孙重心里便扑腾开了，他既感庆幸，又有些抱怨："那喜鹊呢，这几年我见你们走得近，我可是一直让着你的。"

这下轮到二师傅惊讶了："你是说你喜欢喜鹊，是因为让着我，才没有……没有追她。"

“你说呢？”

"嘿，这二胖把你当情敌，是我给他作的解释，他不知情倒也罢了，难道你也不知情？"

"知什么情，你别把我搞得糊里糊涂。"

"我一直以为狄哥的那封遗书我看过，你也一定看过，我们都尊重她的意愿，大家都在做她最好的兄弟姐妹。"

"遗书，什么遗书？"

"喜鹊没给你看，我也就不知道该不该说，你们亲如兄妹，最好你自己去问她。"

孙重没了酒兴，带着疑问与困惑回了家，躺在床上却一夜无眠……

第二天，他起了个早，把喜鹊堵在了她家里，孙重神情忧郁地问道："我们还是不是兄弟姐妹？"

"大清早的，吃枪药了，"喜鹊笑着说，"这还用问吗？"

"既然是，那为什么二师傅可以看的那封信，我就不能看呢？"

喜鹊的脸色晴转阴："你能不能不看？"

"不能。"

"你真不怕影响心情，你就看吧，"喜鹊从抽屉里拿出红木盒子递给他，"你慢慢看，看完放回原处，我先去店里了，出来别忘了锁门。"

望着喜鹊的背影，孙重打开盒子，取出狄哥一生中最后写下的那几行字：

我喜欢喜鹊，喜鹊的歌声响彻云霄

廋子，那个姓孙的廋子，帮我给喜鹊喂水，喜鹊没水，不能唱歌

我要把左轮还给他妈的大牙，谁有左轮谁去死

我想我的嘎斯车了，想开着它在大海上跑，我见过天，但没有见过海，海里也有天堂吗

再往下看是喜鹊的那首诗：

人亡物在字如血，

百身何赎君难归。

青丝留存春心无，

唯有孤灯伴余生。

孙重情不自禁，潜然泪下，泪眼停留在喜鹊母亲的遗像上。喜鹊说在她十岁时，父亲就死了，她母亲一个人含辛茹苦把她带大，但还没有看着她结婚生子，就在去年去世了。难道她真要茕茕孑立，形影相吊地孤单一生吗，孙重心寒，心酸，心碎了……良久，他提笔和了一首：

人亡物在字如血，

狄君言留人不归。

喜鹊无水歌声无，

孙重涌泉伴终生。

而后他把那些东西放进盒子，还回抽屉，昨晚的庆幸与抱怨已荡然无存，唯却留下了绵绵无期的惆怅与些许期待。

夜深人静，打烊归家的喜鹊看了孙重的和诗，不由得心中叹道，又是一个直情径行、弄性尚气之人，由他去吧，或许是一时之念，情发瞬间亦未可知。

1987 年，台湾当局解除了长达 38 年之久的禁令，允许居台人士回大陆探亲。

1987 年，也是中国改革开放的第七个年头，城市里已发生了翻天覆地的变化，市场物资丰富，家家衣食无忧。"衣食足而知礼仪，"简言之，饭吃饱了，穿暖和了，人也就和气多了，城里的阳家人也开始走动起来，毕竟是一母所生，血浓于水。

一天德明到了水巷子，进门便道："姐，大伯来了一封信。"

兄弟姐妹

"大伯，哪个大伯？"德华一时没反应过来。

"还能有谁呢，不就是我们的老板，妈的堂哥。"

"你是说去台湾的那个？"

"对对对，就是他，他信中说要回乡祭祖，还要和亲戚们见见面叙叙旧。"听得出德明的声音带着一种莫名的兴奋。

"妈还活着倒是该见见，毕竟是堂兄妹，何况在我们一家子逃难的时候，他也给了我们一个落脚的地方，但现在妈已走了，轮着我们这一辈，这就拐几个弯了，见不见的都没啥，你回信告诉他，妈已去世多年就行了。"德华平淡地说。

德明讪讪道："也行，也行，那我就按你的意思回封信。"

"对了，你把后院的事也告诉他，他该不会是还惦着那份房产吧。"德华又叮嘱了一句。

德明给马宗伯回信时，不但说了后院的那桩事，还描述了自己去机场送瓷观音的事。

没过几天，德明又来了，同来的还有德秀。

德明说："大伯又来信了，说只是想回乡祭祖，其他的早已是过眼云烟，爸妈过去帮过他不少，即使去世了，也要到坟上烧炷香，还请我们到时候，给他带带路。"

"难得别人有这份心，我们却不能帮别人了这个愿。"德华摇了摇头。

"为啥呢？"德明不解地问。

"还记得1976年吗，看了小弟的信后，我请假回过马家镇，没见着他。就想到爸妈的坟前上炷香，烧点纸，谁知道，那片坟山已在"学大寨"时，改成了梯田，爸妈的坟也不知是迁走了，还是给平了。就看小弟知不知道了，但我们与小弟又十来年没消息了，他在哪里也不清楚，我们带别人去何处烧香呢？"

"我觉得还是去打听打听，小弟不是回去过一段时间，他应该是知道的。"德明明显不愿放弃。

"这样也好，那你跑一趟吧，现在政策宽松了，说不定小弟也回马家镇了，找不到坟，找到小弟也好。"

"姐，这就有点难了，我现在刚当上后勤科的副科长，真不好开口请假，正好你刚退了休，时间宽裕些，你辛苦一趟好不好？"德明的语气极其委婉。

德秀说："过去我们都怕别人知道我们有台湾的亲戚，现在知道我们有台湾的亲戚了，就连我们包装厂的领导都对我们另眼相看，姐，你就走一趟吧。"

"唉，我去，我去吧，退休的人时间多。"德华毕竟是大姐，她不想和弟妹们太别扭，而且知道德明不想去打头阵的心思。

德明、德秀走后，德华对孙重说："你出车路过车站时，帮我买张回老家的车票。"

孙重说："妈，我送你去吧。"

"何必呢，你那车每天都要缴规费的，我现在有的是时间，又不着急。"

"没关系，耽搁不了两天，你上了年纪，坐长途客车谁也不放心，我不送你，其他长辈晚辈都不会饶过我的，但按理说大舅去最合适，他是阳家的大哥，身体也比你好得多。"

"这你就不知道了，你大舅和你小舅从小就是针尖对麦芒，他心里虚着呢，真要是碰上你小舅对他不客气，他就没辙了，只有我去，见着你小舅最好，找到你外公外婆的坟也行，免得台湾的人说我们不守孝道，何况也该给老人家磕磕头了，一入土就没再去……"德华说着便伤感起来。

"妈，你别难受了，我们明天早点动身。"

省城离老家四百多公里，早晚摸黑，算是当天赶到了，出县城不远便到了马家镇。德华说："太晚了，我们先住下，明天再往乡下走。"

在旅馆登记时，德华忍不住向老板问道："我是马家镇三里坝出去的，三里坝有个四莽子你知道吗？"

"哟，你是说莽哥，这马家镇谁人不知，谁人不晓，你是他什么人？"

"我是他大姐。"

"大姐，亲大姐？"看见德华点头，老板又说，"那你何必住我这个小店呢，莽哥家比我这小店讲究多了，走吧，我带你上他家去。"

"天晚了，黑灯瞎火的，这三里坝还有几里田坎路呢，明天吧。"

"你们姐弟俩怕是好久没来往了，你弟前几年便在这镇上盖了新房，走吧。"老板一边说，一边热情地抬手让路。

出旅馆，车子拐了两个弯，老板说："到了，停车吧。"

面前是一幢绿树红墙围绕着的三层楼房，院门高大，门灯映照的琉璃瓦滴水檐，泛着绿光，朱红的双扇门上镶着的大大"福"字，金光灿烂。

德华不放心地问："老板，我可说的是姓阳的四莽子，你没听错吧？"

"错不了，马家镇也就一个姓阳的，你看灯还亮着，莫不是还在打牌呢？"老板敲了敲门，"莽哥，莽哥，来贵客了！"

"这老晚的，哪来什么贵客？怕是你小子手痒，想搓两圈。"随着话声，院门大开，一个敦实的身影闪出。

德华看了看他，不知道是激动，还是有太多的思绪："小弟，是我。"声音颤巍巍的。

五大三粗的汉子呆住了，半晌才哽咽着道："姐，我……我想你们啊，总算来了，总算来了。"他一伸手挽住了德华的双臂。

德华的热泪飞淌而出，喃喃道："二十年了，二十年没见了……"

进了客厅，还真有一桌打牌的人，其中一人腾身而起，连连叫道："大姐，大姐。"

"哟，马长子，长子兄弟！"两人的四只手兴奋地拉在一起。

德厚又向其他人介绍道："这是我大姐，刚从省城来，这是她儿子孙重。”

“哟，既是贵客，又是远客，我们散了吧。”说话的人西装革履，金边眼镜，文质彬彬的。

“那不好意思了，改日再陪，改日再陪。”德厚拱手一揖表示歉意。

“你我兄弟还客气什么，明天中午马家酒楼我做东，给你大姐接风，尽尽我们家乡人的地主之谊。”眼镜气度潇洒地说道。

“那不行，东我做，到时你们来捧捧场，我就感谢不尽了。”德厚说着话把他们送出了院门。

德厚回到客厅后，德华问：“那个戴眼镜的是谁啊，和你那么近乎？”

“他姓马，也是马家镇的人，现在是我们县质检站的副站长，前几年刚开始兴办乡镇企业，我就在我们村办了个预制构件厂，质检站有几个人三天两头来检查，一会儿说这不对，一会儿说那不对，不管我怎么弄都弄不好，我在县里也没啥熟人，只好去找马局长，他对我真的很好，很热心，虽说他自己已退休，但正好有个侄儿在质检站，就是刚才那个戴眼镜的，通过他介绍，大家成了哥们，现在是常来常往。”

说话间，长子已一盘一盏地端出酒菜：“来来来，吃点消夜。”

开了一天车，孙重有些疲倦，喝了两杯酒，便先睡了。在似梦非梦中，他觉得小舅和母亲模模糊糊的说话声似乎在耳边回旋了整整一夜。

德厚说：“姐，你们知道我为啥减了几年刑？”

“哪知道呢，你又没说过。”

“马局长，是马局长帮的忙，‘文革’中他也被整了，正好被贬到我们劳改队做管教干部，他对我说，只要你表现好，我就给你申报减刑材料，于是一次减点，一次减点，就这么提前了。”

“我想起来了，爸在走之前给我们说过，他去找过马局长，马局长答应要尽力帮你，你真该感谢感谢马局长。”

“我早就去过了，备了一份厚礼，可他说啥都不收，他说，给你帮帮

兄弟姐妹

忙，是冲着我们和你爸的那份交情，收了礼就冲淡了那份情，我只好提着礼物出门，全送了马站长。"

"别人不收礼，但这情我们得记住，有机会就得报答。"

姐弟俩絮絮叨叨地聊了一夜。

第二天中午马站长他们真的来了，马家酒楼摆了好几桌，众人酒足饭饱后，德厚抢着埋了单，他不可能真让马站长做东。

饭后回家，德华上楼午睡。孙重惦着每天须缴的规费，于是对德厚道："小舅，你好久都没给大舅、小姨他们见面了，一起到省城耍几天吧，有些侄儿侄女还没见过你呢。"

德厚说："这几天还真走不了，厂里的钢筋、水泥都快没了，我得想办法弄点，这两年生意倒是好，就是他妈的材料不好搞，我过几天来吧。"

"何必过几天呢，将就我的车多方便，一天就到了。"

"嘿，不是我舅舅吹，我收了个干儿子，他去年高中一毕业，我就送了一辆车给他，我有啥事就给我跑，没事他就自己去县城跑点活，这不，昨天有人包车跑长途，现在还没回来，我原也想再买一辆自己开，可试着摸了摸方向盘，晕，我天生不喜欢机械玩意，一摸头就大。"

"哎，小舅你不会还在生大舅的气吧，我听说你们俩从小不合，大舅现在是商业局的副科长，说不准还能帮你弄点钢材什么的。"

"你别把你舅看扁了，我不是那么小气的人，当年我去劳改是环境逼的，你大舅嫌弃我，他也是环境逼的，这话还是跟你妈学的呢，但逼得好，我那时就发誓，不混出个人样，我就不见兄弟姐妹的面。"

"你现在还觉得不够'样'吗？"

德厚的脸色沉下来："你以为我不想到省城吗？我想，我连做梦都想，一母同胞四兄妹都是亲人呐，我从小和你外公外婆在乡下，没太多感受过兄弟姐妹的情谊，后来一入狱就是十年，我就像一个没有任何亲人的孤儿，我能不想他们吗？"说到这里他难过地摇了摇头。

孙重连忙端起茶杯递上："都是我不好，惹你难受了，喝口茶吧。"

德厚接过茶杯，喝了几口："1976 年出狱，我想写信给你妈，但记不住地址了，商业局好记，就写给你大舅，结果又闹了生分，但我没生气，不还是你妈说的那个'环境'逼的吗，不过，你大舅回信中的几句话倒是把我说醒了，他说工作好不好找不要紧，要紧的是沾上劳改犯三个字，任何一家都要受到影响，我能来影响你们吗，这几年钱也有了，劳不劳改的也没啥了，我到省城办事时，还在你大舅门口转悠过，但最终没进门。"

"为啥呢，你不是说不记恨吗？"

"你大舅心眼又小，心气又高，见面咋说呢，我说我有钱了，咱兄弟和好吧，他会认为我故意显摆，让他和嫂子难堪，要是放不下脸和好，岂不更伤感情？"

"那你咋不上我家呢？"

德厚呵呵一笑："到了你家还能不到那两家吗？加上我私下也有些想法呢，"此时，他狡黠地看了看孙重，"大外甥，给你说句实话吧，我私下想，这城里的几兄妹，他们谁先来看我，我就对谁好，如果认为我要穷一辈子，都不来呢，我就当从来没有兄弟姐妹，自个儿过吧，但我知道你妈总会来的，这不就来了吗？"

听他这话，孙重先还有点为母亲自得，随之又猛地一沉，想了想说："舅，你爽快，我也不瞒你，这次来还真不是急着见你，是台湾那个大伯公……"

"你别说了，你妈昨晚就告诉我了，我也觉得不是滋味，心头堵得慌呢，回去告诉你大舅，给那个大伯说实话吧，他堂妹早死了，坟也找不着了。"正说着，见德华从楼上下来了，他也就打住了话头。

第二天，天不见亮，德华娘俩就离开了马家镇。开出二十多公里，天开始亮了，这才注意到车上的一个纸袋，打开一看，竟是一大捆钱（那时还没有百元钞，最大面值是十元）与一封信：大姐，兄弟姐妹中，我最尊敬的是你，最感谢的也是你。这一万元你先用着，今后还有什么需要，你

兄弟姐妹

一定告诉我，我会尽力的。

德华看完信，嘴角浮起一种奇怪的笑："回去，咱给他送回去。"

孙重知道母亲的秉性，二话没说，便调转车头往回走。一边开，一边揣测着他母亲刚才的笑容，他觉得既像是欣慰，又像是苦笑，干吗苦笑呢？于是开玩笑地说："妈，这现成的'万元户'，推了不可惜吗？"

"咋不可惜，要是你给我一万，我保证不会推，只要你舍得。"德华也开玩笑地说。

到了德厚家，院门开着，一辆亮铮铮的面包车停在院中。一个二十岁左右的小伙子从客厅出来："哟，是姑妈和孙重哥吧，干爹说你们打早走了，我正遗憾这两天跑长途，没能见上你们，干爹出去了，我这就去找他。"

德华看了看他，笑着问："是小弟的干儿吧，叫啥名字？"

"罗虎。"

"哟，还真长得虎头虎脑的，你就别去找了，他把袋子忘在了车上，你给他就行了，你孙重哥急着赶路呢。"

回到省城的第二天，孙重的几个长辈都来了。

德华说："我这两天有些累，嗓子沙，孙重，你把老家的情况说说吧。"

德明听完孙重的话，失望地说："坟都没了，就不知道大伯见不见我们了，不见也只好拉倒，这么多年，冤冤枉枉地背了一个有海外关系的名……"

德秀突然想起了施正文信上的那句话，"要怨就怨你大伯"，她不由得叹了口气道："那个大伯，不见也好，免得惹我伤心。"

德明说："大伯确实给我们添了麻烦，但毕竟还写了信来，可德厚连个信也没有，倒像是发了财，怕我们沾了他的光。"

德秀说："是啊，他劳改那些年，我们在单位上说话都不敢大声……"

"别说了，"时不时也要发发脾气的德华又发脾气了，可能是因为嗓子沙哑，不得不大声吼道，"你们几个都是白丁，政治上都没有红过，是有这些原因，我们家孙重，那年当兵，人都到了新兵连，还给退了回来，不也是这些原因吗？但大伯也好，小弟也好，哪个是有意要害我们呢？你们那意思，该不是要他们补偿点吧？如果你们谁想，谁自个去说，别把我牵扯上，我把话先说到前面，我是决不会要他们任何东西，哪怕是一根针，"她边说边向卧室走去，"我真累了，想躺一会。"砰！房门关上了。

　　这时，孙重突然明白了母亲在车上那奇特笑容的内涵：她是担心这钱搅乱了兄弟姐妹的情分。

　　过了十来天，德厚和他干儿子罗虎还真到了省城。他们先到了一家星级酒店订了餐，随后便提着大包小包的礼物挨家请客，最后到孙家。

　　德华说："吃饭，我去，几十年一聚，不容易呢，但这些包你得拿走……"

　　"大姐！"德厚有些急了，"我知道你一辈子直性子，上次把钱退回，我明白，可今天的东西家家都有，还有谁说三道四呢？"

　　"不，你真得拿走，按理说兄弟姐妹之间，礼去礼来也是平常事，但我跟他们说过，我一根针都不会收，要怪就怪大姐把话说早了吧，但说了，就得算，你说呢？"

　　"大姐，你这是何苦呢？是不是大哥……"

　　"小弟，"德华连忙打断他道，"你别瞎猜，也别瞎想，我们兄弟姐妹的亲情比什么都重要，我只求这次相聚后，大家永远和睦，如再伤了和气，大姐还不难受死了。"

　　"好吧，我把东西拿走，让你心里舒坦些。"

　　"好了，别说这些小事了，我说个大事吧，"德华端详着德厚道，"你今年四十二了，咋还不娶个女人安个家，你以前的那个春月呢？"

德厚一愣，迟疑地说："她早就嫁人了。"

"那你得另找啊。"

"我正在找呢，有合适的再说吧。"

"那姐就给你留心这事吧。"

"你咋留心呢？莫不成这城里还有愿嫁到乡下的，要找，我也就在老家找，姐，你就别操这心了，我已经看上一个，她现在没答应，不过迟早会答应的，你就放心好了。"

"你那干儿咋回事，我一见就多顺眼的，"德华指了指孙重的房间，"他们两个像是一见如故呢。"

德厚笑了笑说："那娃娃既是干儿，又是徒儿，他悟性高，我教一招是一招，总不能让爸的功夫失传吧，时间差不多了，走走走。"

城里的亲戚全都到齐了，老老少少，坐了好几桌。德厚真不愧是久走江湖的人，酒量不小，谈吐不俗，但乡音未改，土得掉渣，常逗得侄儿、侄女、侄媳、侄孙们哈哈大笑，好一幅其乐融融的合家欢啊。

几天后，德厚走了，城里几家人又恢复了往日的平静，但平静了不久，又热闹起来。

台湾的马宗伯说着说着还真来了，他陋习依旧，重男轻女，虽是孙重开车去机场接的他，但他还是住在了德明家。

当晚，他与德明拉了一宿家常，了解阳家的情况，德明知无不言，言无不尽，而且表功似的，把他送瓷观音的经过又详细地叙述了一遍，马宗伯就顺便问了一句："那尊观音现在何处呢？"

德明说："我妈在老家走的，应该在德厚那里吧。"

"算起来德厚也四十出头了，那我先请城里的亲戚聚一聚，回马家镇时再去看看他。"

"你是长辈，我听你的安排。"

"好吧，明天算第一天，酒店请客，第二天，你陪我去海关办事，第三天，去马家镇。"

第一天，马宗伯让德明给德华、德秀家里送了一份礼，附带请大家晚上到大酒店吃饭。

大家在酒店见到了马宗伯，快八十的人了，白发稀疏却一丝不乱，身着蓝色衬衣红领带，棕色西装棕色鞋，十足的海派，但圆圆的厚厚的眼镜像酒瓶底似的，让你看不清他的双眼，只能看到镜片的一道道圈圈。

酒席上，他对德华说："我听德明说了，你家成学可谓英年早逝，着实令人痛心疾首，扼腕叹息啊。"

德华觉得提这事既不是地方，又不是时候，就打岔："大婶怎么没和你一起来呢，你年纪大了，也该有人陪着？"

"她重病缠身，卧床多年，只能托我给大家问安了。"

德秀说："马昭娣呢，她该陪陪你啊。"

"她嫁得远，在美国呢，但她常念叨着你们一起读书的事，还说有机会要好好谢谢你呢。"

"该我谢你们才是，"德秀听到一起读书，忽然觉得气不打一处来，"如果没有你们这一门亲戚，我和老刘还成不了一家人呢。"

马宗伯愕然不解似的，看看其他人。

孙重就凑热闹："大伯公，我也该道声谢呢，如果没有你这门亲戚，我至少得服三年兵役，那多苦啊。"

马宗伯似乎更糊涂了，尖着拇指和食指理了理额上的几丝头发说："你们一定是哪个地方弄错了，我怎么帮得上那些忙呢？"

马宗伯憨态可掬，让人又好气又好笑，众人就真的笑了起来，正不知怎么打圆场的德明松了口气，故意放声大笑，边笑边说："那些忙他帮不上了，但他帮忙包了一辆中巴车，请大家后天回马家镇走亲访友，祭扫祖茔，各位都挪挪时间啊。"

第二天，德明与马宗伯去海关，路上，德明问办什么事，马宗伯说到了就知道。

结果是取了一台彩电，34英寸的大彩电，德明真的看傻眼了。那时虽然衣食无忧，小屏彩电也开始出现，但大屏的内地无货，偶尔见到一台，都是境外来的，而且价格近万，在刚有"万元户"的内地，一般人的确不敢奢望。

彩电拉回德明家后，他也不敢贸然提说，还是马宗伯先开了口："这省城里我就你们阳家一门亲戚，想一家送一台吧，可海关规定只能申报一台，我就想，谁能遂你婶子几十年前的心愿，这东西就送谁。"

"你是说那尊观音？"

"是啊，你婶子是念念不忘，或许是供奉那尊菩萨几年，佛身附体了吧，我前两天临走时，她虽卧病在床，还嘱咐我见到菩萨代她上炷香，我想若是能请回菩萨，让她天天侍奉岂不更好。"

"真是阴差阳错啊，要是那天你们晚走一步，我早到一步，不就交到你们手上了吗，也就没今天这事了。"

"是啊，我也就毫不犹豫地把这台电视回谢你了。"

"你让我想想，我觉得你现在这办法可能不行，德厚你不了解，但你了解德华吧，他的脾气比德华还硬性，你让他拿那东西换你这东西，你想都别想。"

"这不是换，是谢。"

"谢是你的说法，换是明摆着的。"

马宗伯顿时明白德明这些年也没白活，比当年在相馆精明多了，看来不容小觑，于是加了小心："我真没有换的意思，不过是治治你婶子的心病！"

"大伯，真人面前不说假话，我妈留下的东西，应该是我们几兄妹共有的，就算是在我手上，我送了你，你只回谢我，这不是落人笑话吗，不要说德厚，就是我也不会同意。"

"哟，大侄子，看来是我老糊涂了，考虑不周，你们阳家都是忠义之人，你这几句话大有学问，犹如醍醐灌顶，这菩萨的事，我看就算了吧。"马宗伯试探道。

"但把话说回来呢，爸妈本意是要把那东西送你们的，你老人家快八十岁了，还记挂着我们，来一趟也不容易，我就想想办法，遂了姊子和爸妈的心愿吧。"

马宗伯一颗心落了地，话更甜了："你知道我家没儿子，我和你姊子当时打算把昭娣许配给你，一个女婿半个儿嘛，可你爸妈死活说不敢高攀，加上昭娣当时也还小了点，就想缓缓再说，以后就来不及了，你爸妈没给你说过吗？"

德明就笑了起来："他们还真没说，我自个儿倒是想过，但也觉得昭娣那时是小了点。"

马宗伯也笑了起来："我那时就觉得你时时处处让着昭娣呢，真是世事无常，造化弄人啊。"

"不说了，不说了，幸好造化弄人，不然我这几十年就麻烦了。"

马宗伯就茫然不解，又糊涂了："好，不说了，现在开始，你来安排这些事。"他指了指电视机。

"这东西暂时放这里，谁也别说，一说反而把事情搞复杂了，以德厚的脾气，让他把那个东西送你还有可能，要是带这去换，那就门都没有，何况他现在是马家镇远近闻名的大'万元户'，你知道'万元户'的意思吗？"

马宗伯就摇头："不知道。"

"比如我，现在一年的工资就一千多点，想存一万元，就得不吃不喝地等十来年，德厚就不一样了，他有钱，想要的东西都可以花高价买。"

马宗伯就庆幸找对了人。

第三天，中巴车出发时，几乎是座无虚席。那时候还没有旅游产业一说，黄金周也还没有发明，大多数家庭都难得一块出趟远门，看看新鲜，因此都来了。

德华看着一车的老老少少，心里就舒坦，就感谢马宗伯，那么大的岁数，那么远的路，能想得起阳家，能把三家人一块凑齐，一块回趟老家，如果他不来，还真不是容易的事呢。

中巴车一颠一簸地摇到马家镇，已是半夜，不便再惊动谁了，于是就住在了马家旅店，当晚无话。可天一亮，一个消息便从旅店不胫而走，传遍了全镇：台湾富豪马宗伯回乡祭祖，光随行人员就带了二十来个。

马家的亲戚来了不少，把马宗伯堵在了旅店，他们吵吵闹闹，互不相让，争着要接马宗伯去自己家里，马宗伯就有了荣归故里的惬意。

德华忙招呼阳家的人，转移到了德厚家里，德厚一见这齐刷刷的亲戚队伍，可谓是喜出望外，连忙请了厨子到家中来，安排长子、罗虎开车出去，四面八方搜罗山珍野味，自己也滴溜溜转，忙得走马灯似的。

一连两天，阳家美酒佳肴飘香，欢声笑语不断，似乎每个人都陶醉在浓浓的亲情之中。

一连两天，马宗伯已被排班站队拉去吃饭的亲戚弄得苦不堪言，上了年纪，酒喝不了两杯，菜吃不了两口，大人们托他以后这样那样的，他还可以用话打发，但小娃娃就得用钱打发了，一户人三五百是少不了的，几顿饭下来，他觉得体力不支，心神疲惫，荣归故里的惬意已消失殆尽，于是找了回旅店的借口，逃跑似的到了德厚家里。

阳家自然是笑脸相迎，马宗伯先是诉苦，而后说他昨日去了马家坟山，挨着墓碑上香烧纸，看到三叔（马宗芳的父亲，阳家兄妹的外公）的墓碑时，就想起宗芳和阳梁连墓碑也还没有，于是到镇上的香蜡铺打了一方合葬碑，明早就能雕凿好碑文，如果你们兄妹没意见，就安放到三叔墓旁，让他们家人团聚，相互照应。

几兄妹颇为感动，德华马上就说："还是大伯想得周全，大家就按他老人家说的办吧。"

德厚原本对这个大伯没多少记忆了，听了这番话也亲切起来："那明天上午办了这事，中午就在马家酒楼吃饭，一是感谢大伯，二是回请款待大伯的马家亲戚。"

马宗伯："那就不必了，回请马家该我做东才是。"

德厚说："既然爸妈的墓碑安放在马家，大家就是一家人，还分什么彼此呢，就当是晚辈孝敬你一回。"

德明除了些许感动，更多的是佩服，他明白：为了婶子的心愿，马宗伯此举已经铺就了带走瓷观音的坦途，其心智之缜密，行事之机巧，真真堪为楷模，终身效仿。

第二天中午，马家酒楼爆棚了，不知何人传出的消息，马宗伯在酒楼办席，凡是马姓族人皆可赴宴喝酒。楼上楼下就三十张桌子，德厚预订了二十桌，但还未开席，三十桌已经坐满，而且还不断有人前来，不拐弯的和拐弯的亲戚都有。

来人也并非全冲着白吃白喝而来，多数人就是为看看台湾富豪的样，图个稀奇，凑个热闹。因为马宗伯是台湾解除禁令后，回到马家镇的第一人。

马宗伯又开始尖着拇指和食指梳理额头上几丝白发，一副茫然，不知所措。

倒是德厚爽快，他一边说着"来者是客"、"金朝银朝不如人朝"的那些话，一边叫老板借了桌凳，在店门口沿街加了席位，好在有些人听说是阳家请客，便自动散去了不少，一路走还一路说："马宗伯富而不豪，阳德厚豪而不富。"

晚饭后一行人准备回德厚家，商量第二天的返程之事，马宗伯说有点累了，让德明送他先回旅店。

到了旅店，马宗伯对德明说："你看我该怎样说，才能遂了你婶子的心愿呢？"

"不管你怎样说，你都不能开这个口，那瓷观音虽不是什么宝贝，但毕竟是我爸妈留下的，万一德厚不舍，和你说拧了，顶起牛来，那就没了回旋之地。"

"你是说你去开这个口吗？"马宗伯不好把握了。

"我先找德华、德秀，爸妈要送婶子瓷观音的事，她们是知道的，但德厚不知道。"

马宗伯就觉得孺子可教，看来没有白费心思："那我就拜托你了，你们几兄妹啊，现在将来能成器的还是你啊。"

德明回德厚那里，像是不经意地对德华、德秀闲聊道："人上了年纪就爱唠叨，老是念那些陈谷子烂芝麻的事，刚才我送他回旅店，他还在念什么，婶子走的时候，送了妈一副玉耳坠做念物，妈却没送什么念物给婶子的话，你们说是不是人老了都这样子？"

德华说："他们还挂着这事，大伯说要吗？"

"他倒没开口，只是说婶子爱念叨。"

德华就于心不忍："爸妈本是要送的，就怪你当时跑慢了一步，不如我们去给德厚说说，让他把瓷观音拿给大伯，给婶子带回去算了。"

三人找德厚说了这事，德厚也心中不舍，因为他也供奉观音多年，但想到是父母意愿，特别是想到马宗伯前天就刻了墓碑，今天上午又请了阴阳先生，大家一起在马家坟山燃鞭炮，点香烛，烧纸钱的情景，也就不再多话，点头应允了此事。

一行人回到了省城，马宗伯说他牵挂卧病的太太，也就不再盘桓匆匆返台。临行，德明又向他请教："你倒是遂了婶子的心愿，可我这电视机怎么给人解释呢，说我买的，哪来的钱，说人送的，又是何人？"

"你当然不能说是我这次给你带来的，你先把它收藏个十天半月的，然后才拿出来，就说是马昭娣托人从美国给你送来的。"

德明想来想去的难题，被马宗伯轻描淡写，一招破解，这下他彻底服了，五体投地。

马宗伯走后，德华听说德明与德厚联系不断，德秀一家也单独回过马家镇，德华就备感欣慰，自从爸妈去世，她作为阳家的大姐，最大的愿望就是：兄弟姐妹们和睦相处。

然而好花不常开，好景不长在，转眼大半年过去了，时间已是1988年。

德明来了，进门便慌慌张张地："大姐，小弟又出事了。"

"又出事了！"德华顿时怔住了。

"房子垮了，厂子完了，还死了人……"他语无伦次地说了好半天，大家才算明白过来。

马家镇一户人家盖了新房，住进去才一个月，楼板塌了，造成一死一伤。调查发现预制板是德厚厂里的，于是又查到厂里，说是预制板产品质量不合格，凡是建房中用了的，全部登记，逐一检查，这一来，只是马家镇就有十几处危房。

"小弟，你真是莽子啊，你咋能这样赚钱呢？"德华又是气，又是急地流着泪。

"这也难怪他，他就一个农民，哪懂质量不质量的。"

"预制板出厂，他能不检验吗？"德华曾是厂里的库房负责人，知道入库必须检验。

"他厂小，都是委托县质检站代检，那个马站长三天两头地往他家钻，恐怕花了他不少钱，也懒得认真了，小弟这次要脱身，也只有咬住他不放，但保住他不坐牢，也保不住财了，那么多退货，那么多危房，还有死伤的人，倾家荡产也不够赔啊。"德明边说边叹气。

"穷，他不怕，他这辈子就没富过几天，我就怕他急，牛脾气上来，再出点什么大事，就完了，唉……命啊，"德华长叹一口气后，"大兄弟，这回你就多操点心吧，我一个女人家，年纪大了，现在好多事都搞不明白，你回趟老家，把事情弄清楚了，能疏通的就下点功夫，帮帮他吧。"

"大姐，我……"德明吞吞吐吐地说，"我去……有些不合适，我们科没有正科长，所有工作，都是我这个副科长顶着，走不开啊，而且现在政治环境宽松多了，我还想在最近把入党的事解决了，这事不解决，我一辈子死不瞑目，大姐，你退了休，时间多一点，我看还是你去一趟吧。"

德华猛一抬头，鄙夷不屑地看着德明："我懂了，你想让我去告诉他，责任可往站长或往其他人身上推，反正别扯上你，我实话告诉你，我不去！"德华的话斩钉截铁。

德明脸上红一阵白一阵地沉默了，而后，也没跟谁招呼一声，便开门走了。

不久，老家传来消息，德厚被判处三年有期徒刑，除他领刑外，没牵扯上任何一个人。

听说德秀病了，德华就约了德明，坐孙重的车去了监狱。

一见身着囚服的德厚，德华就忍不住掉泪："这倒霉的事，怎么尽往你身上砸呢？"

"我命不好，不怨谁，以后你们别来了，这山高路远的，累坏了哪一个，爸妈在九泉下也会怨我是个祸秧子，看来我确实是个吃不得饱饭的人，肚子一饱准出事，大姐，我那干儿跟了我这么多年，他那辆面包车这次也抵了赔偿款，我不忍心又让他回到山里去，拜托你带他几年吧，跟着你，我放心，他不会学坏。"

"你放心，我带他去，让他做孙重的搭档，哥俩倒班跑出租，你看行不？"

"谢谢姐，"德厚转过头，看着德明，"大哥，我们俩恐怕是八字的原因，从小不和，这次我是倾家荡产了，以后我们少见面吧，免得犯冲。"

话虽刺耳，德明却没有还击，反而有些宽厚地说："我知道你心情不好，就忍几年吧，不出事都出了，你干儿到了省城，除了姐，我也会关照他的。"

"唉,"德厚叹了一口气,"我以后出来,还是独闯江湖的好。"

"你又来了,尽说些没头没脑的话,"德华又气又疼地说,"等这次出来就上我家,哪都不准去了。"

还没轮到孙重说话,探监的时间到了,一行人不得不离开看守所,返回省城。

春月带着罗虎去了监狱,春月说:"你千万别急啊,上回我等了你十年,也觉得没等多久,这回才三年,一转眼就过了,就是这娃娃没经过啥事,想起你就哭,他脾气犟得跟你一样,但你不爱哭,他呢,从小就爱哭,你看他,又来了。"

罗虎泪流满面地叫了一声:"干爹……"就哽咽得说不出话了。

德厚说:"儿子,男子汉大丈夫,流血不流泪,跟你妈学着点,她都没哭呢,给你说个事,我和你姑妈商量好了,你去她那里,好好学学你姑妈的人品,够你受用一辈子呢,记住,没事别往你大舅那里跑。"

罗虎问:"为啥呢,他也是长辈?"

德厚沉吟了一下:"你大舅最怕什么政治影响,我这不是在坐牢吗,反正是少去为好。"

罗虎就点了点头。

黎莎去了监狱,她也知道德厚最见不得哪个哭,所以她也没哭。

德厚问:"你也听说我这事了?"

"你以为你这几年不理我,我也就不理你了吗,实话告诉你,从你离开滑县那天起,你的一言一行,一举一动,我都随时盯着的。"

"黎莎妹子,你这是何必呢,从滑县回马家镇时,我就给你说了,我心里面只有春月一个人。"

"你只记得你说的话,还记不记得我说的话,你德厚哥什么时候娶春月，我黎莎什么时候嫁人。"

德厚就苦笑："不说这事了，你那店里的生意还好吧？"

"什么我那店里，你走时，我们可是说好了的，不管赚多赚少，永远都有你一份，不瞒你说，我现在的手艺比春生强多了，回头客是一天比一天多。"

"只要你过得好，我就放心了。"

"德厚哥，你这次出来，还是回店里当老板吧。"黎莎眼里充盈着满满的期盼。

德厚不忍看那眼神，仰天叹道："世事难料，也不知三年后，又是什么样子，到时再说吧。"

会见时间到了，黎莎强忍的泪水终忍不住，忙用手去擦，德厚说："你想哭就哭吧，看你憋着我也难受呢。"

黎莎就痛痛快快地哭了一场。

第八章

孙重罗虎涉毒案　喜鹊奔走终鸣冤

　　德华一回到省城，就对孙重说："你小舅托我的事你都听见了，我当时也忘了先问问你，你没意见吧？"

　　"没有，我和罗虎见面就合得来。"孙重毫不含糊。

　　"那这任务就交给你了，一定要办好，你小舅一辈子没求过我们这些兄弟姐妹，我可是拍了胸口的。"

　　"妈，你放心，这任务就包在我身上，我保证圆满完成。"

　　孙重将他的副驾找到，说明了原因，把他介绍给另一位师兄做了副驾。然后给罗虎写信约时间去接他，罗虎回信说出租车跑长途不划算，他自己坐车来，但他只到过一次省城，到时请孙重接一下就行。

　　七月流火，天正热。罗虎挤出西门客运站后，放下旅行包，正想擦擦头上的汗，突然一张热毛巾塞到了他手上。

　　"擦擦吧，瞧你这满头的汗。"一位素未谋面的大姐热情地说道。

罗虎看看手中的毛巾，有些迟疑。

"擦吧，不收钱的，"大姐笑着看他擦汗，又道，"小师傅是来出差呢，还是来跑货？"

"我来探亲，走亲戚的。"

"哦，那你不住店了，要个车吧，你那两个包扛着吃力。"

罗虎正欲回答，大姐已转过头喊道："小张娃，来把这位小师傅送回家吧，大老远地从县份上来，你可要照顾好一点。"

罗虎忙说："不用了，大姐，我等我哥，他要来接我。"

一辆三轮车已到了罗虎面前，大姐又递上一张热毛巾："换一张，再擦擦。"

罗虎擦完脸，发现两个包已被小张娃放在了三轮车上，他有些急了，伸手去提车上的包。

小张娃出手压住："哥们，有点不够意思了吧，我这车是比公交车贵一点，但你自己看看站台那里，你提着这两个包，挤得上吗？"

罗虎看了看斜对面公交站台上密密麻麻的人群："要挤公交我没问题，坐你车贵一点也没问题，问题是我哥来了，找不到我怎么办？"

小张娃已耐不住性子，恶狠狠地说："看来你真不懂规矩，实话说吧，坐我的车十元，不坐我的车五元。"

"车不坐了，别说五元，五分都没有。"罗虎来气了。

小张娃突然一踩脚蹬，三轮车提速而去，罗虎飞身跟上，蹭蹭蹭几步便拽住车子的后杠，小张娃直身站在脚踏上猛蹬，可车子却一动不动，两人僵持着。

热毛巾大姐也匆匆跑了上来，仍是满脸堆笑："这样吧，小师傅，我们都再等等，如果你哥来了，你跟你哥走，万一你哥没来，你还坐他的车，好不好？"

"你们这是强人所难，就算我哥不来，我也不坐他的车了。"

"蹬鼻子上脸了，乡巴佬。"小张娃见车站的熟面孔已围了一圈，顿时壮了胆气，言语间已一拳甩了过去。

罗虎不慌不忙，把头微微一偏，出右手顺势托住其肘部，出左手抓住胯部，一发力已把小张娃举过头顶，旋了一圈，正欲抛出……

"嘿，住手，罗虎，快住手啊！"孙重撞开围观的人群，冲了进来。

罗虎听见孙重的喊声，忍气弯腰把小张娃往地上轻轻一抛："哥，他们太欺负人了。"罗虎气得眼泪花直打转转。

"没事，没事，"孙重掏出一包"万宝路"，抽出一支递给小张娃，"师兄，打个让手，这是我兄弟，烟点起。"

早已被罗虎吓破胆的小张娃白着一张脸："好说，好说，改天喝茶。"

"那不行，我的热毛巾该不会就擦冷屁股了，刚才就说过了，坐三轮十元，不坐五元……"

孙重猛一掉头，眼露寒光，对着热毛巾大姐："欺生是吧，要不要我给你擦几帕脸扯平？"

"孙哥，给她擦擦，她也才进城没几天，就在这充大姐大。"人群中有认识孙重的人给他帮腔。

"大姐大，你的热毛巾就白送了吗，你的菜刀咋不拿出来呢？"还有人唯恐天下不乱。

一个长期在西门客运站混的老江湖站了出来："算了吧，小孙哥，她也是混口饭吃，我让她给你赔不是，"他转身对着热毛巾大姐，"我们西门上的人，谁不认识当年城西中学的小孙哥，我看你是想钱想昏了头，敢在太岁头上动土，还不快滚。"

热毛巾大姐仿佛真昏了头，杵在那里一动不动，反而是孙重拉着罗虎，匆匆上车，钥匙一拧，马自达一声轻哼，徐徐起步，驶离了车站。

罗虎被车站发生的事困扰着，直到马自达跑了好几条街，他才突然说："这城市太大，小人太多，还真不如乡下呢。"

"你也不要太紧张，这城市是大，小人也有，但好人也更多，你一来就有人递帕子给你洗脑壳，免得你以后昏了头，是不是。"

"她又热情，又说擦脸不要钱，真有点让人盛情难却。"

"你坐了他喊的车，住了她说的店，自然不收钱。"

"我哪知道呢，但我真不坐，他们又能把我怎么样，真惹急了，三五个的我也收拾得了。"

"我知道了，你从十岁起，就跟我小舅学拳脚功夫，几个人是奈何不了你，但双拳不敌四手，强龙压不过地头蛇，你人生地不熟的，不到万不得已，千万不要动手。"

"孙哥，你的功夫看来也不错，我听得出，刚才帮你的人多些。"

"罗虎老弟，我没任何功夫，但我从来不惹事，也从来不怕事，真逼急了，以命相搏而已，不说这些了，5 点过了，我带你去一个朋友开的餐馆，好好喝几杯，算是我给你接风。"

"喝了酒，还能开车？"

"今天不开了，好好陪陪你，第一天来，为挣钱冷落了你，招人笑话。"

"嘎"的一声，车子已停在街边的大榕树下，黑底金字的"聚友餐"招牌，很是抢眼。一个上穿紫色高腰上衣，下着白色低腰短裙的姑娘，带着夸张的笑容，快步迎上，一只手拉开车门，一只手护着门檐："孙哥，你们来了，有请，有请啦。"

一进餐馆门，孙重便嚷嚷道："老板，我给你带'兔'来了，把刀磨快点啊。"

商场如战场，几年的商战，喜鹊已成熟了很多，她做起事来精明干练，言谈之间亦庄亦谐，为人处世外圆内方，穿着打扮高雅得体，一看就是颇有儒商气质的女强人。

"孙老弟，你成心倒炉子吧，本店菜品，货真价实，明码实价，'宰客'是你们出租车的专利。"喜鹊说话间已递上两杯热茶。

"但和你们比，我们还是班门弄斧……"

"没时间和你比嘴劲，你不饿，你朋友也不饿，点菜吧，丰俭由人。"喜鹊指指菜谱。

"让他点吧，你别看他年轻，生意做得比谁都大。"

"哥，你别打趣了，你自己点，我去车上拿个东西。"罗虎要了车钥匙出去。

"拉的客人吗，听口音像是边远县份来的。"喜鹊趁机问道。

"我兄弟。"

"你的难兄难弟多了。"

"我表弟。"

"真的假的？"

"我小舅舅的儿子，千真万确。"

"怎么不早说，开玩笑也有个分寸，这菜不用你点了，我自己安排。"

罗虎提着旅行包回到餐桌，从包里掏出一个陶土罐，其上有"纯粮烧酒"四字："这是我们老家一带最好的酒，尝尝吧。"

喜鹊正端了菜上来，顺手接过酒罐，熟练地开了封口，逐一斟上三杯，端了一杯在手："孙重是我的老朋友，他到我这餐馆就跟到他家厨房一样，小表弟，你以后也别客气，想吃点喝点就过来，别把我喜鹊姐当外人，来，我先陪二位干一杯。"

"老板"，"老板"，店里的客人越来越多。

"上客了，赚钱就在晚上这一阵子，那些小姑娘弄不转了，你哥俩先喝着，我去去再来。"

"读《三字经》第一个字你不认识，读《百家姓》你只认识第二个字，快去吧，我表弟第一次来，你也不给个面子。"

"酒还不多话就多，我才懒得理你，小表弟，把你哥照顾好，他喝二两就要装半斤疯，小心他咬人。"喜鹊给二人斟满酒，转身离去。

"孙哥，你刚才说的话啥意思？"

"你没读过那两本书？"

罗虎摇头。

"《三字经》第一句是'人之初'，《百家姓》第一句是'赵钱孙李'，你想想，啥意思？"

　　罗虎想了想，不由得笑出声来："嘿嘿，你说她只认钱不认人吧。"

　　"开玩笑的，她倒不是这种人，你别当真，趁着酒不多，说几件正事，第一，我已经在客运管理处给你报了名，下周一去参加培训；第二，培训后，不急着单开，我带你熟悉道路、环境以及经常用我们车的常客；第三，从现在开始，出了家门就得说普通话，你方音太重，别说外省人，就这城里人都不容易听懂，你是高中生，应该没问题。"

　　"没问题，我在马家镇跑车，遇上外地人，也用的普通话。"

　　"好，是骡子是马拉出来遛遛，来几句试试。"孙重改用了普通话。

　　罗虎抿了抿嘴唇，用普通话说道："谢谢孙哥关照，小弟我敬你一杯。"说不上字正腔圆，也并非南腔北调，不算很流利，也不显太生硬。

　　"不错，不错，这一关通过了，来，干一杯。"二人你一杯，我一杯地"把酒话出租"。

　　"哟，二胖哥来了，你爱喝洋酒，有刚进的俄罗斯俄得客，还有威士忌，来一瓶？"喜鹊的喊堂声清脆悦耳。

　　"谢谢，我刚喝了，路过，见孙重的车在外面，进来坐坐。"二胖腆着肚子朝孙重他们餐桌走近。

　　"你小子真发福了，人没到肚皮先到。"孙重笑道。

　　"没办法，天天喝水，顿顿吃素，还是要长膘。"二胖也笑呵呵地自我解嘲道。

　　"你要打的吗，看你这重量，一公里少说也要加两元。"

　　"我给你加五元，马上走。"

　　"你当我不敢。"

　　"走啊，但我丑话说在前面，交警罚你酒驾，你可自己兜着。"

　　"那没事，有你货抵着呢。"

　　"哦，哪些进口货还没脱手？"

XIONG DI JIE MEI

"这才几天，就想脱手，有人看了，说是歪货呢。"

"鬼闹，丢得出你丢，丢不出退我，要这批货的大有人在。"

"好，退你。"孙重呼的一声，拉开身边的"三倒拐"皮包，抓出一大把金灿灿的女士表扔在桌上，斜着眼觑着二胖。

"吧，孙哥，哪来那么大气，愿做慢慢做，你人缘广，不愁买主，真不做，我还是要给你辛苦费的。"二胖已是满脸堆笑。

"少说，你当我没见过钱，你是怕货卖了，钱倒拐了，看见了吧，都在这儿，你快拿走，别扫了我们的酒兴。"

"好好好，今天不谈这事，"二胖边说边从兜里摸出两包"万宝路"，"这是朋友从美国带过来的，绝对资格，抽了不上火，"他把两包烟和桌上的表一起装进孙重的皮包里，又摸出一包开了口的，"先抽一支试试，"孙重接过烟，他又给罗虎递上一支，"小兄弟，你也尝尝。"

"谢谢，我不抽烟。"罗虎按孙重的吩咐，用普通话回答道。

"哟，小兄弟，外边来的吧，带的什么货，让我老哥也开开眼吧。"他的目光停留在罗虎的旅行包上。

罗虎脑子里一片空白，茫然地看看孙重，孙重看着二胖，厌恶地皱皱眉头，正想发作时，却又突然来了灵感，他心中一喜，于是一部荒诞不经的恶作剧开始上演了。

孙重俯在二胖耳旁低声道："别看他年轻，专做黄、白、黑的，这次弄的'黑'的来，包里就是现货，你自己打开看看吧。"

二胖张嘴嘘了口长气，也压低了嗓音："我是有眼不识泰山了，不过这种生意我不做，从来不做。"

"那就对不起了，你先走吧，我和他还要谈谈这批货的事，拜拜。"孙重摆了摆手。

"好，我有点事，先走一步，改天请二位喝酒，拜拜。"二胖也摆摆手，两手叉腰，托着肚子慢慢踱了出去。

"我刚才好像听你给他说，我是做什么黄白黑的，你们什么意思啊，简直把我搞晕了。"罗虎不解地摇着头。

"黄金、白银、鸦片，哈哈哈……总算把他吓飞了，这死胖子太烦人。"

罗虎不由得也大笑起来，喜鹊听见笑声，过来问道："啥事，这么好笑？"

"孙哥说我做黄白黑的，把胖子给吓跑了。"罗虎笑道。

喜鹊也连说带比地笑道："你哥这人狗嘴里吐不出象牙，经常满嘴跑火车。"

喜鹊转身后，罗虎说："搞不懂了，从我下车到现在，接触的人，好像个个都在做生意。"

"你没听说过'十亿人民九亿商'的话吗，我们水巷子那个大杂院，十家人就九家有货，不出门都可以做生意。"

"那胖哥是做走私货的吧，我看他不是进口表，就是美国烟的。"

"说了你还别不相信，他可是劳动局保卫科的保卫干事，但他只领工资不上班，天天在外做'倒爷'，坑蒙拐骗，无所不为。"

"这省城有这么好的工作，你能不能帮我找一个。"

"那你首先重新找个妈。"

"你这是啥意思？"罗虎不高兴了。

"他妈'文革'前就是劳动局董局长家的保姆，'文革'中局长被打成'走资派'，贬去了农场，局长家的几个娃娃，他妈仍然照顾着，后来董局长平反昭雪，官复原职，便把他从我们商业局仓库，调到了他们局上的保卫科，那科长对这层关系心知肚明，自然对他睁只眼闭只眼了。"

"怪不得长那么胖，原来是吃粮不管事的，你又何苦与这种人打交道呢？"

"嘿嘿，这就是你孙哥的本事了，他坑谁也不敢坑我，再说我们开出租的，一是跑得勤，二是人缘好，现在挣死工资的都坐巴士，坐的士的多是二胖这样的人，和他称兄道弟的那几个局长公子，有时一包车就是几天，有时跑一趟长途就是六七百元，不打交道还不划算。"

说话间，店里的客人已渐稀少，喜鹊端了一盘热菜过来，斟上酒："小表弟，刚才慢待了，我先自罚一杯。"话完杯干。

孙重说："你认钱去了，又来干啥？"

喜鹊说："钱也认，人也认，人财两不空。"

"那你觉得先认钱好，还是先认人好？"

"哟，我可没心思想过，反正你好为人师，你讲讲。"

"看在老朋友分上，教你一招，先认钱，赚钱也容易，得罪人也容易，先认人，同样能赚钱，还能赚人气。"

"说得好，谢谢老师指教，敬你一杯。"

"咋谢呢？"

"今天算我给小表弟接风，免单了，喝酒，喝酒。"

酒足饭饱，孙重把车钥匙扔给喜鹊："明早我六点出车。"而后拉扯着罗虎的手摇了出门。

走出老远，还听见喜鹊的声音："小表弟，你哥可能喝多了，你看着他一点……"

罗虎边走边说："你还真好意思让别人请客，我刚才去结账，她们谁都不收。"

"她请我请都一样，实话告诉你，她不是外人，我至今还是单身，就是因为等她，只要她不嫁人，我就一辈子不结婚。"

"真的吗，那她呢？"罗虎惊讶地问。

"她也在等，等她心中的死结打开。"

"你又把我说糊涂了。"

"这话说起来太长了，以后慢慢给你讲。"

回到水巷子，孙重倒头便睡，德华给罗虎泡了杯浓茶："他灌你不少吧，来醒醒酒。"

"姑妈，你就别管我了，早点休息吧。"

"听说你前年高考，只差了几分，为什么不去复读呢？"

"干爹也让我复读，但我看他太忙，太辛苦，就想缓缓再说，现在他出了事，更不能去了。"

"我倒是希望你去复读，我们就在这城里，帮你联系一所好一点的学校好不好？"

"谢谢姑妈，我真不读了，这次干爹已倾家荡产，我自己家中还有二老，姐已出嫁，但还有一个妹妹在家，我亲爹一只脚残了，做不了什么事，再说干爹以后出来，不管他做什么，也得有点本钱吧。"

德华不由得叹了叹气："懂事，真懂事，他们都没有白疼你，折腾了一天，累了吧，早点睡，早点睡。"

孙重天不见亮就出车去了。

还在梦中的罗虎被砰砰砰的敲门声惊醒了，她对里屋喊道："姑妈，有人敲门，姑妈……"没人应。

砰砰砰，敲门声继续传来，罗虎披衣起床，看看里屋没人，于是大声问道："谁啊？"

"小兄弟，是我，二胖哥。"

"哪个二胖哥哦？"罗虎嘀咕着开了门，一下子就愣住了，竟然是昨天聚友餐的那位二胖哥。

"嘿嘿，还没有吃早饭吧，这新鲜的蛋糕正好当早点。"二胖甩了甩手里提着的袋子挤进门来。

罗虎想起孙重的嘱咐，于是用普通话问道："你找谁，主人家都不在。"

"不在最好，我本来就是来找你。"

"找我，找我做什么？"罗虎迷惑地问。

"小兄弟，远方来的吧？"

"不远，四五百公里。"

"知道了，肯定是凉山来的，孙重在那待过几年，那地方就出黑东西呢。"

罗虎是一头雾水："你简直莫名其妙的，我要睡觉了，你走吧。"

二胖压低嗓门，悄声说："我想看看你的货，黑的。"

罗虎愣了一下，这才猛然想起昨天在聚友餐，孙重开的那个玩笑，忍俊不禁地笑出声来："哈哈哈，哪有什么货，那是孙哥信口雌黄，哈哈哈……"

"兄弟，你放心，昨天我说不敢做，是因为那里人多眼杂，这规矩我懂，真要做，只能你我二人单练。"

"我再给你说一遍，他真是开玩笑的，信不信由你。"罗虎有点烦了。

"佩服，看来你做生意，不像你人那么年轻，你是不见真佛不烧香，不见兔子不撒鹰吧，"说着话，二胖拉开胸前挂着的皮挎包，亮出一大叠钱，"开个价吧，现钱现货，一出这道门，咱俩谁也不认识。"

罗虎彻底烦了，用脚把床下的旅行包勾出："看吧，价钱吗，你随便开。"

二胖急不可耐地蹲下去打开包，几件衬衣短裤露了出来，伸手抓开，下面是几本书，以及毛巾、牙刷、几小袋饼干之类的东西。二胖费力地站直身，泄气地盯着罗虎。

"见了真佛，该烧香了吧。"罗虎冷嘲热讽道。

"看来你是信不过我了，或许是你这批货已找好了下家，我当哥的不怪你，一回生二回熟，多个朋友多条路……"

门开了，德华走了进来："是二胖啊，你好久都没来了。"

"伯母好，这么早就把菜买回来了。"

"你也来得早啊，但孙重走得更早。"

"是啊，来晚了一步，我想用他的车办事呢，他走了，我也就不打扰伯母了。"

兄弟姐妹

"那你慢走，有空又来。"

"孙重回来吃午饭，给他说一声，下午 5 点，我在茗园茶楼请他和这位兄弟喝茶。"二胖向罗虎眨眨眼，蹒跚着出了门。

罗虎知道这是二胖在暗示，约他的时间地点，但他一点不想再见到他，更不会去什么茗园茶楼，自然也就把这事忘到了九霄云外。

此后，他参加培训领了证，与孙重倒班跑起了出租车。

再说阳德厚，他领刑离开看守所后，被送去了大山深处，在一个供服刑人员劳动改造的采石场打石头。狱中的"学长"听说他是因杀人关过十年，这次是"二进宫"，自然谁也不招惹谁。他自己也有了第一次服刑的经验，不仅出工时舍得下力，加之从小习武，眼准手准，一手石匠活很快就干得漂漂亮亮，闲暇时他还把监区的石板路、石栏杆、石凳、石桌，拾掇得平平整整，面目一新。他只有一门心思：争取减刑，争取早一天能见到春月，见到罗虎，见到他牵挂的人。

一转眼，一年多，正是九月授衣天渐凉时，"聚友餐"华灯初上，孙重已吃了饭，坐在门边等着换班。罗虎开着"马自达"滑行过来，刚一下车，就被两个看似路人的壮汉架住了胳膊，罗虎矮身挫腰，猛一发力，甩开一个。"警察，我们是警察。"一支手枪对着他，罗虎懵了，不敢再动。门边的孙重也被另外两人架住。这时一辆警车呼啸而来，他们被铐上手铐塞进车里，警车又呼啸而去。

孙重在车上嚷嚷："你们一定是看错人了……"

"不准说话，"一个警察狠巴巴地吼道，"再说，我把你嘴堵上。"

下车后，二人被警察分开，进了不同的讯问室。

屋里有三个警察，其中一个是队长，队长问完孙重的身份信息后，指着自己身后的墙壁说："坦白从宽，抗拒从严，这八个字你认识，我也就不多说了，你犯的重案你自己清楚，弄不好就会掉脑壳，如果竹筒倒豆子，或许还有条活路，如果非要挤牙膏，弄不好就挤死你自己，好好想想，慢慢说。"

"我没什么好想的，你们真的搞错了。"

"我看你是不见棺材不落泪，不撞南墙不回头，你实在不说，我可以先说，但我说了你才说，那以后就得按'抗拒从严'处理，你不再想想？"

"不想了，你说吧。"孙重毫不犹豫，立即应道。

队长真生气了，他不想给孙重留一点"坦白从宽"的机会，像机枪似的突突道："'文革'中，有个和你一起搞打砸抢的二胖，后来又与你成为商业局的同事，再后来你们一起倒卖手表之类的走私货，最近他倒卖走私汽车被抓，他供出你贩卖鸦片，你该当何罪！"队长越说越气，一巴掌拍在桌上，震得水杯嗡嗡作响。

机关枪突然开火，把孙重打晕了，打哑了，打愣了。

"嘴不硬了，无话可说了。"队长继续开火。

"天方夜谭，无从说起。"

"那我再问你，你有没有亲口给二胖说，罗虎是贩鸦片的，有没有指着他旅行包，说包里装的就是黑货。"

孙重总算醒了过来，气急败坏地吼道："我说过，我确实说过，但那就是一句玩笑话，你们还当真了，这也太好笑了。"

"哈哈……哈哈，"队长讥讽道，"确实好笑，天大一个案子，你一句玩笑话，就想蒙混过关，小子等着吧，有你好受的，你们几个继续审，我去听听他那个同案怎么说的。"

在另一间讯问室里，罗虎戴着手铐，坐在木凳上，埋着头，委屈的泪水啪嗒啪嗒地洒落地上，任随警察怎么问，怎么吼，就是一声不吭。

队长进来问道："情况任何？"

"这小子顽固透顶，到现在也没有哼过一声。"

队长看看罗虎后，态度平和地说："现在后悔了吧，现在后悔也不算晚，看你年纪轻轻的，肯定是受人唆使，我们一贯的政策是，首恶必办，胁从不问，你好好想想吧。"

队长拿出香烟："来，大家都抽一支，让他慢慢想。"

他走到罗虎面前，点燃一支，递到罗虎嘴边，罗虎头一偏："我不会。"

"这就对了，不说话可不行，再想想吧。"

一支烟抽完，队长说："怎么样，该说了吧。"

罗虎见别人客客气气的，自己也就不好太执拗，他实实在在地答道："我真的不知道你们要我说什么。"

队长皱起眉头："看你年轻，就给你提个醒，孙重已经承认了，你再不老实，恐怕你就变成主犯了。"

"他承认什么了，你能不能说明白一点？"

队长压住火气："好吧，再给你一次机会，我给你提个话头，他承认，说你贩卖鸦片。"

"哦，是这事啊。"罗虎也总算醒过神来，心里也松了口气，他打开话匣子，不疾不徐地把孙重在聚友餐的那句玩笑话，以及整个恶作剧的前前后后，前因后果，原原本本地讲了一遍。

队长耐住性子，听完罗虎的话，已经恼怒得脸色铁青，他冷冷说道："看不出，你小子还是个伶牙俐齿，巧言令色之徒，但这案子还得由我们说了算，等材料齐了，我办你一个欺瞒政府，罪加一等，你才知道厉害。"

对二人的审讯暂告一段落。

孙重、罗虎被警车带走后，"聚友餐"顿时炸锅，个个是丈二和尚摸不着头脑，他们不知二人为什么被抓，也不知被抓到了哪里，喜鹊、二师傅也一时也反应不过来，直到孙重公司的人来开车，才知道了一点眉目。

那时公安抓人，既不需要逮捕证，也不需要通知任何人，但被捕的人如果有单位，就得给单位领导打个招呼，来开车的人告诉喜鹊，公司领导说是公安局禁毒办缉毒队抓的人。

喜鹊对二师傅说："走，看看去。"

二师傅说："不是亲属可能进不了门，得先去接上伯母，或许还行。"

"能告诉伯母吗，那还不急出病来，走吧，我们去试试。"

到了缉毒队的传达室，喜鹊说："我是孙重的未婚妻，我想来看看他，或者找你们领导了解了解情况，这里面肯定有什么误会。"

带班的警察问："什么时候进来的？"

"刚才，7点过，天刚黑。"

"不懂规矩，告诉你吧，才进来的，还都在侦查期间，任何人都不能见面，别说未婚妻，就是结了婚也不行，回去吧。"警察不由分说地把二人请了出去。

无可奈何，二人只好到了水巷子，告诉德华，让她放心，孙重与罗虎跑长途，这两天不回来了。

中国称为无毒国，已享誉三十年，但在1988年，上海机场截获了一起利用锦鲤鱼藏毒的跨国走私大案，此案震惊了公安部，为了扼制毒品在中国境内死灰复燃，公安部命令各级公安部门成立禁毒办公室，以高压态势防控毒品抬头。

缉毒队办公室里，队长被罗虎气青的脸色还没恢复，他有些沮丧地想着心事：自上任以来，缉毒队就没什么斩获，更说不上建功立业，这次得到的举报线索，着实让他兴奋了几天，可凭他多年的经验，罗虎刚才的供词八成是真实的，这无异于一盆冷水，浇灭了他心中的热望。怎么办呢，关，关下去，关到二人承认为止，但刚才讯问室的第一回合，已让他感到二人绝不是轻易服软的角色，万一死扛下去，弄不好自己也身败名裂，和两个素不相识的人，弄个鱼死网破，值吗？冥思苦想，他突然想到了举报人，对啊，让举报人和这二人鹬蚌相争，我做渔翁不就得了。

他为自己的聪明才智感到庆幸，立即连夜提审二胖。

二胖这两年的生意早已是如日中天，虽说不上日进斗金，但脖子上的金项链足有指头粗，指头上的金戒指一个连一个。孰知，久走夜路必遇鬼，在海南走私汽车栽了，被遣送原籍候审。他妈求董局长家的几兄弟帮忙，那几兄弟中的老二正好在一个派出所当所长，他们也还仗义，找到办二胖案子的市局科长。

　　科长说："就他的案底，肯定要判，如果想轻判或者不判，他必须戴罪立功，只要有了立功表现，我就有文章可做，不然我也爱莫能助。"

　　几兄弟把此话带给了二胖，二胖第一时间就想到了孙重，他觉得老天爷给了他一箭双雕的机会：第一，必须为自己解脱牢狱之灾；第二，自从狄哥走后，他就对喜鹊动了心，但喜鹊对他献的殷勤，总是嗤之以鼻。在他临结婚前，他还找过喜鹊一次，说自己愿意等她一辈子。喜鹊说，你愿等就等吧，不过你排在孙重的后面，他一想起这话，就恨得牙痒痒。

　　二胖毫不犹豫地向科长举报了孙重、罗虎贩卖鸦片的事，科长立即把他移交到缉毒队，并且告诉队长，既是立功的机会，还可以给几个今后用得着的朋友帮帮忙，队长自然是心领神会。

　　队长再次提审二胖："看来你戴罪立功的事泡汤了。"

　　"没抓到人，他们跑了？"二胖大吃一惊。

　　"这不关你的事，你只管把你是怎样知道他们贩毒的所有情况，再讲一遍，一定要注意，把时间、地点、哪些人在场，张三怎么说，李四怎么说，所有细节一字不落地讲一遍。"

　　二胖再次把聚友餐的情况复述了一遍，结果再次印证了孙重与罗虎供词的真实性。

　　队长又陷入了沉思，过了好一会，他说："老话说，耳听为虚，眼见为实，你说来说去，都是虚的，你究竟见没见过那些货，如果没见过，你想立功赎罪的事就真泡汤了。"

脑满肠肥的二胖在海南被抓，再辗转流离押回省城，时日虽不是太长，但人已廋了一圈，蓬头垢面的。队长的话唬得他顿时汗流满面，顷刻在脸上淌出黑白相间的纹路，仿佛高墙铁窗的栅栏，他什么也顾不上了，连连叫道："我见过，我见过货。"

队长打开录音机："你必须对法律负责，保证你每一句话的真实性。"

"我保证，我保证，在聚友餐见面后的第二天早上，我到了水巷子的孙重家里，只有罗虎一个人在，我提出看货，他开始不同意，后来是我自己把他的旅行包拉开，上面是几件衣服，下面就是一小袋，一小袋层层包裹的东西，我正与他谈价格，孙重他妈回来了，于是我约他下午到茗园茶楼见面，但他没有来，我估计他那批货已找好买主，也就没再去了。"

"为什么你以前只说'聚友餐'，不说'水巷子'？"

"我……我是怕牵连自己，那次我是起了心，要弄几包试试手气的，结果没做成，我也就死了心，再也没想过，更不用说做了……"

"你不用解释了，"队长打断了二胖，"即使你做过，也会另案处理，与本案无关，与本案有关的，你还有没有要说的？"

"没有了，没有了，队长，这事不会牵连我吧。"

"想做和没做，是两回事，关键是看你表现，你就耐心等消息吧。"

队长一边出门一边窃喜，二胖的这番话，提供了拘审他们的充足理由，这下自己可以不担任何责任，任由他们三人慢慢掐，看他们谁掐死谁，谁扛不住谁倒霉，而自己呢，暂时可以高枕无忧了。

喜鹊从水巷子回家后，坐卧不宁，翻来覆去，折腾了一整夜。从得知消息的第一刻起，她就知道孙重、罗虎被抓是一个错误，但问题出在哪里呢？脑袋想痛了，仍然想不出蛛丝马迹，于是又拿出红木盒子，借以打发漫漫长夜，狄哥的遗书令她魂牵梦萦，孙重的和诗备感纸短情长，故人已逝，今人长存，她突然感觉她早已离不开孙重……

兄
弟
姐
妹

第二天一早，喜鹊就到了出租车公司，找到公司的老总，她说："佟总，我昨晚去过缉毒队，警察不让未婚妻见他，你是单位的老总，公对公的，或许能了解下情况。"

佟总说："你们真能折腾，老大不小了，还未婚妻什么的，早就该把婚事办了，这样吧，我去试试，不管什么结果，我都立即通知你，孙重是第一批来公司的，平时我们都是朋友相处，他的为人处世，大家也都了解，没有人相信，他俩会跟毒品沾边，谁都想弄个明白呢。"

喜鹊留下"聚友餐"的电话，离开了公司。

中午，电话铃声响了，喜鹊拿起话筒，是佟总的声音："缉毒队说，侦查期间谁都不能见，但你不要着急，我给公司的几个副总都说了，大家都找找关系，想想办法，我会随时联系你的。"

"谢谢，佟总。"喜鹊扔下话筒，顿感心烦气躁，无名火直窜。

餐馆的一个领班给自己茶杯加水时，习惯性地也给她的茶杯加满，喜鹊说："你该干啥干啥，我自己不会加吗，用不着你来讨好我。"领班不敢多话，向众人使使眼色，于是都躲她远远的。

二师傅在后厨听说了，走到前台，轻言细语地说："公安局有个规定，对嫌疑人的羁押不得超过二十四小时，除非有了确切的人证、物证，现在时间还不到一天，我想他们今天不回来，明天就该回来了，别太急好不好。"

"你不急吗，亏你们还是哥们。"喜鹊对谁都没好气了。

"急也解决不了问题，不如我琢磨两个新菜品，回来时，好给他们接风压惊。"

"快去吧，别烦我了。"喜鹊的心境还是宽松不起来。

当晚，没有任何消息，喜鹊又是一夜无眠。第二天一个上午过去，还是没有消息。她终于沉不住气了，忍不住想去找一个人，一个肯定能帮上她的人，但那个人又是她最不情愿见的人。犹豫之时，她突然想到了二胖，在"聚友餐"开业那段时间，二胖时不时地带上董局长家的几兄弟来捧场，其中一个不就在公安局当官吗，对先找二胖，再一起去找他的那个兄弟，她相信二胖不会驳她这个老同学的面子。

主意一定，她一分钟也不愿耽误，立即打车到了二胖家。

二胖就独子一个，他一出事，她妈就急疯了似的，逮住谁，就让谁帮忙。乍一见喜鹊，就火急火燎地说："你也听说了吧，你们可是老同学了，不能见死不救啊，你那餐馆红火，熟人多，给他想想法吧。"

喜鹊心下一惊，怎么如此邪门，难道二胖也出了什么事，凑一块了。但面对老人，她不得不镇静下来："我就是还不太清楚情况，来问问呢。"

二胖妈急急忙忙给喜鹊讲了，二胖在海南弄汽车被抓，押回来候审的事。

喜鹊想起了此行的目的，不由得心中苦笑，于是顺理说道："你该去找找董家那几兄弟啊。"

"前几天就去过了。"

"怎么样呢？"

"哦，对了，他们昨天捎话来，说他有立功表现，检举了贩卖鸦片的坏人，只要坏人认了罪，就会从轻发落他……"

喜鹊突然呆了，脑子里瞬间浮现出孙重、罗虎、二胖在"聚友餐"开的黄白黑玩笑，二胖立功，缉毒队抓人，这就是谜底……

"喜鹊，喜鹊，你怎么啦？"二胖妈用手在她眼前摇晃着。

喜鹊才知道自己走神了，她连忙掩饰自己的失态："我这两天失眠，时不时地就突然犯困，这样吧，我先走了，你……你多保重身体。"她急急忙忙地逃离了二胖家。

匆忙回到聚友餐，喜鹊胸中阵阵作痛，二胖的薄情寡义令她恨得心

兄弟姐妹

痛，孙、罗的无妄之灾令她疼得心痛。她已经明白，如果二胖一口咬定，死不松口，加上董家兄弟的暗中相助，推波助澜，那么二人的出头之日就不知猴年马月了……

"喜鹊，喜鹊在吗？"德华一边叫着，一边走进聚友餐。

"伯母，你来了，我还正说去你那里。"喜鹊上前搀扶德华坐下。

"孙重他俩跑好远的长途，两三天了还不回来？"

"远也不是好远，但他们刚才打电话说，包车的老板在那边的事办得不顺利，可能还要两三天，事办完了就一起回来。"

"哦，那我就放心了，我就是担心车子在路上抛什么，什么锚的。"

"没什么事，你老人家放心好了，就在这吃点饭吧。"

"现在 3 点钟，吃啥饭，午饭还是晚饭？"德华笑眯眯地说道。

"那……那我送你回去吧。"喜鹊也勉强笑道。

"不用了，你忙你的，这又不远，我散散步。"

喜鹊把孙重妈送到门口，看着她渐行渐远的背影，心中的隐痛加剧了，同时也下定决心，去见那个她最不情愿见的人。

傍晚，喜鹊到了市政府宿舍大院，走到二楼的一道门前，她举起手又放下，放下又举起，踌躇了好一会，才敲了下去。开门的是一个三十来岁的小伙子，他乍一见喜鹊，怯生生地说："姐，你来了，屋里坐。"

喜鹊走进客厅，沙发上坐着两个人，一个是头发花白，面容清癯，戴着眼镜的老年男人，一个是黑发齐肩，容光焕发，戴着项链的中年女人。

见到喜鹊，两人同时站起身来，男人喃喃说道："坐，喜鹊，喜鹊你坐。"

喜鹊站着，没有挪步，男人显得有些手足无措，还是女人抢先，走上前来，拉着喜鹊的手，笑容满面地说："你还没吃饭吧，我给你弄点好吃的。"

"吃了，我想给……给爸单独说说话。"喜鹊说"爸"字时有点咬

XIONG DI JIE MEI

211

口。

而男人听到"爸"字时，不由得一手掀高眼镜，一手去抹眼泪，女人忙说："好好好，你们就在客厅谈，我们回房间去。"

"喜鹊，那些年，我给你写过好多信，你一封未回，我就知道你不想见我，但去年你妈去世了，我知道你没有结婚，担心你一人孤单，让你弟找你回来，你一口拒绝了，我心里不好受啊。"

喜鹊瞬间也颇多感触："爸，你不说我妈好不好，一说我心里就堵。"

"好，好，不说了，不说了。"

"爸，你不是担心我孤单吗，其实我有个未婚夫。"

"好啊，什么时候办喜事？"

"我们眼前遇到一点麻烦事，等这事过了就办。"

"什么事，我能给你们帮忙吗？"

"我今天来，就是想让你帮帮忙，但你不用急，也不要先答应，听我把事情的来龙去脉讲清楚了，你再作决定好不好。"

"我答应你。"

喜鹊把孙重他们蒙冤的前因后果，作了详详细细地讲述。

喜鹊爸说："这已不是我帮不帮忙的问题，这是一个典型的重证词轻物证的案例，前不久中央十五次会议才提出，一手抓建设，一手抓法治，要在政法领域拨乱反正……"

"爸，你说得太大，能不能小一点，具体点。"

"哦，这样吧，你们写一份详细的信访材料交到信访办，我通过我们秘书处的人督促调查。"

"我保证明天一早送到，你保证明天就派人调查。"喜鹊已是喜形于色。

喜鹊爸疼爱地拍拍她的手背："一言为定。"

喜鹊也摇了摇她爸的胳膊："我给你留个电话，明天我就守着等消息，现在我就赶回去写材料。"

兄弟姐妹

"事急，我就不留你了，你……你照顾好自己。"喜鹊爸又有点情不自持。

"爸，你放心，我都几十岁了，你倒是要多保重。"喜鹊边说边出了门。

在回去的路上，喜鹊回想起她儿时的那幕往事：她妈是小学教师，原本成分就不好，讲真话又成了右派。他爸当时是区委书记的秘书，为了政治前途，一心要划清界限，吵着离婚。闹了一年，她妈拗不过，只得同意了。她爸想把喜鹊带走，喜鹊大哭大闹，死活不干。最后从孩子今后的成分着想，把监护权归了她爸，而由她妈抚养她长大。喜鹊渐渐懂事后，她妈说她爸是一箭双雕，既搬掉了他政治上的绊脚石，又搬掉了他感情上的绊脚石，她爸早就和一个政治前景好、年轻又漂亮的女人好上了。从那一刻起，喜鹊就再也不想见她爸，对谁都说她爸早死了。

当晚，喜鹊字斟句酌地写完材料，开窗透气时，才发现天边已挂上一抹红霞，加上前两天失眠，她顿感倦意浓浓，但又怕误事，不敢睡觉，于是用冷水洗了脸，准备梳妆打扮，早点出门。坐到镜前，她被自己吓了一跳，眼圈发青，眼里泛红，面容倒是显得更白，但没了往日明丽的光彩。她突然体会到了"度日如年"的含义，不由暗自感叹：人不禁老啊，就算这三日如三年，也不至于如此老态。

对着镜子精心修饰一番，换上得体的服装，她出了门，算着吃了早点，步行到市政府，正好是上班时间。

交了材料，喜鹊回到餐厅。一坐到她办公室的沙发上，就感到睁不开眼了，她对二师傅和领班说："你们注意一下大厅的电话，有找我的马上叫我，其他的事，你们看着办，几天没睡好了，我得补补瞌睡。"

下午三四点钟，后厨无事，二师傅正盯着电话发神，铃声响起，他忙抓起话筒："喂，你找谁？"

"请找一下喜鹊姐。"是一个男人的声音，非常陌生。

二师傅有些迷惑，迟疑了一下："你，你是……"

"我是他弟弟。"

"亲弟弟吗？"

"嗯。"

二师傅愣了，但丝毫不敢怠慢，立即去叫喜鹊："喜鹊，来电话了，说是你弟，真是吗？"

喜鹊顾不上理他，腾身跑进大厅，拿起话筒："小弟，怎么样了？"

"姐，爸让我告诉你，事情已办妥，只是今天来不及了，他们明天就放人，爸让你一定放心。"

"谢谢……谢谢爸，也谢谢你。"喜鹊哽咽着，连忙压了电话，她怕自己喜极而泣的哭声让弟弟听到，而后回到办公室，让眼泪酣畅淋漓地淌了一地。

二师傅晕头转向了，喜鹊怎么有个弟弟，还对话筒说，谢谢爸，她爸不是早死了吗？

担心着孙重妈着急，等店里客人少了一点，喜鹊连忙去了水巷子："伯母，孙重来电话了，他们明天就回来，这下你该放心了吧。"

德华朗声笑道："我有啥不放心的，都多大的人了，还怕他们找不到路，走丢啦，我啊，最不放心的是你。"

"不放心我，我怎么啦，我又没进……没跑长途。"喜鹊差一点说露馅。

德华终忍不住了："喜鹊姑娘，我想给你说句话，如果是你不想听的，你当我什么都没说，可不许生伯母的气，本来孙重就不让我说的。"

"怎么会呢，就是你老人家骂我打我，我都不会生气，更不用说一句话了。"

"你这姑娘就是招人喜欢，那我真说了。"德华笑吟吟地端详着喜

兄弟姐妹

鹊。

"要说就说吧，你都弄得我不好意思了。"喜鹊似乎重新拾回了小姑娘的娇羞感。

"孙重说，你一天不嫁人，他等你一天，一年不嫁人，他等你一年，你一辈子不嫁人，他就等你一辈子，姑娘，你是不是有什么心事放不下啊？"

喜鹊这一天中的第二次泪水涌了出来："伯母，我心中是有一块石头，但已经被你，你们焐化了，等孙重回来，你告诉他，我愿意，愿意和他白头到老。"

这一下，轮到德华抹眼泪了……

第二天早上，缉毒队办公室，队长对他的副手说："你去把孙重、罗虎的手续办一下，放人吧。"

"这么快？"副手疑惑不解。

"我们再快也没有别人快，信访办昨天早上收到材料，上午他们就到了局上，下午就到了我们队上，这可是马不停蹄啊。"

"我猜信访办背后有人顶着呢？"

"那还用猜，背后不但有人，而且来头不小。"

"如果我们有物证就好了。"

"真有物证，别人就不用信访这招了，我们还是把人放了再说吧。"

副手把孙重和罗虎叫到一起说："你们的案子现在证据不足，决定予以释放，但近期不得离开本市，如果案情有新的进展，要保证随时配合调查。"

孙重的阅历告诉他，天大的憋屈也得出去再说，不能困在这个地方，他立即表示了同意。

但罗虎却不谙世事，笃信有理走遍天下的道理，他脖子一挺，粗声大气地说："你的意思是这事还没完，你们仍然可以想抓就抓，想放就放，我告诉你，你们不把这事说清楚，还我一个清白，我不走！"

副手就用手指指戳戳道："你简直是哈巴狗上轿不识抬举，没人点你水，我们抓你吗？"

"点什么水的我不懂，那个二胖就是诬告，至少要让他给我赔个礼道个歉吧，不然我真不走。"

副手气得握拳摇晃，罗虎被他摇烦了，突然大喝一声："你别张牙舞爪的，你就是打死我都不走！"

"哼哼，你小子鸡烂嘴巴硬，看我咋收拾你。"副手一声冷笑走了出去。

副手怒气冲冲地回到队长办公室，把情况讲完后，他说："那小子敬酒不吃吃罚酒，他自己不走，就让他留下，关他个十天半月，看他嘴还硬不硬。"

队长想了想："也行，那个姓孙的同意出去，我们对上面也算有个交代了，你就先让他走吧。"

副手出去了，但很快又回来了，苦着脸告诉队长："姓孙的说，那小子不走，他也不走了，干脆一起关了。"

队长心下狐疑开了，他说："我担心这二人，早就知道他们是有铁关系，硬后台的，从进来到现在，他们服过软吗，只怕是有恃无恐啊，我们证据不足，二胖那些话，又上不得台面，看来不能硬碰，人必须得放。"

"如果他们赖着，死活不走，我咋办呢？"副手感到有些棘手。

队长也皱起了眉头，正在此时，进来了一个警察："报告队长，那个孙重的未婚妻又来传达室了，她听说今天要放孙重，前来接人。"

"看看，我说有硬后台吧，当事人还赖在这里，接的人都来了，"队长就是队长，一瞬间就有了主意，他对那个警察说，"你马上带她到我办公室来吧。"

喜鹊与二师傅是一早到的传达室，结果是左等不出来，右等不出来，实在耐不住了，才求警察去帮忙打听打听。

警察回到传达室，对喜鹊说："你跟我来一下，我们队长有请。"

警察带着喜鹊到了队长办公室，队长说："你们写的那份材料我们收到了，各级领导都很重视，经过大家研究，决定解除羁押，希望你们能配合。"

喜鹊一门心思就是把二人接出去，自然不希望节外生枝，忙说："队长放心，我们一定配合。"

队长把罗虎不走的事讲完后，喜鹊不卑不亢地说："按理说罗虎的要求并不过分，但你们的出发点是好的，抓毒贩本是为民除害，就算是失误抓错了，我们也可以理解，只不过罗虎年轻气盛，凭空遭受不白之冤，一时咽不下这口气，你们也应该理解，这样吧，你安排一个地方，我单独做做他的工作，相信他能听我的。"

队长虽觉得这话不是滋味，但他也不想再节外生枝："好吧，我就按你说的办。"

喜鹊与罗虎被安排在一个无人的房间，喜鹊说："站在你的角度，二胖肯定是诬告，但站在他的角度，就不一定是诬告，他把你当成和他是一路货色的人，就必然把你们的玩笑话当真，倒是缉毒队太草率，听见风就是雨的。"

"那就得让缉毒队给个说法。"

"小表弟，你听我一句劝好不好，自古道：民不与官斗，惹上这些事，能够及早抽身就抽身，窝在这不走，吃亏的还不是你自己，再说了，你不走孙重也就不走，我给你姑妈说你们跑长途，她可是天天盼着你们俩回家，再不回去，这纸就包不住火了。"

"那我听你的，我走。"

"那我不多说了，二师傅还在门口等着我们。"

几人回到了聚友餐，二师傅果然做了新菜品给二人接风，孙重是左一杯，右一杯的豪饮，而罗虎却提不起劲头，始终闷闷不乐的。

散席后，二师傅悄悄告诉孙重："喜鹊有个弟弟，她爸也没死，你这么快出来，肯定与她爸有关系。"

孙重心中一惊："你说，咋回事？"

"你们没出来之前，她心情糟透了，我没敢多问，还是你自己去问吧。"

于是孙重去问喜鹊，喜鹊说："别问了，抽个时间我带你去见我爸，你就什么都知道了，你和罗虎先回家，你妈惦记着呢，记住了，你们是跑长途才回来的，千万别说漏嘴了，免得老人家现在伤心，以后担心。"

孙重也惦着他妈，拉着罗虎回到水巷子，三言两语的问候后，德华就迫不及待，眉开眼笑地把昨晚她和喜鹊的对话告诉了孙重。

孙重先是一愣，而后是左右手猛击一掌，兴奋地说："福兮祸所伏，祸兮福所倚，天助我也！"

"你这娃娃是不是高兴昏了，说些乱七八糟的。"德华嗔怪道。

罗虎当然明白孙重话中的含义，同时也替孙重感到高兴，他把自己心中的郁闷暂时放下，笑着道："孙哥，这趟长途你算是跑得不冤枉，下个月就是元旦节，把喜事办了吧。"

"对，就这么定了，元旦办。"德华当即拍板。

孙重说："妈，我可是从小就听你的话。"

元旦那天，聚友餐张灯结彩，高朋满座，音响回旋着《迟来的爱》，孙重与喜鹊这对有情人终成眷属。

婚礼的酒席上，德明以男家长辈的身份陪着喜鹊他爸，寸步不离，一口一个"阙老"地叫着，阙老也笑脸对应："你我是平辈，别这样称呼，听喜鹊说，她在商业局时，你就是她的领导，现在成了你侄儿媳妇，你又是长辈，万一喜鹊有什么做得不周全的，你不要含糊，该批评就得批评。"

"阙老客气了，常言道'将门无犬子'，你调教的孩子，错不了，倒是我们家孙重，做事缺心眼，少不了给您老添麻烦呢。"

"我们都别客气了，以后大家都是亲戚，多走动，来，敬你一杯。"

"我敬你，我敬你。"德明端起酒杯，心里转悠开了。

婚礼过后，孙重可谓春风得意马蹄疾，成天乐呵呵的，干什么都劲头十足。而罗虎呢，元旦前帮着孙重张罗婚事还看不出什么，元旦一过，他的情绪就一天比一天低落，干什么都没劲。

喜鹊看着不对劲，对孙重说："你像是捡到金子了，成天笑嘻嘻的，就没见罗虎的脸色难看吗？"

"我捡的不是金子，是一只金不换的报喜鸟。"

"又耍嘴皮子，说正事。"喜鹊佯怒。

孙重就说："罗虎年轻，从没受过这么大的冤枉气，一时半霎的他解不开，我想时间长一点会好一些。"

"这样吧，今晚他来聚友餐接车时，我们给他约个时间，把妈接上，找个空气好的郊外，一家人开开心心地玩一天，让他散散心。"

"好，你说了算。"

但接车的时候，罗虎拿着一封信："我妈来信了，说她给我小妹招了个上门女婿，让我回去一趟，帮着小妹办喜事。"

孙重问："哦，什么时候走？"

"如果没什么重要的事，我想明天就动身。"

喜鹊说："后天吧，明天我们一家人陪你逛逛商场，给小妹置办点嫁妆，也给家里人买点礼物。"

"好啊，我一个人还真不知该买些什么。"罗虎高兴地答应了。

第九章

九曲铺就阳关路　德厚临终诉衷情

罗虎提着背着大包小包的东西回到了老鹰岭，回到了大核桃树下的石屋。

山里清新的空气，门前开阔的视野，家人欣喜的神情，满屋愉悦的笑声，瞬间将罗虎的满腹积郁一扫而光。

小妹的婚事办完，春月带着罗虎转悠到老鹰岭的那棵黄桷树下，她神情肃然地说："儿子，你今年多大了？"

"二十四，妈，你怎么了？"罗虎有些诧异。

"你总算长大了，成人了，这次你从省城回来，真是给妈长了脸，这十里八乡在我耳里提亲说媒的好几个呢。"

"你才嫁了小妹，又想把我嫁了？"

"妈今天不给你说笑，有正事给你说，来，就在这棵树下坐坐，话长着呢，我讲的时候你可别打岔。"

罗虎心下一紧，用劲点了点头。

"二十五年前的一天，就在这棵树上，捆着一头老熊，你干爹又抬着一头老熊，从那沟边走了过来……"春月将老鹰岭的那一幕幕往事，一字一句，绘声绘色地展现在罗虎眼前。

罗虎听得聚精会神，时而热血沸腾，时而扼腕叹息。当讲到德厚替长子顶缸，领刑入狱后，他终于忍不住打岔道："妈，你既然发了誓要等着干爹，为什么又没等呢？"

"儿子，你听好了，为什么没等，这才是今天最要紧的话，"春月稍顿，深吸了一口气，"你干爹入狱，我才发现我怀了娃娃，这娃娃不是别人，就是你，娃娃的爸也不是别人，就是你干爹。"

一听此言，罗虎脑子里轰然作响，眼眶里热泪长淌，他边哭边说："妈，你太苦了，干爹也苦……"

"儿子，你从小就脾气犟，眼泪多，现在是大男人了，不许哭，我这辈子要是像你这么爱哭，早把眼睛哭瞎了。"

罗虎抹干泪，强忍住抽噎。

"这就对了，我还有话说，你到省城后，我去你干爹，不，是你爸，我到你爸劳改的石场看过他，我对他说，等你小妹结婚，我就离婚，和你搬到他三里坝的老屋去，等着他回来，一起过几天舒心的日子，他答应我，一定好好改造，争取早日出来。"

"妈，你早就该这样做了。"

"他第一次出狱时，你们三兄妹都还小，你瘫子爹又没劳力，我走了，他咋办，再说你当时才十岁，说你爸是劳改犯，你能理解，能接受？"

"前几年，我能理解，能接受了吧。"

"前几年，你爸又是盖楼房，又是买车子，给他提亲的人多着呢，我才不去挤这个热闹。"

"你是怕别人说你眼馋他的钱吧？"

"我不怕别人说，我是要看，看他有了钱，心里还有没有我这个人。"

"如果没有，那么多提亲的人，我就不信他一个都看不上，妈，你就放心好了。"

XIONG DI JIE MEI

"不说我了，说你吧，啥时回省城呢？"

"我不去了，大姐嫁得远，小妹又和瘸子爹一起过，我不可能让你一个人住在三里坝，那老房子我去过，还得好好修补整治，才能住人。"

"那你收拾好房子再回吧，你姑妈和孙重哥对你可好着呢。"

"她们确实对我很好，但那城市太大，人也太多，呼一口新鲜空气都不容易，我常常有胸闷气紧的感觉，我是真的不想去了。"

"那房子收拾完了，你干啥呢？"

"你知道的，小妹婚礼那天，长子叔和他儿子来了，他们在县城的建筑工地砌砖抹灰的，我想和他们一起干。"

"好吧，你是男子汉了，妈就依你。"

在春月的苦口婆心与罗虎的配合劝说下，瘸子虽然情不甘意不愿，但也不吵不闹地和春月去办了离婚手续。

春月和罗虎回到了三里坝。罗虎给城里写了一封简短的信，说姐姐妹妹都出嫁了，要留在老家照顾老人。德华看了信，对孙重说："这孩子孝顺，等你小舅出来，我们一起去看看他们。"

1991年初冬，德华对孙重说："最近你安排一下，抽空我们一起去你小舅那里看看，他年底就到刑期了。"

"妈，你最近犯风湿，你就不去了吧，那么远的路，颠颠簸簸的。"

"那好吧，就让喜鹊陪你去，去了告诉他，出来别东跑西跑的，先到我这里住下，以后的事慢慢商量，唉，他也快五十的人了。"

然而，孙重带回的消息却令人惊讶，德厚在一年前就已经减刑出狱。

这下德华坐不住了，也顾不上什么风湿不风湿的，急忙找到德明、德秀。但他们也说没得到过任何消息，德华说："那得找找他，一块去吧，我让孙重送我们。"

德明说："我们商业局正在体制改革的节骨眼上，虽然局机关还没大动，但所有的直属企业都在准备搞承包租赁，委托经营的，你弟妹那百货商店还不知咋办呢，我现在可是一步都不敢走。"

德秀说："二嫂还只是不知咋办，但我们那个街道小厂，早让厂长承包了，请不了假的。"

"我退休了，闲人一个，我去。"德华说着话，扔下二人，径直离去。

回到水巷子，她立即决定，喜鹊留下照顾餐厅的生意，她和孙重第二天出发，赶回老家找德厚。

同样是早晚摸黑，同样是当晚赶到了马家镇，同样是第一次去的那个旅店，同样是那个老板，但老板说这一年真没见到过莽哥，没辙了，只得在店里住下。

德华问孙重："你记得罗虎家的地址吗？"

孙重说："临山镇，老鹰岭。"

"好，明早去老鹰岭。"

第二天她们到了临山镇。孙重一打听，老鹰岭机耕道都没有，于是找了一个茶馆让德华歇脚等他。他自己边问边走，好不容易找到了大核桃树下的那座石屋。

然而瘸子叔只一句话，便把他打发了，他说："罗虎和他妈一年前就走了，你到别处打听吧。"说了这话，他就再也不搭理孙重，孙重无可奈何，只得打道回府。

他累得偏偏倒倒地走回了茶馆。听完孙重的话，德华说："我也一直在茶馆打听，都说一年没见他娘俩了。"

"那怎么办？"

"总不能提着心来，又吊着胆回去吧，走，现在赶回马家镇，明早去三里坝，我就是挖地三尺，也要把他们找出来。"德华的言行举止仿佛回到了她的青年时代。

孙重二话不说，扶了德华上车，一溜烟地向马家镇驶去，到了镇上的那家旅店，已是深夜。孙重疲惫不堪，蒙头就睡。

第二天，二人步行前往，因为三里坝也没有机耕道。当二人步行到村头时，德华停下脚步，欣喜地说："你看，顺着这河边看过去，前边有座石拱桥，过了桥左边有一片竹林，挨着竹林的那三间，就是我们的老家，看见了吧？"

"看见了，但没看见有人。"

"肯定有人，肯定是德厚，1976年我回来过，厨房的烟囱塌了，现在烟囱是立着的，屋子也像粉刷过，走，我们快走。"德华急匆匆地往前蹿。

"妈，你老人家慢点。"孙重连忙拽着德华的手跟上。

二人兴冲冲地走进小院，看见一个中年女人正坐在矮凳上拌鸡食。

女人脸色微黑，透着淡淡的红晕，一头油黑发亮的头发，齐整地梳在脑后，挽成一个结实的发髻，浑身上下整整洁洁，透着一股子利落和精明。

女人抬头，看了看二人的穿戴："城里来的吧，找谁呢？"

"我家四莽子呢？"德华反问。

"你莫不是德厚的大姐，德华吧？"

"我是他大姐，你是谁？"德华感到诧异。

"我是春月。"

"你就是春月，二十多年前就听说你了，今天才见上面。"

"快，屋里坐，屋里坐，"春月拉着德华的手，又冲着孙重道，"你是孙重吧，罗虎成天念叨你呢。"

"那他为什么不写信给我呢，如果嫌麻烦，打电话也可以啊，难道餐厅的电话也忘了？"孙重抱怨道。

"你别急，坐下慢慢说，"春月说话间，已沏了两杯茶放在桌上，"不是罗虎不给你们写信，是你小舅不让他写。"

德华说："小弟出去了吧，啥时回来？"

"大姐，你也别急，听我慢慢讲，去年我写信把罗虎从你们那里叫回来……"

"罗虎说是他妈写的信，你是？"德华又是一惊。

"我就是他妈，罗虎是我的儿子。"春月言辞恳切，神态笃定。

"哎呦，你看我这粗心，真没想到他是你的儿子。"

"大姐，你没想到的还有呢，我就都给你说了吧，罗虎是我的儿子，也是德厚的儿子，而且是亲儿子。"

德华和孙重呆了，静静地听着春月的倾诉，仿佛都身临其境，回到了20世纪60年代的老鹰岭，置身于那一幕幕悲喜交加、血泪交织、刀光剑影、爱恨情仇的场景之中。

春月的话讲完，德华的手绢也已湿透。她为之动容，感慨万端，动情地说道："春月妹子，这些年真苦了你，我代阳家的兄弟姐妹谢谢你，小弟遇上你是他的福分呢。"

"大姐，德厚常说你对他最好，是他的恩人，他遇上你这当姐的，才是他的福分呢。"

孙重也是个性情中人，他说："这就是小舅不对了，出来一年，怎么也该把喜事办了，咋又往外跑？"

"犟，你们知道他那个牛脾气，他说前些年有钱的时候没娶我，现在一无所有了才娶我，他丢不起这人，让我等他在马家镇上重新盖了楼房，再热热闹闹、风风光光地办场喜事，不然就对不起我，随后他就带着罗虎出去了。"

"这个四莽子，真是莽。"德华没好气地说。

"哦，他还说，那房子一塌，厂子一垮，他还欠着债，连他二姐也欠着两万，他还得挣钱还债。"

"怎么会欠二妹呢。"德华惊讶地自语。

"他没说原因，反正是一副不挣钱不回家的样子，弄得我天天为他爷俩担心。"

"你也别太操心，小弟打小聪明，学什么都上手快，罗虎也很懂事，不会有问题的。"

"罗虎从城里回来真就变成大人了，都是你们教得好，我和德厚谢谢你们了。"

"春月妹子，我们都别客气了，反正他两个也不在家，将就车方便，我们一起进城，到大姐家住一段时间，好好拉拉家常。"

"这次不去了，他爷俩时不时地要回来，时间又没个定准，再说这屋里还有鸡啊鸭的得喂食。"

孙重嘴痒痒的，改口叫道："舅妈，鸡啊鸭的不要紧，你是怕小舅回家空欢喜吧。"

德华笑着斥责："没大没小的，敢跟你舅妈耍嘴皮子。"

"没事，鸡鸭不要紧，我马上就杀，吃完了，我就跟你们走。"春月说杀就杀，果真拿着菜刀，去院子里抓了一只鸡。

三个人笑逐颜开，一齐动手。饱餐之后，德华告辞，春月相送，送了一程又一程，劝了一遍又一遍，春月才驻足高处，看着二人消失在她的视线里。

回到省城，德华惦着德秀两万元的事，但又不便直接去问她，于是到了德明的办公室："你告诉我，小弟咋会借二妹的钱？"

"德厚有消息了？"

"有，你先给我说钱的事吧。"

"当初德厚的预制板厂红火时，德秀两口子把她们家的积蓄全部取出，又八方去借，凑成两万整，交给德厚，说一时用不上，让他拿到厂里用，赚了钱，多少给点利就行，德厚推不过才收下，还说赚得多就多给，结果一年不到，厂就没了，德秀也是偷鸡不成……"德明突然发现德华的脸色不对，立即打住了话头，懊悔自己失言。

"难怪呢，那次去看守所看小弟，她就病了，兴许心里冤得慌呢。"

"现在德厚怎么样了？"德明小心翼翼地问。

"他好着呢，让我带了钱回来还给德秀。"

"你既然知道这事，还来问我。"

"我就是来告诉你，小弟又发财了，大发了。"德华起身自顾自地出了办公室。

孙重收车回到水巷子，德华说："你爸去世的时候，军区发了笔抚恤金，我也攒了点钱，你们结婚时，我装成一个大礼包送给喜鹊，但她无论如何都不收，这钱不够两万，你给添上，明天给你小姨送去，就说是小舅托你带回来还她的，你小姨家日子紧，攒点钱不容易。"

"好，明天我就去，但这钱你自己留着用，我和喜鹊攒的钱比你多呢。"

"拿着，听话。"德华说得认真。

孙重答得也认真："妈，我可是从小就听你的话，但是……这回我不听。"

第二天，孙重带着钱去了德秀家，德秀可谓是失而复得、喜不自禁，她男人从结婚起，就处处顺着她，但为了这笔钱，却暗地里骂了她三年多的傻婆娘，因为是自己力主做的亏本生意，她也只好装聋作哑了。

德华与孙重离开三里坝的老房子没几天，又有一个人到了三里坝的老房子找德厚。

来人提着一包东西，西装革履，金边眼镜，说话客气："请问，阳德厚是住在这里吧？"

春月小心地反问："你是谁，找他有事吗？"

"我姓马，是他朋友，算着他该这些日子回来，特地来看看他。"

"他不在，出远门了。"

"什么时候能回来呢？"

"不知道。"

"那我不打扰你了，如果他回来，你把这个包交给他，你放心，德厚这朋友仗义，我是来感谢他的。"来人把包放在凳子上，欠欠身离去。

来人就是以前县质监站的马副站长，其后又做了正站长。他也是去了劳改石场，才知道德厚早已出来，这才找到阳家老房子来的。在马家镇房塌人亡的事故调查时，他为自己捏了一把冷汗，几个月没睡过一夜好觉，直至德厚不言不语，不攀不扯，一人扛着，领刑三年，他才一块石头落地。当他暗自庆幸之时，也暗自下定决心，今后一定找机会回报德厚。

德厚究竟去哪里了？

时间回到1991年开春之时，德厚告别春月，与罗虎一起离开马家镇，也准备先在长子父子打工的建筑工地干活。

到了县城，正是中午，长子父子欣喜地把他们带到工地附近的一个饭馆摆酒接风，刚进店门，门外便打起了雨点。

老板嘻嘻哈哈地开着玩笑："几位真是稀客啊，进门就风调雨顺的。"

长子说："既然是稀客，你就多弄点好酒好菜来。"

"包你满意，先来盘凉菜喝着酒，热菜随后。"

酒菜上桌，长子在德厚面前斟了个双杯："头杯酒我们敬你，祝贺你提前回来，干。"

众人干后，长子说："第二杯是罚酒，罚你提前出来也不通知一声，我们无论如何都该去接你。"

"那怎么好意思呢，又麻烦你去借手扶拖拉机啊。"

"这次我不借拖拉机了，我要包一辆最贵的轿车。"

几个人一边喝酒，一边说笑，突然跑进来一个工友："长子叔，一组的人又和我们闹起来了，怕是要打架呢。"

"你俩喝着，我去去就来。"长子父子匆匆离去。

"走，我们也看看去，"德厚边走边问，"你跟他们干了那么久，以前常打架吗？"

"工地上吵吵闹闹是常事，但很少打，就是这个工地怪，一组的人老是找我们生事，而且每次闹到上面去，都有人护着他们。"

长子及时赶到，拦住了自己二组的人，总算没打起来，但双方还在争论。

德厚听了一会，明白了事情的起因：刚才下那阵雨时，正好来了一车水泥，面上的一半卸给了二组，底下的一半卸给了一组。二组的人吃了饭转来才发现，吵着说不公平，因为面上的水泥被雨打湿了，不及时用完就得报废，哪个组报废的，就得扣哪个组的钱。于是二组打算用湿的，在一组换一些干的，但刚拉着铁斗车换了几包过来，一组的人就围了上来，不依不饶的，说是装卸工卸的货，卸给哪个组就是哪个组的。

德厚想了想刚才罗虎的话，于是走到斗车前："长子哥，忍得一时之气，免除百日之忧，别人不让换，就不换了吧。"

"你算哪根葱，有啥资格跑到工地来多嘴。"一组的头儿胖胖的，一脸横肉，盛气凌人地吼道。

德厚不急不躁，不疾不徐地说："出门在外，和气生财，兄弟，我帮他们把这几包水泥给你还回去。"说着话，左右手分别抓起一袋水泥，一提气，两手平直，拎着两袋水泥，健步向一组走去。

一袋水泥四十斤，一组离二组少说也有五十米，看的人傻眼了，更傻眼的是，罗虎也用同样的动作拎着两袋水泥跟了过去。

一组的人毫无声息地散了，德厚与罗虎拍拍灰，洗洗手，与长子父子又回到了饭馆。

德厚说:"我觉得这事有些蹊跷,听罗虎说,你们一到这个工地,一组就老是和你们过不去,而且上面还有人护着他们。"

长子说:"我也觉得怪怪的,但没下细去想。"

德厚说:"我倒觉得那个一脸横肉的组长有些面熟,只是还有些拿捏不准,你还记不记得闹饥荒时,我们在火车站扫煤灰,和别人打了一架?"

长子拍拍脑袋:"你让我想想。"过了好一会,他又拍了拍脑袋,"想起来了,那次打架时,那个小胖子只带班不干活,脸不黑,我们还能想起他的样子,我个子高,他一眼也认得出来,但他肯定认不到你,不然他今天也不敢跟你叫板了。"

"他专跟你过不去可以理解了,但工地上边还有人护着他又是怎么回事呢?"

"他是不是给上边送了什么烟啊酒的。"

"你送过没有?"

"送过,是不是我们没别人送得多?"

"烟酒多一点少一点也不至于处处给你小鞋穿,我猜想肯定另有原因,你们必须去打听清楚,弄个明白,不然人在暗,我在明,说不定还得吃大亏。"

众人点头称是,午饭后便各自分头去四处打听。

德厚第一天到县城,就遇上麻烦事,不免有些心烦意乱。他漫无目的,四处游走,不知不觉到了郊外,眼前是一条小河,河边柳丝低垂,春燕衔泥,蜂鸣蝶舞。他心境稍安,又沿着小河溯流走了几道弯,抬眼一望,这不是九曲山吗,山上有座大庙,他从小就听说,这大庙自古以来就香火鼎盛,于是习惯性地向寺庙走去。

在他二次入狱时,他就常感叹自己命薄相穷,时运不济,出狱后便沿袭了他母亲见庙烧香,遇佛叩头的虔诚,不求大富大贵,只愿平安无事。

山脚有道石坊,横梁四字:九曲大庙;右柱书:九曲九流从因缘;左

兄弟姐妹

柱书：大庙大教度众生。过了石坊，沿着山路蜿蜒而上，遇到的香客却寥寥无几。

德厚自幼受马宗芳的耳濡目染，到了殿门，从左门，出左脚进得殿内，上香，磕头，捐功德的动作中规中矩，与居士无二。而后，他退到门口，双手齐眉，再合掌一揖，向门边一慈眉善目的老僧讨水喝："法师，这一路走来，口干舌燥，可否施一杯茶水？"

"居士，请移步随行。"

老僧把德厚带到斋堂，捧出一盏茶来："居士，请慢用。"

"法师，我小时候就听说九曲山，香火旺，香客多，那时我母亲就常来上香，添灯油，怎么今天觉得有些清冷呢。"

"居士是有所不知，在'文革'的那场浩劫中，大庙只剩下了断壁残垣，改革后，政治清明，政府保护宗教信仰自由，我才带着徒弟重回这九曲山，最近几年才陆续将大庙修葺，给菩萨重塑金身，总算给善男信女，在初一十五，烧香许愿，顶礼膜拜，还原了一方净土。"

德厚还真是有所不知，因为"文革"十年就是他在狱中的十年，于是诚恳地说："法师功德无量，我刚才的俗人俗语还望法师见谅。"

"居士谬赞了，老僧岂敢妄言功德，出家人事佛事人，本等而已。"

喝了茶，德厚谢别老僧，一路下山，途中见两个小僧拿着皮尺正在丈量山路，德厚不经意地问道："小师父，要修路吗？"

"正是，这条路，一下雨就有香客、居士滑倒扭伤的，师傅打算从石坊到大殿全铺成石板路。"

"修桥补路，还是出家人慈悲为怀啊。"德厚搭讪着往山下走去，心中微微一动。

过了两天他们得到了消息，而且是一个非常糟糕的消息，上面几个能管点事的人，有一个竟然是一组胖班长的大舅子。

德厚顿时豁然开朗，他想了想说："他二人显然是联手报复长子哥，但又怕挑明了，双方对着干，他们占不到什么便宜，于是都给你们下绊子，使阴招。"

"去他妈的，我们现在就去找他们算账。"

"对，使阴招算什么本事。"

"走，马上就去。"

几个年轻人的火气上来了，德厚摆摆手："不急，不急，听说你们一个月干下来，一个人多则两百元，少则百十元，我觉得这活不干也罢。"

长子立即附和道："都听德厚叔的，不干就不干了，就算要干，也换个地方。"

德厚自然懂得长子的心思，虽说当年，大家都觉得二狗该杀，但长子并没有想把他杀死，二狗死后，他常自责失手，渐渐无心习武，荒废了功夫。现在五十多岁了，更不想打打杀杀的，凭空再生出什么是非来。

德厚说："这几天你们在打听消息，我也在城里城外转了转，九曲山大庙要新铺石板路，估摸有两里长，我去给庙里的方丈说说，看能不能让我们去做。"

第二天拂晓，德厚便挎着石匠肩袋上路，到了大庙打听方丈，竟然就是三天前的那位老僧。他向方丈简要地讲述了自己的经历与工地上的境遇后，提出了修路的请求。方丈一言不发，起身向客堂外走去，德厚尾随其后，到了一段石栏杆前，方丈指了指损毁的几处，又指了指山墙根的几块石料，仍然是一言不发地转身离去。

德厚也一言不发，放下肩上的袋子，取出二锤、凿子、錾子、铁尺、墨斗便比画开了。

大庙的暮鼓响了，损毁的栏杆也换完了，方丈带着几个弟子过来仔细看了一遍后，对德厚说："容老僧与知客、库房再商议商议，可请居士明日再来。"

德厚向众僧合掌一揖，转身下山。

兄弟姐妹

第二天，德厚上山，库房僧说："这条路交你了，动土的头一个吉日是明天，第二个吉日在五天后，由你定，但必须在三月初三的庙会之前完工，那天是布袋和尚坐化日，可不能因为施工，影响了上庙朝拜的善男信女。"

德厚说："第二个吧，一天的准备太匆忙，磨刀不误砍柴工，多准备几天也误不了时间，还请师傅知会法师一声。"

"那我五日后在此敬候，阿弥陀佛。"库房僧数着手中的一串佛珠离去。

德厚数着兜里的几张钞票犯愁，他原本想就地取石开片，可工期太紧，只能到采石场买片石了，左想右想，他想起黎莎那次说的话，就决定先回三里坝和春月商量商量，看有没有其他办法，能不找黎莎就最好不找。

不用他找，黎莎已经来了，她也是先去了采石场，才知道德厚提前出狱，于是找到了三里坝。她正与春月互诉衷肠之时，德厚苦着脸走了进来。

受苦受难的女人对关爱过他的男人，受苦受难的男人对关爱过他的女人，多数都只有一门心思，这辈子认了：在不在一起，都会对对方好。

德厚一进门，春月说："才开春，走点路，怎么就满头大汗，我给你倒洗脸水去。"说着就去了厨房。

黎莎说："开了春，还像冬天冷着脸，说，谁惹了你，恼了你，我替你出头解气。"

德厚说："妹子你怎么找到这来了？"

黎莎说："早就给你说过，你的一举一动我都盯着的。"

春月端了热水进来："快，洗帕脸，洗了好说正事。"

德厚洗着脸，春月就说："妹子这次来，是想让你去滑县的狗肉店继续当老板，我觉得比在工地强，听长子哥说，这几个月工地上有点古怪，那还不如……"

德厚把毛巾扔回盆里："不说那工地了，我回来就是商量换个事做的。"

"正好啊，去滑县。"春月、黎莎几乎是异口同声。

德厚说："不行，我已与九曲大庙的方丈说好，五日后就要动工铺上山的石板路，言而有信……"

"我爸从小就教我人要言而有信，吐出的唾沫收不回。"黎莎一口接上，学着德厚的男低音，春月就笑个不停。

德厚终被感染得露出笑脸，嘿嘿一笑："言而有信，就得修路，但差钱备石料，两万呢，谁帮忙？"

春月忙说："罗虎从省城带了些回来，加上我攒的，再借一些，差不多吧。"

黎莎说："春月姐，你就别瞎忙了，我这就回滑县，德厚该分的那份钱，除了两万，还有多呢。"

德厚说："不可能，但你拿得出来，算我借你的……"

黎莎说："如果你当我是亲妹子，我把钱给你送来，如果你说借，我把钱捐到功德箱，从此兄妹绝交，不信你试试！"黎莎柳眉倒竖，星目含悲。

春月说："一家人不说两家话，德厚，你这样说话，我都替妹子寒心，你没进这道门时，我们正说得上劲，人与人之间就一个'情'字，不管是爷爷奶奶，父父子子，兄弟姐妹，忘了这个'情'字，亲人都会成仇人。"

德厚就感汗颜："我……我错，我以为男子汉大丈夫能这样，没想到你们女人也能这样。"

第二个吉日，德厚与长子带着罗虎等十几个人，在大庙开凿了他们石匠生涯的第一个里程碑。

在那个没有先进工具的年代，石匠是苦行当，行话说：打石又打铁，天亮干到黑。意思是看得见就打石头，看不见了，还得把白天用钝的凿、錾、钎等工具，回炉锻造。但这点苦，在一群吃尽千辛万苦的苦人儿眼里，又算得了什么。仅仅一个月，德厚他们就圆满完工，大庙方丈也功德圆满，一条做工精细，错落有致的石板路令人赏心悦目。

在方丈的举荐下，这支石匠队伍从九曲山的星星之火，逐渐燎原到周边县，以及全省各地那些劫后余生，百废待举的寺庙禅院。

大庙完工，紧接着在邻县的玉屏山寺院又干了两个多月。德厚与罗虎采购了一大堆吃的、穿的、用的，回了趟三里坝。

春月自是欢天喜地，特别是看到那些花花绿绿的洗发液、沐浴乳、搽脸抹手的润肤霜，更是笑得合不拢嘴，她边笑边说："这些是年轻人用的，给我这个老婆子不糟蹋了吗，我把它留着，等我儿子结了婚，给他老婆用。"

"对，留着，等我爹结了婚，给他老婆用。"罗虎故作认真地说，他早已把干爹的"干"字去掉了。

三个人都忍不住开怀大笑。笑声中，春月突然想起了一件事，她从里屋提着包出来："德厚，这是一个姓马的送来的，他说是你的朋友。"

德厚打开包，两瓶酒、两条烟、两千元、一封信。德厚看完信说："酒可以喝，烟可以抽，这钱要送回去。"

第二天，二人回工地，路过县城时，德厚独自找到马站长，把钱放到桌上："马哥，烟酒我领情了，这钱我不能收。"

"你老弟不要见外，我只是略表感谢而已。"

"要谢，也该我谢你们。"

"你这不是反着说吗，生我气了？"

"没生气，你听我说，马局长对我有恩于前，后又介绍你我做了朋友，调查时，是有人说质监站督查抽检不力，但我清楚，你们是相信我的为人，不会进歪材料，更不会偷工减料做假，少检或不检是替我节省检测费用，你说我该不该感谢你们，至于出了祸事，只能怪我进材料时把关不严，我不可能连累你们，也不可能生你们的气。"

"老弟，不瞒你说，我们到现在都没搞清楚，究竟是哪来的材料出了问题。"

"那时材料紧俏，八方都进得有，这些烂事，不说了，我得赶回工地去。"

"现在做什么呢？"

"当石匠，大庙的石板路就是我带人铺的。"

"你还真是个能人，我去过大庙，路铺得真不错，还不知道是你的杰作，这钱你还是拿着吧，刚回来，手头肯定不宽裕。"

"不用，你知道我的脾气，自己跌倒的，自己会爬起来。"

辞别马站长，德厚与罗虎回到工地，此后便一个接一个地做开了。

后来，这支石匠队伍做了一桩单笔最大的活，不是寺庙禅院，而是一条横穿全县的灌溉渠边坡护石，举荐人也不再是寺庙的方丈，而是质监站的马站长。

20 世纪 80 年代后期，至 90 年代初期，商业流通中的市场经济比例越来越大，市商业局也制定了《商业系统经济体制改革方案》，开始向直属企业放权：计划管理权、财务管理权、物价管理权、机构设置权、职工调动权、中层干部任免权、工资晋级权等，演绎出全市商业体制改革的连环大剧。

德明在办公室坐不住了，他原本就对政治、政策非常敏感，他把方案逐字逐句的咀嚼后，他决定修改自己的既定方针：在袁局长退休前，他还想着入党提干，结果只遂了半个心愿，提了个副科长，袁局长走后，他也心灰意冷，打算混几年退休归隐。但现在的改革方案告诉他，那些权力一下放，商业局就成了空架子，而实权，实利，转移到了基层实体单位，人得不到名就得利，总得占一头。他立即提笔写了一份申请给局领导，说自己在机关多年，积累了商业工作的很多心得体会，愿意到基层身体力行，负责一些具体的工作云云。

不料，现任局长看了申请，把他叫到办公室，嘻哈打笑地对他说："阳科长，这改革是摸着石头过河，底下有经验的年轻人多了，你我年龄差不多，过几年我们都回家抱孙子好不好，如果我放你下去，万一有个闪失，还搞得我怪不好意思的。"

德明默默无言地离开局长办公室，他知道局长猜透了自己的心思，但他欲怒不敢，欲罢不甘。

他决定要到市政府大院串串门，自从在婚宴上攀上喜鹊父亲后，他就认定这个人今后能用得上，于是三两个月，就要借着阙老在聚友餐说的"多走动"为由头，去走一走，陪阙老下几盘象棋。

星期天，德明到了大院，阙老热情地给他沏了一杯龙井，然后摆开棋子开战。平时德明的棋技要略高一筹，当天却连输了三盘，不知是心猿意马，还是有意为之。

女主人拿出茅台招呼大家喝酒，阙老才余兴未尽地端起酒杯。席间，德明有意无意地把话题扯到商业局的改革上，而后谦恭地说：

"你们二位都是老领导，政策水平高，就帮我拿拿主意吧。"

阙夫人久居官场，分析利弊是一针见血，她大大咧咧地接口道："想清闲就留在局上，'一张报纸一包烟，一杯清茶过一天'，想实惠就到基层，'鸡毛蒜皮扯半天，扯不清楚不下班'，累是累了点，但基层领导的实权多、奖金多，有些单位的奖金比工资还高出一长截。"

"我这个人的特点就是闲不惯，喜欢做实事，"德明先入为主，抢先说道，"加上，娃娃单位都在搞什么房改啦、集资建房啦，都冲着我要赞助，我倒是想下去，多挣一个是一个。"

阙老就顺水推舟："我觉得你可以下去，身体好，精神足，再干几年也没什么问题。"

"你们这一说，我就下决心了，不然还老是打不定主意，"德明停顿了一下，像是突然想起似的，"哦，那天我给我们局长试着提了一下，他说有点舍不得放我走，我明天再找他说说，阙老，万一他真舍不得，你可要给我帮帮腔了。"

阙老笑了笑："我现在退了休，说话不管用了。"

"我们局长最尊重老领导，何况你是德高望重的老领导……"

"你就别戴高帽子了，说不定，你明天一说就成。"

"完全可能，完全可能，我刚才说的也是万一，"德明已是笑容满面，"来来来，把酒干了，吃口饭，再下几盘，我就不信赢不了你。"

在阙老的协助下，德明如愿以偿，以总经理的身份去了他老婆工作的那家百货公司。

多数国有企业的初期改革，让德明类似的人睡着了都笑醒，一家人只存钱不用钱，公车私用，公款消费，化公为私。

而多数集体企业的初期改革，却让德秀类似的人睡着了都哭醒，一次性发了一万元钱，工作没了，退休没了，自谋生计。

德秀难得一次地到了聚友餐，喜鹊快步迎上，惊喜地叫道："今天真是风和日丽，把我小姨也吹来了，我给你上两个拿手菜，保证你吃了这回想下回。"

"就你嘴乖，我还没吃就甜腻了。"德秀受喜鹊那张笑脸的感染，少有地灿烂一笑。

孙重已辞去出租公司的工作，在与喜鹊和二师傅共同打理餐馆，此时也闻声而出："小姨，你一个人怕是没雅兴来吃饭吧，是不是有啥事，你说，都包在我身上。"

"周末晚上，给我留两桌，雅间。"

"你要请客，请不请我们，不请没好菜啊。"孙重打趣。

"怎么不请，就请我们阳家的亲戚呢。"

"小姨，啥好事请客啊，是不是表弟订婚，我们也好随喜呢？"

"大家都只管来，到时就知道了。"

周末，阳家亲戚陆续到了聚友餐，很少露面的小姨父也来了，喜鹊她
爸和继母是打车来的，德明一家子是公司的"桑塔纳"轿车送来的，他手
里还提着一部当时叫"大哥大"的摩托罗拉移动电话。

娃娃们坐了一桌，大人们坐了一桌，热热闹闹地喝了几杯后，德华忍
不住了："德秀，你葫芦里究竟装的什么药，你再不说，我不吃了。"

"好吧，我就直说了，今天我不是请客，是请你们给小妹帮帮忙。"

正值春风得意的德明说："小妹，你的事就是我的事，你说。"

"我们阳家几兄妹，就我没出息，现在我们那个街道厂散伙了，我和
老刘都没了工作，要自谋出路，大姐已经退休，"德秀拿起酒瓶，给德明
的杯子斟满，接着说，"现在只有请大哥帮忙了，你是总经理，在公司里
安排两个人上班，不就是一句话吗，来，我们两口子敬大哥一杯。"

德明端起酒杯，心里嘀咕：你摆鸿门宴，我用缓兵计，他干了杯说：
"我保证，少则三五个月，最多半年，搞定这件事。"

德秀说："大哥，这半年我们喝西北风啊，你一个总经理，这点事都
办不好？"

阚老说："德明，你不是有人事权、招聘权吗？"

"有啊，但现在公司是人满为患，还想着怎么裁员，现在去，别人肯
定说我搞裙带关系。"德明显得很为难。

阚老说："德秀，你看这样行不行，我们楼下正在扩大自行车棚，估
计要增加人手，你家老刘要是愿意就暂时干着，以后有好工作再作打算。"

"行啊，谢谢了，来，我们敬阙老一杯。"德秀忙招呼老刘一起敬酒。

　　阙老打了圆场，酒桌上的气氛稍缓。德华离座去了另一桌，在孙重、喜鹊身边耳语了几句。少顷，孙重与喜鹊过来，孙重说："我俩给长辈们敬杯酒。"

　　酒毕，喜鹊说："小姨，如果你不嫌我们店小，就来给我们俩帮帮忙，做个领班好不好，就算我们求你了，好不好？"喜鹊摇着德秀的胳膊。

　　"好好好，还是……还是这些娃娃乖。"德秀心里既有感动，又有伤感。

　　德华走了过来："德秀家暂时解决了，就是还不知道德厚他们现在过得怎么样，我们约个时间，一起回趟老家吧。"

　　德明说："姐，你不是说他大发了吗？"

　　"大发了怎么样，大发了兄弟姐妹就不见面，你以后大发了也不见我们。"德华突然又发了脾气。

　　"我……我确实没时间，公司一百多个人，我忙得脚不沾地的，等我空了，一定去，一定去。"德华一发脾气，德明就犯怵。

　　德华意识到刚才差点说漏嘴，也就平和了下来："这还差不多，那就等你空了通知大家。"

　　酒桌又恢复了表面的喜庆，直至席终人散。

　　这几年，德明家的日子好过多了，他老婆对脸面也看得重了，大家一分手，她就抱怨德明："再怎么说也是你妹，两个不好办，一个也不行，弄得我们两口子一点面子都没有。"

　　德明慢条斯理地说："我也想要面子，但不能伤到里子，你不想一想，我们公司奖金比工资高，奖金又是我在定，如果比你少，德秀会说我偏心，如果和你一样，其他人会说我们一家人贪心，多一事不如少一事啊。"

德明老婆想了想："那过几个月，你咋办？"

"这不是都解决了吗，市政府的临时工工资不低，德秀做领班，孙重两口子能亏待她，到时，你请她们都不会来了。"德明已是成竹在胸。

城里的几兄妹按部就班地继续着各自相应的日子。

乡下的德厚，除了寺庙禅院正百废待举，又赶上了旅游产业的初发阶段，各地都在打造景点，他们的订单是接踵而来，应接不暇，石匠活也越做越精细，凿龙镂狮，刻凤雕凰样样精湛，他们欣喜地忙碌着，愉悦地辛苦着。

1993年底，寒冬腊月，省城的雨中夹着不多见的细小雪花，德华望着窗外想起了德厚，这么冷的天，他不会还在外打石头吧，眼看就过年了，应该回三里坝了。德华想来想去，决定过几天回去一趟，催着德厚把婚事办了，都五十的人了，还等什么……

正想着，孙重推门而入："妈，罗虎来电话，小舅在涪江县医院，要动手术，通知亲属去……"

"天啊，"德华几乎是一声惊叫，而后泣不成声，"他咋这么倒霉哦！"

后脚进门的喜鹊忙说："妈，你别急，车在大门口，我们马上就出发，现在情况不是很清楚，或许并不严重。"

"大舅和小姨知道了吗？"

"知道了，我们去接上小姨就走，大舅说他把工作安排一下，他们坐自己公司的车。"喜鹊边说边给德华披上大衣，搀着她出了门。

他们刚买了一辆"奥拓"，排量虽小，但在孙重的熟练操控下，车子向着涪江县飞驰而去。

涪江在阳家老家的下游，省城去还近了一截路。到了医院，进了病房，德厚头上缠着厚厚的绷带静静地躺着，绷带白白的，脸色白白的。

春月泪眼泛红，罗虎轻声哽咽："爹刚才头痛，服了镇痛药，等他醒来再说吧。"

留下春月，大家默默地退到病房外，德华焦急地问："怎么回事？"

罗虎与长子互为补充地讲述了德厚受伤的整个过程。

涪江烈士陵园被省上定为爱国主义教育重点基地，因此请了德厚等各种匠人全面维修翻新。

涪江县地处三省交界，曾是红军浴血奋战开创的根据地之一，也是出省抗日，抵挡日军南下的咽喉之地，解放大军也在此与国民党的顽军鏖战数日才得以顺利南下。

一道柏木森森的甬道，通往陵园，进门是高高的三角形纪念碑，左中右分为三处陵寝，红军战士的忠骨，抗日阵亡的老兵，解放大军的英灵，长存于此，万人景仰。

陵园维修要求在学生们放寒假前完工，德厚带着大家紧赶慢赶总算差不多了。前天早上干活时，他大汗淋漓，脱衣敞了风，头晕脑涨，于是睡了半天。

第二天，德厚一到工地，发现纪念牌顶上的红色五角星有点斜，他顿时火冒三丈，叫来长子、罗虎等人："你们看看，那五星咋回事？"

有人说："看不出什么啊。"

"看不出，外行看不出，你们还看不出，哄鬼大爷啊！"德厚气哼哼的。

又有人说："是有那么一点点偏。"

"一点点也不行，内行说我们手艺臭也就罢了，但糊弄躺在这陵园的人，你们能心安吗，说不定这里还有和我爸当年一起打仗的人。"

众人低头不语，德厚也不再搭理他们，他围着碑身左看看右看看，而后大喝一声："罗虎拿竹梯来，我上去。"

"爹，你感冒还没全好，我上吧。"

"你小子也不称称自己几两重，这石匠活里，难的就是把凿死了的凿活，把打斜了的打正，你真有把握你上吧。"德厚看着罗虎等人，众人面面相觑，噤若寒蝉，他们心里都清楚，这种活只要一凿子走偏就全部废了。

德厚顺着竹梯慢慢爬上碑顶，从肩袋里取出二锤、凿子敲了起来。此时，天空又飘起了小雪，下面的人静静地仰望着他。德厚左一凿，右一凿的，倒也没多久，那斜着的五星就渐渐立了起来，他擦擦汗，直直腰，就在直腰的一瞬间，就像天塌了似的，他眼前一黑，一头栽了下来……

众人哭着喊着，七手八脚地把他抬到县医院，医生说是颅内伤，要立即准备手术，但风险很大，必须亲属签字，罗虎签字后，立即打电话到聚友餐通知了孙重。手术后，德厚到今天早上才有了知觉，时而清醒，时而昏迷。

正说着，春月从病房出来："他醒了，但医生说他不能活动，话也不能多说，更不能激动，你们进去都注意一点。"

众人进了病房，德厚想起身，被春月压住了。

德厚说："昨天我还担心见不上你们了。"

德华说："你咋说这傻话呢，阎王要收你，你早活不到今天了，放心，你从小就命硬。"

"大姐，你说我命硬，怕倒是真的，我从小使刀弄棒，打架斗殴的，活到今天，也算是捡着活的，就是死了……"

"你又乱说，再说我可生气了。"德华立即打断他。

"不说了，"德厚又看看室内的人，"大哥没来？"

孙重说："他们公司有车，说是随后就到。"

"那就好，几年没见了，有句话，我一直想当面给他说。"德厚像是有点累，说这话时显得吃力。

一旁的护士说："差不多了，让他休息一会，你们也到外面休息一会吧。"

德华对德厚说："你先休息，我们出去再给你大哥打个电话，看他走到哪里了。"

罗虎把他们带到医院的门诊大厅里坐下，孙重去医院的公用电话亭拨通了德明的手机："大舅，你们走到哪里了？"

"公司的事情堆起了，现在都还没有处理完。"

孙重惊讶了："你们还没有出发吗？"

"你小舅情况如何？"德明避实就虚。

"颅内出血，动了手术，现在一时昏迷，一时清醒。"

"清醒时怎么样？"

"能说话，但不能多说，哦，刚才他还说有句话要当面给你说，你抓紧点来吧。"

"知道了，我一定抓紧，尽快出发。"

孙重到大厅把德明的话告诉了德华，德华勃然大怒："走，你带我去打电话，我给他这个混账说。"

孙重拨通德明手机后，把话筒递给德华，德华声色俱厉："阳德明，你给我听好！"

"大姐。"

"你别叫我姐。"

"我真有事……"

"你不要废话，听着，还是那句老话，官只能当一阵子，钱多了用不完，兄弟姐妹情分断了一辈子锥心，你现在不马上出发，我阳德华从此没你这个兄弟！"德华说完这句，啪的一声，把电话挂了。

"妈，你别急，也别气，大舅肯定要来的。"孙重连连安慰德华。

"他敢不来，他要不来，我一辈子都不想再见到他。"德华仍是余怒未消。

春月从病房来到大厅，她说："德厚又睡得昏昏沉沉的，也不知什么时候能醒，这天也黑了，我带你们先去吃点饭吧。"

德华说："你们去吧，我去病房，得留个人在那儿。"

"黎莎赶来了，她说她留在病房，就让她留吧，我们等会再换她。"

"黎莎，黎莎是谁？"

"走吧，我们走着说。"春月挽着德华的手，一路走，一路讲述着她们在江源镇、在滑县的那些往事。

德华听后，不禁连连感叹："你们几个倒真是投缘，敢情是一个比一个脾气犟啊。"

饭后回到医院，德华拉着黎莎说："你认德厚是亲哥，就得认我这个亲大姐，等德厚伤好了，大家一块去你那里，尝尝你的手艺。"

黎莎连连点头："大姐，你可要说话算话。"

晚上 11 点过，德厚又清醒了，大家进了病房，德厚看了看说："都来了。"

德华忙叫孙重："你再去给大舅打个电话，问他走到哪里了？"

德厚说："不打了。"

孙重向门外走去："能打通，他带着手机的。"

德华对德厚说："我问了医生，说你还不能动，能动时，我们再转到省城条件好的医院去，对你康复有好处，你也别担心钱的事，"她把喜鹊的手拉着，"我这媳妇和孙重开着大餐厅呢。"

喜鹊虽已四十出头，却仍然声如银铃，笑盈盈地轻轻说道："小舅，你尽管放心，省医院离我们餐厅近，一些院领导和医生都是我们的常客，去了，一定能好得快些。"

孙重回到病房，脸色异常，他看看德华，欲言又止，德华问："怎么了？"

"大舅说……说明天省里的领导要到他们公司视察，明天领导一走就赶过来。"

德华顿时气歪了脸，德厚说："姐，你别在意，我先说点事情。"

"哦，你说吧。"德华强忍怒火。

"如果能转到省城，钱，你们不操心，"德厚抖抖索索地从身上掏出一个存折，"这折子上有一百来万……"

一百万！轻轻的一句话，却似重锤击打着在场人的耳鼓，谁也没想到一个石匠能攒下这么多钱，病房里一时静静的。

"放心，这钱是我们在石头上一锤锤凿出来的，长子的在他自己存折里，这是我和儿子的，我这辈子蹲了两次大狱，运气背，因此不敢修房，不敢买车，不敢张扬，就怕出事，结果还是出了事……"

春月的泪水吧嗒吧嗒砸在地板上，罗虎说："爹，医生不让你多说话，你别说了。"

"儿子，还有几句，你让我说完，"他指着德秀，"你二姑妈，我这辈子就没帮上她的忙，倒还欠她家的钱，你取十万给她……"

"小弟，你病糊涂了吧，三年前你就让大姐把钱带给我了，还欠什么呢。"德秀猛一听此话，也是糊里糊涂的。

德厚扭头看着德华，他是一个最易动情，却最不易形于色的人。但他眼睛湿润了："大姐，爸在的时候常说，知恩图报，知足常乐，但你的大恩大德我是没法报了，你领我一个情，拿十万去做善事吧。"

"德厚，你这么做，把你姐当什么人了？"

"那这样吧，老家门前的那座石拱桥年久失修，拿这钱把它修好，爸妈的亡灵回老家走着顺畅。"

德华点了点头说："你别再安排了，你还得治病，还得在马家镇盖房子。"

"我也正想说马家镇呢，儿子，你再送十万给马家镇塌房的那家人，人不是我砸死的，却是因我而死，死得冤啊……"德厚喘气急促。

"爹，你千万别激动，歇歇，别说了。"罗虎又哭了。

兄
弟
姐
妹

德华也说："你真的别说了，我们出去，你休息。"

"等等，最后几句了，"德厚的犟劲又上来了，"德明肯定不会来了，但我也没想到，弟弟兄兄的，打断骨头连着筋呢，有啥不敢面对的，再怎样，我也没想当着众人揭他的短。"

众人都是一惊，德厚从未直呼过他大哥的名字，还说揭他什么短的，一时都沉默了。

"我有句话，本打算单独对他一个人说的，他不来，只好请你们带话了，告诉他：人不能做黑心事，赚黑心钱，那样做会害死人，马家镇屋毁人亡就是他害的。"

犹如一声晴天霹雳，震得人心里咚咚直跳。

稍缓，有人听懂了，但不知说什么好，德华反应过来，又是一声惊叫，"天啊，这是咋回事啊，我六十多岁的人了，爸妈一走，我就牵挂着你们几兄妹，他这是作的什么孽啊。"

"姐，既然德明不见我，还让我一辈子背黑锅，我做不到，我实在做不到，我不对你说实话，对不起你，我今天就顾不上那么多了。"

屋毁人亡，德厚被拘押……公安局、技监局牵头的联合调查组对他说："阳德厚，调查结论认定，问题出在钢材上，坍塌现场提取的预制板钢筋不合格，你厂里库存的也不合格，现在你必须提供钢材的来源，我们再作深入地调查。"

德厚怒火中烧，心如刀绞，陷入了痛苦的思索中：钢材源于德明之手，他真恨不得让他也尝尝牢狱之苦，但又念及兄弟姐妹的亲情，念及大嫂及两个侄女的伤痛……

"阳德厚，"调查组那人不耐烦了，"你提供不出钢材来源，这个牢你就坐定了，如果查得出来源，可能还有回旋之地，你再好好想想吧。"

德厚苦笑着说："你们也知道，现在钢材不好买，而做钢材生意的人又四处都是，我也是四面八方收的，还有直接送到厂里来的，拿了钱就走人，姓甚名谁都搞不清，我怎么提供来源呢。"

"那你可没什么好果子吃了。"调查组只得就此收场。

听完这件事，大家都为德厚感到伤感，替德明感到耻辱，德秀突然冒了一句："大哥也太狠了，他那样做，不是把我也坑进去了吗，为那两万元，我抱怨你好多年，小弟，我对不起你啊。"

"二姐，该说对不起的是我，我劳改过十几年，连累你们不少，你们能发自内心的叫一声小弟，我就心满意足了，小弟我不愿愧对任何人啊！"难得流泪的德厚，眼里突然滚出几颗晶莹的泪珠，头一偏，紧闭了双眼。

小弟……德厚……德厚哥……爹……小舅，病房呼声一片，医生把德厚推进了抢救室。

德厚离开了这个世界，时间正好是午夜12点，似乎暗示着：他活着的每一天都是完整的，他的人生也是完整的。

德厚永远地走了，但他最后的一句话，却常在孙重的耳畔回响：不愿愧对任何人！孙重问自己：我能做到吗？

遗憾的是德明没能听到这句话，如果听到，他还有没有勇气去见那些他曾愧对过的人；如果听到，他会不会因此而悔恨，这已不得而知。

但一年后他得到了一个消息，让一辈子争名夺利的他悔恨得疯疯癫癫：马宗伯与太太相继去世，马昭娣从美国回台湾与其姐姐共同继承家产，两姊妹为那尊瓷观音的继承权引起诉讼，法庭裁决，公开拍卖，共分所得，结果拍卖成交价为200万美元。

德明得知消息，先是嗷嗷乱叫，捶胸顿足，而后把他家那台大电视机从桌上一掌推倒在地上……

2015年4月1日一稿

2015年12月21日二稿完

兄弟姐妹